U054O501

字
文 烛 来
未
TopBook

图书在版编目（CIP）数据

慢耕集 / 李浩著. —西安：陕西人民出版社，2023.10

ISBN 978-7-224-15033-9

Ⅰ.①慢… Ⅱ.①李… Ⅲ.①随笔—作品集—中国—当代 Ⅳ.①I267.1

中国国家版本馆 CIP 数据核字（2023）第 142945 号

出 品 人　赵小峰
总 策 划　关　宁
策划编辑　晏　藜
责任编辑　田　媛　韩　琳
整体设计　哲　峰

慢耕集
MAN GENG JI

作　　者	李　浩
出版发行	陕西人民出版社
	（西安市北大街 147 号　邮编：710003）
印　　刷	中煤地西安地图制印有限公司
开　　本	920 毫米×1092 毫米　1/32
印　　张	10.75
字　　数	230 千字
版　　次	2023 年 10 月第 1 版
印　　次	2023 年 10 月第 1 次印刷
书　　号	ISBN 978-7-224-15033-9
定　　价	89.80 元

如有印装质量问题，请与本社联系调换。电话：029-87205094

李浩学术文集

慢耕集
纸上的春种秋收

李浩·著

陕西新华出版
陕西人民出版社

李 浩

陕西靖边人，现为西北大学文学院教授，西北大学中国文化研究中心主任，兼任中国唐代文学学会会长等。著有《唐诗的文本阐释》《唐代关中士族与文学》《唐代三大地域文学士族研究》《摩石录》《唐园说》等学术类著述。

内容简介

与数理实验科学依赖实验室，地质、考古、人类学、社会学等学科主要依靠田野考察不同，中国传统文史学科或曰古典学主要依靠在书斋中阅读文献和资料。所谓的"读万卷书""学富五车""腹有诗书"，均就此而言。于是书籍便成了由现实世界进入文化琅嬛福地的千门万户，阅读便是在此恍兮惚兮中的上下求索和率性徜徉。本书重点不在架空高论各种读书的学理，而是具体分享作者真切深微的阅读体会。

全书分为蠡测、司幕、培土、自照四辑。蠡测辑选收了作者盥诵阅读昔哲今贤以及师友著作的心得体会，司幕辑酌选作者参与编撰著作的序跋和前言，培土辑选收了阅读年轻朋友和学生作品的一隅之见，自照辑则保留了作者为自己旧著所写的几组自序和后记。

在追求经济效益最大化和人工智能也可以自动写作的今日，作者拈出农业文明时代的"慢耕"一词作为书名，既是一种自勉，也是一种人文宣示。

自 序

这是一册汇报自己几十年来读书心得的小书。作为个人精神食粮的主要部分,这几十年的阅读总量当然不止这几十种书,但我也没必要为了炫耀博学在这里给朋友们报书单,背金句。本书汇报的主要是在专业工作和学术交流过程中,留下书面笔记的极小部分阅读文字。

一

读书的话题没有难度,几乎人人都能谈,但言人人殊。我自忖无甚高论,先抄前人的两类看法作为话头。一类是强调读书的好处,以北宋黄山谷调子拔得最高:

> 士大夫三日不读书,则义理不交于胸中,对镜觉面目可憎,向人亦语言无味。[1]

---

[1] 苏轼《记黄鲁直语》,《苏轼文集·佚文汇编》卷五,孔凡礼点校,北京:中华书局,1986年,第2542页。

南宋翁森《四时读书乐》组诗写一年四季的读书乐趣。宋代优礼文人,士大夫们自我感觉都很好,整天幻想着与官家共治天下,读书的环境又这样好,不乐何如?下面抄标题为《春》和《冬》的两首:

山光照槛水绕廊,舞雩归咏春风香。好鸟枝头亦朋友,落花水面皆文章。蹉跎莫遣韶光老,人生唯有读书好。读书之乐乐何如,绿满窗前草不除。

木落水尽千崖枯,迥然吾亦见真吾。坐对韦编灯动壁,高歌夜半雪压庐。地炉茶鼎烹活火,一清足称读书者。读书之乐何处寻,数点梅花天地心。[1]

另一类意见貌似相反,以现代倡导"平民教育"的陶行知的《春天不是读书天》为主:

春天不是读书天:关在堂前,闷短寿缘。
春天不是读书天:掀开被帘,投奔自然!
春天不是读书天:鸟语树尖,花笑西园。
春天不是读书天:宁梦蝴蝶,与花同眠。
春天不是读书天:放个纸鸢,飞上半天。
春天不是读书天:舞雩风前,恍若神仙!

---

[1] 厉鹗《宋诗纪事》卷八一,上海:上海古籍出版社,2013年。

春天不是读书天：放牛塘边，赤脚种田。
春天不是读书天：工罢游园，苦中有甜。
春天不是读书天：之乎者焉，太讨人嫌。
春天不是读书天：书里流连，非呆即癫！
春天！春天！春天！什么天？不是读书天！①

据说陶行知先写出歌词，又请赵元任为本词谱曲。赵说为了乐曲的完整，就又补了最后一行的文字。表面上看，这是两位现代教育名人借写词谱曲玩成人游戏，真是"精致的淘气"，故意与流行的包括《四时读书乐》之类的读书有用论唱反调，揶揄讽刺，幽默挖苦。但如按字面理解的话，可能就误解了陶先生的用心良苦。

其实陶先生不是反对读书，而是反对读死书、死读书，他提倡读活书、活读书、读书活："花草是活书，树木是活书，飞禽、走兽、小虫、微生物是活书。山川湖海，风云雨雪，天体运行都是活书。活的人、活的问题、活的文化、活的武功、活的世界、活的宇宙、活的变化，都是活的知识宝库，便都是活的书。"②这与他倡导的生活即教育、社会即学校、教学做合一的教育思想是一致的。与陶先生的"活书"说类似的，还有张舜徽先生的"无字书"说：

---

① 《陶行知全集》第7卷，成都：四川教育出版社，2005年，第684页。
② 《新旧时代之学生》，《陶行知全集》第2卷，第123页。

天地间有两种书：一是有字书，二是无字书。有字书即白纸黑字的本子，无字书便是万事万物之理，以及自然界和社会上许多实际知识。有字的书，人人知道重视它，阅读它；无字的书，人们便等闲视之，很少有人过问它。特别是过去研究中国文、史、哲的学者们，平日除伏案阅览、写作外，不愿多和社会接触，形成"两耳不闻窗外事"，与世隔绝。由于他们平日所接触的书本，绝大部分是古代的，受古人的思想影响很大，潜移默化，便不期而然地与古人接近和今人离远了。偶与物接，便会格格不入。不独言论、行事容易流于迂腐，知识领域也是很狭隘的。[1]

可见陶先生反对的是只会读前人留下的纸本的小书，他鼓励人们学会读天地自然这本大书。犹如时下所说的把论文写在大地上，不是反对写论文，而是用自己的行动和生命谱写一篇能彪炳史册的大文章。从这个意义上说，屈原最好的作品不是《离骚》，而是他投汨罗江的壮举。简言之，陶先生的意思与历代谈读书的意见并不矛盾，而是对这个话题更深刻、更智慧也更有现代感的引申发挥，是读书有用论的20世纪升级版。

二

我出生在偏僻的陕北，幼年时期遭逢"文革"，当时停课闹革

---

[1] 张舜徽《自强不息 壮心不已——略谈我在长期治学过程中的几点体会》，见《张舜徽学术论著选》，武汉：华中师范大学出版社，1997年，第631页。

命,学校课程无压力,没有家庭作业,也没有家长的要求,虽然身心没有学习的压力,但荒废了读书特别是机械记忆的黄金时期。

1977年恢复高考,这一届对于外语等单科的成绩要求很低,以后逐年增加难度,规范要求,我于1979年在浑浑噩噩中进入了大学,算是挤上了改革开放以来高考"新三届"的末班车。读本科、读硕士、读博士,一路读下来,完成的都是规定的动作,与同辈齐步走,少有乐趣,也无可称道处,更不敢夸口青春无悔。

年来老境将至,除了应付工作外,懵懵懂懂地意识到要为自己读书,读自己想读的书。惜觉醒得太迟,大好光阴已被轻抛掷,现年龄老大,眼睛昏花,记忆力衰退,读书仿佛在河水上写字,刚刚划下浅深不一的印迹,河面上却丝纹不动,连个泡沫也没有,更谈不到"惊涛拍岸,卷起千堆雪"的宏大场面。希腊神话中说西西弗斯推石头上山,至山顶石滚下。他周而复始,反复不断。其实面对衰老和死亡这个定数,我们每个人都是西西弗斯。故威廉·福克纳评价加缪的话既适用于西西弗斯,也适用于我们每个人:

> 如果人类困境的惟一出路在于死亡,那我们就是走在错误的道路上了。正确的路迹是通向生命,通向阳光的那一条。一个人不能永无止境的忍受寒冷。因此他反抗了。他就是不能忍受永无止境的寒冷。他就是不愿沿着一条仅仅通向死亡的路走下去。他所走的是惟一的一条可能不光是通向死亡的道路。他们遵循的道路通向阳光,那是一条完全靠我们

微弱的力量用我们荒谬的材料造成的道路，在生活中它本来并不存在，是我们把它造出来之后才有的。是的，活下去。①

俞曲园老人说自己"骨肉凋零，老怀索寞，宿疴时作，精力益衰，不能复事著述。而块然独处，又不能不以书籍自娱"②，我颇能理解老人家的痛楚心情。

三

往昔对于读书，有一种崇古的观念。韩愈讲"非三代两汉之书不敢观，非圣人之志不敢存"，南宋学者家铉翁说"三代以还唯有汉，六经之外更无书"③，明代的一批文人更公然喊出："文必秦汉，诗必盛唐。"作为一种站队和表态，可以理解。但后人不必较真，更不必存看齐意识，亦步亦趋地模仿。

康德《人类历史起源臆测》指出："在历史叙述的过程中，为了弥补文献的不足而插入各种臆测，这是完全可以允许的；因为作为远因的前奏与作为影响的后果，对我们之发掘中间的环节可以提供一条相当可靠的线索，使历史的过渡得以为人理解。"④

就我个人而言，倒是觉得几位现代学者对读书的一些建议平实有用，如陈垣曾以几部重要的笔记为例，做史源学的研究，并

---

① [美]威廉·福克纳《福克纳随笔》，李文俊译，上海：上海译文出版社，2008年。
② 俞樾《茶香室丛钞》序，北京：中华书局，1995年。
③ 家铉翁《圮上行》，见《则堂集》卷五。
④ [德]康德《历史理性批判文集》，何兆武译，北京：商务印书馆，1991年，第59页。

总结了几条读中国古籍的原则:"一、读书不统观首尾,不可妄下批评。二、读史不知人论世,不能妄相比较。三、读书不点句分段,则上下文易混。四、读书不细心寻绎,则甲乙事易淆。五、引书不论朝代,则因果每颠倒。六、引书不注卷数,则引据嫌浮泛。"①

余英时强调读书要谦逊:"我们读经典之作,甚至一般有学术价值的今人之作,总要先存一点谦逊的心理,不能一开始便狂妄自大。这是今天许多中国读书人常犯的一种通病,尤以治中国学问的人为甚。他们往往'尊西人若帝天,视西籍如神圣'(这是邓实克1904年说的话),凭着平时所得的一点西方观念,对中国古籍横加'批判',他们不是读书,而是像高高在上的法官,把中国书籍当作囚犯一样来审问、逼供。如果有人认为这是'创造'的表现,我想他大可不必浪费时间去读中国书。倒不如像鲁迅所说的'中国书一本也不必读,要读便读外国书',反而更干脆。不过读外国书也还是要谦逊,也还是不能狂妄自大。"②余先生的话可能会让有些人听起来感到困惑,只要联系在余之前,陈寅恪已经讲过:"窃疑中国自今日以后,即使能忠实输入北美或东欧之思想,其结局当亦等于玄奘唯识之学,在吾国思想史上,既不能居最高之地位,且亦终归于歇绝者。其真能于思想上自成系统,有所创获者,必须一方面吸收输入外来之学说,一方面不忘本民族之地位。此二种相反而适相成之态度,乃道教之真精神,新儒家

---

① 陈智超编《陈垣史源学杂文》,北京:人民出版社,1980年。
② 余英时《怎样读中国书》,《钱穆与中国文化》,上海:上海远东出版社,1994年。

之旧途径，而二千年吾民族与他民族思想接触史之所昭示者也。"①

当代学人刘跃进则总结说："我发现上述大家有一个学术共性，即能在寻常材料中发明新见解，在新见资料中发现新问题，在发明发现中开辟新境界。"②

袁枚的这两句诗我比较喜欢："双眼自将秋水洗，一生不受古人欺。"③其实古人没有欺骗我们，是我们自己太幼稚，太简单，错解了古人。所以，这个板子不能打在古人身上，应该打在你自己身上。

犹忆童年时随外婆住在乌审旗尔林川乡下，当时乡下没有电，要用畜力推石磨舂米磨面，为防止驴子偷吃，推磨的驴一般都被蒙上眼罩。驴走慢了，站在旁边看磨的就用笞箒打一下驴屁股，挨了打的驴第二圈转到此，仍然保留着挨打的记忆，于是条件反射般快跑几步。外婆爱唠叨，常用此案例教育我：驴挨了打都有记性，人不能不长记性，不断重复错误。惭愧的是，我自己不断摔跟头犯错，也不断看到现实中和书上别人摔跟头犯错，就是不如驴子有记性。借用网络新生代朋友的一个表述，人类傲慢地使用蠢驴、蠢猪这样的字眼，动物世界的异类朋友会集体抗议的，它们会认为这是"物种歧视"，因为人类干的蠢事并不比动物们少。及至从书上看到黑格尔老人曾说："我们从历史中得到的

---

① 《冯友兰中国哲学史下册审查报告》，《金明馆丛稿二编》，北京：生活·读书·新知三联书店，2001年，第252页。
② 刘跃进《从师记》，北京：人民文学出版社，2022年，第159页。
③ 《随园诗话·补遗》卷三。

唯一的教训就是我们从没有从历史中得到过教训。"[1]罗素也重复着说道:"人类唯一的历史教训就是忘记了历史的教训。"我这才稍稍释然,原来不长记性和贪嗔痴恨爱恶欲一样,是人类的共病,也是我们的原罪。这样想想,个人的负罪感也就减却了不少。

四

收入本书的文字分为四类:

第一类是拜读学习师友著作的心得体会。多年来,我从阅读他们的著作中获益匪浅,但引述和评介未必允当,只能是受益人个人的感受。

第二类是由我挂名和兼任各类丛书、编著的主编、责任人以及合编、参编人所写的一些说明文字。上大学前,我曾在一个文艺团体做过几年舞美工作,朋友戏谑地说那叫"拉大幕",专业术语叫"司幕",与大型活动中的"司仪"的功能近似,故我借用过来作为这一辑的题目。

第三类是我为我的学生所写的书序和前言,主要是硕博士研究生和博士后,参与了他们项目的开题和答辩,也见证了他们的成长。他们未来学术道路的顺逆穷通,主要还要靠个人的努力,但因我曾与这些年轻朋友有过一点学术交往,故也愿借本辑存留一点学术记忆。

---

[1] 《历史哲学》绪论,王造时译,上海:上海书店出版社,2006年。

第四类是我为自己的几本书写的序言和后记，这几个集子将来不会再重印了，留一篇前言后记，就像在笔记本里保留几片植物标本。失了水分的干花干草也就没有了真香生色，留一点岁月的印痕吧，取名"自照"，典出温庭筠"照花前后镜，花面交相映"。当然，读者朋友也可以理解为"猪八戒照镜子"。

其中，前两类阅读笔记，我在书名上还统一加了一个提示性的正标题，以示推荐和揄扬。后两类因为是写读学生的书和自己的书，就没必要刻意地自我广告了。

我读书有限，本集提及的未必都是很好的书，我的阅读体会各位也未必认可，老话说的开卷有益未必都是指精装版的经典名著，董桥《夏先生》一文中曾说夏先生对他提点道："夏先生说读书乐趣不外一叶知秋，腹中有书，眼前的书不难引出腹中的书，两相呼应，不亦快哉。"[1]

末了，引唐甄《潜书》中的一段话用以自勉，也送给年轻和年长的读者朋友："我发虽变，我心不变；我齿虽堕，我心不堕。岂惟不变不堕，将反其心于发长齿生之时。人谓老过学时，我谓老正学时。今者七十，乃我用力之时也……老而学成，如吴农获谷，必在立冬之后，虽欲先之而不能也。学虽易成，年不我假；敏以求之，不可少待。不然，行百里者，九十而日暮，悔何及矣！"[2]

---

[1] 董桥《一纸平安》，北京：海豚出版社，2013年，第39页。
[2] 唐甄《潜书》上篇上《七十》，北京：中华书局，2009年，第36页。

目 录

蠡测辑

守先待后，招魂起魄
  唐代文学研究新著述读后 …………………………… 3
不废江河万古流
  《杜甫全集校注》读后 ………………………………… 17
一书、一师与一学科
  《唐诗选注评鉴》读后 ………………………………… 25
传布推广唐诗总集的新努力
  《新修增订注释全唐诗》读后 ………………………… 30
九尺高台起垒土
  "唐诗学书系"读后 …………………………………… 32
紫藤园的文化视野
  《紫藤园夜话》读后 …………………………………… 35
乡愁的文化理念
  《故园情思》读后 ……………………………………… 41

一枝一叶总关情
　　《紫藤园夜话》第三集读后 ·················· 44
比较的诗学
　　《唐诗比较论》读后 ······················· 50
苦心孤诣，征实逆志
　　《韩愈文统探微》读后 ····················· 55
悟道之旅
　　从《悟道轩杂品》到《我与世界》 ············ 63
让石碑自己述说
　　小说《石语》读后 ························· 70
"采铜于山"与"眼处心生"
　　《大秦之道》读后 ························· 75
重器、神器与利器
　　小说《长安》读后 ························· 80
一城文化，半城神仙
　　诗集《送你一个长安》读后 ················· 84
现代神话中的文化设计
　　小说《风来水来》读后 ····················· 88
终南一滴，乾坤几许清气？
　　小说《金石记》读后 ······················· 91
突破四个"隔离"
　　《沈奇诗学著述》读后 ····················· 95
具有前瞻意识的《史记》研究
　　《史记学概论》读后 ······················· 98

腿　功
　　《万花筒：杜爱民散文随笔选》读后 …………… 100
穆涛的风气
　　《先前的风气》读后 ……………………………… 102
为有源头活水来
　　《中国人的大局观》读后 ………………………… 106
行者的城记
　　《望未央》读后 …………………………………… 110
谁是诗中疏凿手？
　　《诗话美典的传释》序 …………………………… 113
发现灵境
　　《高原灵境：中国西部高原风光风情影像》序 …… 122
唐代诗文领域的深耕
　　《李杜韩柳的文学世界》序 ……………………… 126
旧体诗的新使命
　　《半通斋诗选》序 ………………………………… 132
精神自驾游
　　《京兆集》读后 …………………………………… 135
佛教与文学
　　《佛教文学十六讲》序 …………………………… 139
筘吹共弦诵
　　《西北联大文学作品选》序 ……………………… 142

司幕辑

唐文经典化的新诠释
　　《唐文选》前言 ………………………………………… 155
东瀛交流琐语
　　《长安都市文化与朝鲜·日本》序 …………………… 163
风高土厚与文质彬彬
　　《榆林诗词》创刊号序 ………………………………… 166
学脉：秘响旁通
　　《古代文献的考证与诠释：海峡两岸古典文献学国际学术
　　会议论文集》序 ………………………………………… 170
百年回眸，邓林依旧蓊郁
　　《西北大学中文学科110年论文集萃》序 …………… 173
相遇缘，相聚情
　　《八一集》序 …………………………………………… 184
他山的长安学
　　《长安文化国际研究译丛》序 ………………………… 190
从扶桑看长安
　　"日本学人唐代文史研究八人集"丛书序 …………… 193
山川异域，风月同天
　　"日本学者唐代文化研究译丛"序 …………………… 197
深耕通识教育的新努力
　　《大学语文》(第三版)序 ……………………………… 202

"西北大学语言文学研究丛刊"总序 ………………… 206
"中国文化研究书系"总序 ……………………………… 210

培土辑

《中国古代文学研究经典精读》代前言 ………………… 217
《尊师重教》前言 ……………………………………… 234
《李因笃文学研究》序 ………………………………… 238
《牛弘研究：隋唐士族文学个案研究》序 ……………… 242
《唐代公主的婚姻生活》序 …………………………… 245
《唐五代佛寺壁画的文献考察》序 …………………… 248
《唐代礼制文化与文学》序 …………………………… 251
《朱熹〈楚辞集注〉研究》序 …………………………… 255
《唐代京兆韦氏家族与文学研究》序 ………………… 258
《〈乐府杂录〉校注》序 ………………………………… 261
《振叶寻根：河东人物丛考》序 ……………………… 265
《明清唐人诗意图文献辑考》序 ……………………… 269
《耶律楚材家族及其文学研究》序 …………………… 272
《生态文化视野下的唐代长安佛寺植物》序 ………… 276
《唐代教育与文学》序 ………………………………… 280
《文心见园：唐宋园林散文研究》序 ………………… 284

自照辑

《怅望古今》自序 ……………………………………… 291

《行水看云》自序 …………………………………… 295
《课比天大》自序 …………………………………… 299
《野生涯》自序 ……………………………………… 304
《怅望古今》后记 …………………………………… 310
《行水看云》后记 …………………………………… 312
《课比天大》后记 …………………………………… 315
《野生涯》后记 ……………………………………… 318

后记 …………………………………………………… 321

蠡测辑

守先待后，招魂起魄

唐代文学研究新著述读后

十一届三中全会以来，中国社会各方面陆续恢复了正常秩序，人文社会科学研究也步入了新的历史时期。1982年中国唐代文学学会在西安成立，迄今已过不惑之年，大陆唐代文学研究也进入了一个新的阶段。

一、成就与实绩

回顾40多年来唐代文学研究史，从整个中国古代文学断代研究的大背景来看，唐代文学研究实现了一些指标性的突破，形成了鲜明的特色，取得了长足的进步。这些突破和进步主要表现在以下几个方面：

一是传世典籍与文献整理的新成果很多。以总集的整理而言，由周勋初先生任第一主编的《全唐五代诗》正在陆续出版，由陈尚君先生独立完成的《唐五代诗全编》也即将付梓。这两项工作应该是继清人编《全唐诗》以来最重要、创获最多的重大学术工程。陈尚君先生此前已经推出《全唐诗补编》(中华书局 1992 年)、《全唐文补编》(中华书局 2004 年),为《全唐诗》《全唐文》两部总集的新编做了大量前期准备工作。

别集整理起步早,成果更多,几乎一流作家的作品都有了新整理的本子,有些还有不止一种整理本。如初唐王绩集的整理,有韩理洲《〈王无功文集〉五卷本会校》(上海古籍出版社 1987 年)。卢照邻集的整理,已经出版《卢照邻集编年笺注》(任国绪笺注,黑龙江人民出版社 1989 年)、《卢照邻集笺注》(祝尚书笺注,上海古籍出版社 1994 年)、《卢照邻集校注》(李云逸校注,中华书局 1998 年)。王维集的整理,有陈铁民校注《王维集校注》(中华书局 1997 年)。李白集的整理,先有瞿蜕园、朱金城两位先生的《李白集校注》(上海古籍出版社 1980 年),接着有安旗先生等撰的《李白全集编年注释》(巴蜀书社 1990 年,中华书局 2015 年更名为《李白全集编年笺注》),詹锳先生主编《李白全集校注汇释集评》(百花文艺出版社 1996 年)出版,最新出版的是郁贤皓先生的《李太白全集校注》(凤凰出版社 2015 年),问世后已获得多项重要学术奖项。杜甫集的整理,继萧涤非先生主编《杜甫全集校注》(人民文学出版社 2014 年)推出,又有谢思炜先生撰《杜甫集校注》(上海古籍出版社 2016 年)出版。此外,张九龄、孟浩然、储光羲、王昌龄、高适、岑参等的文集也有较好的整理本,有些也不止一种。中唐韩愈集的整理,有阎琦先生的《韩昌黎文集注释》(三秦出版社 2004 年),刘真伦、岳珍的《韩愈文集汇校笺注》(中华书局 2010 年),郝润华、王东峰整理的《五百家注韩昌黎文集》(中华书局2019年)等。柳宗元集的整理,有尹占华、韩文奇两位的《柳宗元集校注》(中华书局2013年)。白居易集的整理,有朱金城《白居易集笺校》(上海古籍出版社1988年),谢思炜《白居易诗集校注》(中华书局2006年)和《白居易文集校注》(中华书局2011年)。此外,李德裕、刘禹锡、元稹、李商隐、杜牧、韦庄等的文集也都有新的整理本,其中刘学锴、余恕诚《李商隐诗歌集解》(中华书局2016年)和《李商隐文编年校注》(中华书局2012年),工作量很大,用力甚勤,也最引人关注。

别集之外的专书整理成果也很突出,如傅璇琮主编《唐才子传校笺》(中华书局1987年),王仲镛《唐诗纪事校笺》(巴蜀书社1989年),郁贤皓、陶敏等整理的《〈元和姓纂〉四校记》(中华书局1994年),项楚《敦煌变文选注》(巴蜀书社1989年),徐俊《敦煌诗集残卷辑考》(中华书局2000年),卢盛江《文镜秘府论校笺》(中华书局2019年),等等。

我这里仅以个人案头所放的部分拿来举例,不是全面系统的成果名录,难免挂一漏万。有了这些扎实的文献整理成果,使得在21世纪20年代再进行作家作品研究,已与四五十年前不可同日而语,对于大众和普通爱好者而言,达到了学术普及、学术下行的效果;但对于专业学者而言,学术研究问题意识的"水位"在提升,进入专题研究的学术门槛也在抬高。

二是新出土文献的发布和研究"井喷式"地推出。其中《新中国出土墓志》项目起步早,工程浩大,分省设卷,已经出版了河南卷、陕西卷、河北卷、江苏卷、山东卷、上海卷等,皇皇巨帙,涉及唐代的内容占比很高。胡戟、荣新江主编《大唐西市博物馆藏墓志》(北京大学出版社2012年),收录了民营博物馆西安大唐西市博物馆所藏、经学者专家反复鉴定遴选的精品墓志、墓碑共计500方,时间纵跨从北朝到宋、元、明、清等朝代,其中90%是隋唐墓志。其他各省市推出的石刻或墓志录文整理也不少,尤以陕西和河南出土的新文献居多,也最引人关注。

与唐代文学关系密切的石刻文献研究如陈尚君先生的《贞石诠唐》(复旦大学出版社2016年),集录其据新出土文献研究唐代文学的30多篇论文。胡可先先生也集中精力于新文献与唐代文学的关系研究上,先后出版《出土文献与唐代诗学研究》(中华书局2012年)、《考古发现与唐代文学研究》(浙江大学出版社2014年)、《新出石刻与唐代文学家族研究》(北京大学出版社2017年)。李浩承担博物馆整理新出唐代石刻文献的工作,阶段性成果以《摩石录》(联经出版社2020年)结集出版,书中的新文献均为第一次公开发布。此外,冯国栋、王连龙、唐雯、仇鹿鸣、毛阳光、孟国栋、杨向奎、王伟、马立军等中青年学者也持续有这方面的新成果问世。因为有这些新文献和新材料,我们对唐代历史事件、文化活动、中外交往、文学创作、文人交游有了更丰富、"像素"更清晰的认知,重写文学史、新编唐文和唐诗的提法也有了坚实的史料基础。

三是海外汉文文献的整理与海外唐研究成果的译介也很可观。海外汉文文献的整理方面,以我比较熟悉的师友而言,大陆学人张伯伟、郑杰文、尚永亮、蒋寅、程章灿、杜晓勤、查屏球、刘宁、查清华等都有持续的新成果问世。郑杰文先生主持的"全球汉籍合璧工程",令学界瞩目,其中收录有许多流散海外的唐代文献。张伯伟团队集中于东亚汉文献的整理与研究，查屏球与查清华关注东亚的唐诗文献与唐诗研究。海外唐研究成果译介方面，对美国汉学家宇文所安著作的译介最为典型，由生活·读书·新知三联书店推出的"宇文所安作品系列"，涉及唐代文学的就有《初唐诗》《盛唐诗》《中国"中世纪"的终结：中唐文学文化论集》《晚唐：九世纪中叶的中国诗歌》等多种。由程章灿主译的"薛爱华作品"系列(已经出版的有《神女：唐代文学中的龙女与雨女》《朱雀：唐代的南方意象》《闽国：10世纪的中国南方王国》等)，均引人关注。包弼德著、刘宁译《斯文：唐宋思想的转型》(江苏人民出版社2001年)出版后也引起唐宋文史学界的讨论。我自己也曾与日本友人松原朗教授在尚永亮、蒋寅、杜晓勤几位工作的基础上，合编《日本学人唐代文史研究八人集》等。高兵兵主编《长安文化国际研究译丛》也分为两辑共七部译著，中青年学者童岭、卞东波、金程宇等在译介工作中都有不俗的表现。还有其他这方面的新突破，这里就不再一一赘述。

四是新的断代文学史书写有很大突破。70年代末，大学文学史教学沿用游国恩等主编《中国文学史》、中国社科院文学所(何其芳)主编《中国文学史》，有关隋唐五代部分的叙述，那个年代过来的中文专业大学生都耳熟能详。20世纪90年代以来陆续新出的袁行霈总主编《中国文学史》，章培恒、骆玉明主编《中国文学史新著》，乔象钟、陈铁民主编《唐代文学史(上)》，吴庚舜、董乃斌主编《唐代文学史(下)》，作为社科院文学所中华文学史系列的一部分。蒋寅主编《中国古代文学通论·隋唐五代卷》。新近出版的《中国古代文学史》(袁世硕、陈文新总主编)，作为"马工程"教材,是目前国内高校最为通行的文学史教材,每年的发行量有十多万套。作为文学通史中不可或缺的一部分,这些著作的突出特点是,唐代部分的书写体量在增大,叙述不断细化,能及时吸收专题研究的新成果,在文学史观和艺术评价方面都有很大突破。

五是专题研究成果涉及领域多、推进速度快。新时期以来的1980年,有两部唐代文学研究的专题著作推出:程千帆先生《唐代进士行卷与文学》(上海古籍出版社1980年)、傅璇琮先生《唐代诗人丛考》(中华书局1980年),均以丰赡的材料、绵密的考证、严谨的学风引领了整个新时期的古代文学研究,傅先生随后又有《唐代科举与文学》(陕西人民出版社1986年)、《唐翰林学士传论》(辽海出版社2005年)等二书问世。受此风气影响,戴伟华著《唐方镇文职僚佐考》(天津古籍出版社1994年)、《唐代使府与文学研究》(广西师范大学出版社1998年),王勋成著《唐代铨选与文学》(中华书局2001年),陈飞著《唐代试策考述》(中华书局2002年)。另外如陶敏《全唐诗人名考证》(陕西人民教育出版社1996年)、郁贤皓《唐刺史考全编》(安徽大学出版社2000年)、李德辉《唐代交通与文学》(湖南人民出版社2003年)、傅绍良《唐代谏议制度与文人》(中国社会科学出版社2003年)、李浩《唐代园林别业考录》(上海古籍出版社2005年)、李芳民《唐五代佛寺辑考》(商务印书馆2006年)、康震《长安文化与隋唐诗歌》(陕西人民教育出版社2008年)、郭丽《唐代教育与文学》(中国社会科学出版社2020年)等,皆能自辟新境,各具发明。

传统的作家作品研究在进入新时期以来,也有新的推进。陈贻焮《杜甫评传》(上海古籍出版社1982年)用力甚勤,创获颇多。

莫砺锋《杜甫评传》（南京大学出版社1993年），与陈贻焮先生所著为同题，却能别具只眼，独出机杼，异翮同飞，二水分流。董乃斌《李商隐传》（上海古籍出版社2012年），用新观点、新材料对晚唐重要作家进行新的阐释。专题研究方面的领域甚广，成果也很多，本文只能列举一二。葛晓音《山水田园诗派研究》（辽宁大学出版社1991年）是唐代诗歌流派研究较早的成果，蒋寅《大历诗风》（上海古籍出版社1992年）、《大历诗人研究》（中华书局1995年）具体对大历诗风与诗人群体展开深入研究。尚永亮《元和五大诗人与贬谪文学考论》（文津出版社1993年）提出"贬谪文学"与"贬谪文学群体"的概念。王昆吾《隋唐五代燕乐杂言歌辞研究》（中华书局1996年），杜晓勤《齐梁诗歌向盛唐诗歌的嬗变》（商鼎文化出版公司1996年），罗时进《唐诗演进论》（江苏古籍出版社2001年），贾晋华《唐代集会总集与诗人群研究》（北京大学出版社2001年），吴相洲《唐诗创作与歌诗传唱关系研究》（北京大学出版社2004年），陈才智《元白诗派研究》（社会科学文献出版社2007年），卢燕新《唐人编选诗文总集研究》（中国人民大学出版社2014年），夏婧《清编全唐文研究》（上海古籍出版社2019年），也是相关专题研究中的突出成果。

围绕着中国优秀文化经典唐诗的研究由来已久，也是新时期唐代文学的一个重点。赵昌平不仅整理了马茂元先生有关唐诗研究的成果，而且有自己的成果。陈伯海在推出《唐诗学引论》的基础上，又主编"唐诗学书系"。詹福瑞在对包括唐诗在内的古典文学经典化研究方面成果颇丰。

六是学术研究数据库建设及互联网应用成果不断涌现。借助数字技术和互联网技术，学术研究的大型数据库和应用软件不断涌现，更加便捷。仅以国家社科基金重大招标项目为例，就有多个数字人文课题立项：如王兆鹏主持的"唐宋文学编年系地信息平台建设"，刘石主持的"基于大数据技术的古代文学经典文本分析与研究"，徐永明主持的"学术地图发布平台"等，这些项目，极大地推进了数字人文建设。2017年，王兆鹏主持的《唐宋文学编年地图》上线两天，点击量超过220万，显示出学界对于学术研究新方法的期待与关注。

七是学术研究服务国家、服务社会的水平显著提升。浙江省委省政府采纳地方学者竺岳兵先生等学者的建议，将打造"唐诗之路"列入浙江"十四五"文化战略重点工程，以卢盛江先生为代表的唐诗之路研究会同仁迎应契机，开展研究，推出了系列成果。浙江的做法为各地开了好头，为全国做了示范。很多高校借助"爱课程""智慧树""超星"等慕课平台，推出了学生喜闻乐见的唐诗和唐代专题"金课"，社会各界的文史学者和写手，通过"喜马拉雅""得到应用软件"，或上传有声书、视频课，或利用短视频即兴发挥，为传播优秀传统文化和唐诗经典做出了独特贡献。此外，近年囿于疫情，学界也多通过"腾讯会议""钉钉"等平台，打破空间与时间的壁垒，进行学术研讨与报告，受众万千，其为学术交流提供便捷的同时，也为学术推广别开新径。

应该说，无论与古代文学其他断代研究相比，还是与其他历史时期的唐代文学研究相比，这个挂一漏万的成绩单还是很骄人的。简言之，经过几代学人的黾勉苦辛和共同努力，将唐代文学的基础研究推向了一个广阔的学术高原。这既是对吾国悠久学术传统的继承，也是对现代学术研究理念的回应和对接。

二、困境与问题

经过几十年的努力，将学术研究推向高原状态本是一件好事，但也会使未来的研究形成瓶颈，产生困境。

1. 对接20世纪学术，新一代学人如何继承并光大前辈的事业？

2. 重大的总集、别集与正史整理都已有新成果，"全球汉籍合璧工程"也稳步推进，新时代古籍整理的大项目如何展开？

3. 伴随着大规模"铁公机"建设的考古发掘会逐渐减少，新文献"井喷"式出现的可能性也越来越少，新文献的研究该如何深化？

因为天然的自然资源是有限的，包括地下出土的新文献，之所以会"井喷"，与近百年特别是近几十年的农田水利与"铁（路）公（路）机（场）"建设有关，进入后开发时期或者新发展时期，继续依赖资源的发展理念，可能需要更新换代。同理，在30、40、50年代的老辈学者的持续研究之后，60、70、80年代的中青年学人如何面对问题，如何接受挑战，如何形成自己的学术制高点，这既是整个古代文学研究界所面临的问题，也是侧重唐代研究的朋友们所要面对的困境。

4. 与海外中国研究成果"引进来"相比，中国学人成果的"走出去"相对较少，平等的、对等的、学理的、理性的学术交流太少。

5. 与前辈学者相比，宅在书房里读万卷书的学人在增加，行万里路、踏勘历史现场、做现地研究的学人在减少。

20世纪八九十年代,为了更好地做好杜甫集和李白集的整理工作,萧涤非和安旗两位先生曾亲率各自的团队,沿着诗人足迹和创作路线实地考察,萧先生的团队还将考察体会以《访古学诗万里行》(人民文学出版社1982年)出版;薛天纬也踵武前贤,新著《从长安到天山:丝绸之路访唐诗》,结合实地考察,开启唐诗的丝路之旅。惜类似的研究还是太少。历史地理学者侯杨方等借用GPS等地理信息系统,倡导"重返历史现场"及"精准复原",中国台湾学者简锦松践行"现地研究",在杜甫研究和唐诗研究方面推出了系列成果,但这些新理论新实践只在年轻的学生和大众传媒领域引起有限的影响,尚未引起唐代文学研究界的认真思考。

6. 人工智能时代,年轻一代如何"预流"新知,打磨天赋,形成专长,做出新时代的新突破?值得期待。

当李鸿章讲"此三千余年一大变局也"(《筹议制造轮船未可裁撤折》)及"实为数千年未有之变局"(《因台湾事变筹画海防折》)时,强调的是传统的中国制度文化与西方列强相遇的新现实,而凯文·凯利在他的《必然》(中译本,电子工业出版社2016年)一书中预示了人类科技发展的12种趋势,"开始"作为一种趋势和关键词被列在该书的第12章,也就是结语部分,这是饶有趣味的。当然,并不能将此看作是作者的标新立异,硅谷的另外一位理工男库兹韦尔的新书《奇点临近》(中译本,机械工业出版社2011年),也给我们展示了从1945年第一台电子计算机诞生到2045年这100年间人工智能技术的指数式增长和颠覆性进展,他将此视作人类认知革命即将面临的一个"奇点"。这两位都是从技术进步角度看人类共同面临的大变局,而这一大变局的影响恐怕要比李中堂当年所忧虑的问题更深广,因为这种大冲击、大震荡、大变革、大分流不是仅仅针对美国与中国、西方与东方,而是针对全人类;也不仅仅是互联网与人工智能领域的变化,而是人类整体生活方式的变化。作为一个从事唐代文学研究的专业学者,不必在此旁生枝蔓,危言耸听,肤泛地夸说这种变化对人类的影响,但至少应该思考在这种新的"大变局"中,我们的学科和专业应该如何迎应?

三、建言与展望

我个人认为,全面科学系统地讨论对未来的迎应对策既是不可能也是不现实的,因为"世界上唯一不变的就是变化本身"(斯宾塞·约翰逊语)。同理,未来"唯一可以确定的东西就是不确定性"(米歇尔·渥克语)。但是,作为一名专业学者,就自己熟悉的学科和专业未来的可能变化,对一些趋势上的可能性,见仁见智,谈一点个人的看法,还是应该鼓励的。

第一,学者应不断升级自我,以适应人工智能时代学术研究的新现实。《礼记·大学》:"苟日新,日日新,又日新。"朱熹章句:"言诚能一日有以涤其旧染之污而自新,则当因其已新者,而日日新之,又日新之,不可略有间断也。"凯文·凯利提醒人类面对变化着的时代时说:"首先,终身学习,不断学习。当你一直处于一个学习的状态时,你永远都是一个新的人。所有的东西都是不确定的,你永远都是无知的,不管你多大年纪,处在人生哪个阶段,总会有新的东西出现,所以我们要永远处于学习的状态。"(凯文·凯利《通向未来的12个必然趋势》)中国古人是从认识论角度谈"日新",凯文·凯利则是从人工智能角度强调人类应该像计算机一样,不断升级自我。

第二,学界应崇尚原始创新,鼓励开创中国学派、中国风格的填补空白的研究。黄侃引顾炎武语勉励学生:"著书必前之所未尝有,后之所不可无。"达到这样的境界固然不易,但今之学者也应以这样的标准自勉互勉,砥砺后进,以转移风气,走向向上一路。

第三,在持续进行传世文献与新出文献整理的同时,更要注意对传统文献与新出文献进行深加工,倡导综合研究和精细化研究。

通过关注新史料、新文献以"预流"学术,是20世纪中国现代学术创建期的一个主流看法。陈寅恪《陈垣〈敦煌劫余录〉序》:

> 一时代之学术,必有其新材料与新问题。取用此材料,以研求问题,则为此时代学术之新潮流。治学之士,得预于此潮流者,谓之预流(借用佛教初果之名)。其未得预者,谓之未入流。此古今学术史之通义,非彼闭门造车之徒,所能同喻者也。敦煌学者,今日世界学术之新潮流也。

饶宗颐《唐宋墓志:远东学院藏拓本图录引言》:

> 向来谈文献学者,辄举甲骨、简牍、敦煌写卷、档案四

者为新出史料之渊薮。余谓宜增入碑志为五大类。碑志之文，多与史传相表里，阐幽表微，补阙正误，前贤论之详矣。

当代文史学界的学人对这两段话都比较熟悉。其实，从陈寅恪、岑仲勉、陈垣、严耕望、陈直到饶宗颐，几代学人都是这种学术理念的实践者，他们学术实践的背后隐隐约约有一草蛇灰线贯穿其间，与两份纲领性文献有关：一份是胡适《〈国学季刊〉发刊宣言》(《国学季刊》第1卷第1号，又载1923年3月12日至14日《北京大学日刊》)，另一份是傅斯年《历史语言研究所工作之旨趣》(《中央研究院历史语言研究所集刊》第一本第一分)。吴相湘先生曾将这两篇文章相提并论，称它们"为近五十年中国文化史研究的两大重要文献，亦为奠定中国现代历史学之两大柱石。而傅之号召比较胡适更具积极性。"(吴相湘《民国百人传》第1册，传记文学出版社1982年)40多年来的古代文史研究包括唐代文学研究，其中最优秀的成果中，在学术理念、学术思维、学术方法上都能隐约看到这种精神伏脉的潜流。

在新时期的唐代文学研究领域，傅璇琮、张枕石、郁贤皓、陶敏、陈尚君、胡可先等也是这一传统的实践者。

第四，向考古学、历史学、语言学、文艺学、生态学、博物学等相邻学科学习，注意吸收相关学科的新知，如全球史、图绘史、物质生活史、日常生活史、医疗史、环境史等。在两个或多个学科的边缘地带，寻找新的突破口。

第五，人文社会科学成果可以粗略地划分为发现、发明和由重混而形成的集成研究,衡之以唐代文学研究,已有成果不乏发现的研究成果,也有很多的集成研究,但是发明式的成果还是太少,呼唤未来多多推出发明式的成果。

第六,如何更好更快地将小众的学术新成果及时传播转化到教学和大众领域,真正实现文学兴观群怨、以文化人的教化功能,如何使唐诗经典等优秀传统诗歌在当代艺术创作和创意中"续命还魂",应该是唐代文学研究的学者和当代各科学者共同思考的问题。

第七,以"文明互鉴"的胸怀、文化开新的眼光,关注唐代文学的中外比较研究,既要研究东海西海的"物同理同"(钱钟书语),又要注意发现本土文化的"本地风光"。

对于从事古代文学研究的学人来说,可能对科技界"未来已来"的说法不屑一顾,但对另外一个文学的表述"凡是过往,皆为序章"(莎士比亚语),可能心有戚戚焉。衷心希望我们的学界真正能够守先待后,贞下起元,深耕学术,追求卓越,为复兴中华文化,开创唐代文学研究的新局面,做出新时代的新贡献。

因为认识所限,也因为篇幅所限,我只能仓促地将自己的肤浅看法草草提出,列举作品仅仅是为了举例,既不全面,也不完整。我个人的认知,也只能择要简录,未能展开,敬祈博雅君子批评指正。

杜晓勤著《20世纪隋唐五代文学研究述论》(上、下),北京:北京大学出版社,2021年

不废江河万古流

《杜甫全集校注》读后

  2014年或将会在杜诗学史上留下浓重的一笔。首先，由萧涤非先生任主编、山东大学等全国多所高校学者参与的重大工程——《杜甫全集校注》杀青问世。历时36年的学术接力赛，几代学人劳心劳力，黾勉从事，终于大功告成，引发人们把目光投向这些年有些沉寂的"诗中圣哲"。其次，由清华大学谢思炜教授以个人之力独自完成的《杜甫集校注》，也即将由上海古籍出版社出版。该书的特色与学术价值，思炜教授也有简要介绍（参见谢思炜《关于〈杜甫集校注〉的编纂》）。京沪两地，一南一北，分别推出两部杜诗研究的扛鼎之作，会引起读书界的高度关注和浓厚兴趣。另外，日本京都大学兴膳宏教授近年组织读杜会，有志将吉川幸次郎先生中辍的《杜甫诗注》全书完成。由下定雅弘、松原朗等教授共同承担的杜诗全译工程，预计将于2016年出版（下定雅弘、松原朗编《杜甫全诗译注》，讲谈社2016年陆续出版）。

  围绕着《杜甫集》这部皇皇巨著的海内外研究、整理、翻译、出版，在时间节点上并非专门策划，但不期而遇，适逢文化知识界重新关注优秀传统文化的大背景，于是一部古典文献整理研究的学术消息，题里题外都透露出更大的意味，促使人们从更深广的角度做一些思考。

一、递相祖述复先谁：杜诗研究在当代

包括大学在内的现代学术共同体，在我国出现较晚，不过100多年历史。杜甫研究走向现代，是与现代学术机构的设立同步向前的。民国时期大学的课程设置，研究院所的研究课题，以及报纸期刊上发表的文章，与杜甫研究有关者不少。最著名的研究者要推梁启超、闻一多、傅东华、汪静之、谢一苇、王亚平等。由洪业等编、哈佛燕京学社引得编纂处出版的《杜诗引得》，迄今仍被人们摆在图书馆的书架上；而梁启超的《情圣杜甫》是民国时期高引用率的杜诗研究成果之一。我的学生赵耀峰的博士论文《民国时期的唐诗学研究》专设一节讨论民国时期的杜诗研究，对此有较详细的引录和叙述，可参读。

真正有组织有计划有团队进行杜诗研究，要到1949年以后。20世纪五六十年代到"文革"十年，极左思潮干扰较多，正常的学术研究受到影响，杜甫研究也未能幸免，但在艰难中仍不断有新成果问世。如中华书局曾编辑过《杜甫研究论文集》多辑、《古典文学研究资料汇编·杜甫卷》（署名华文轩），冯至先生的《杜甫传》、萧涤非先生的《杜甫研究》、傅庚生先生的《杜甫诗论》、朱东润先生的《杜甫叙论》，都是这个时期出版的。郭沫若《李白与

杜甫》一书也是这一特殊时期催生的，书中虽然提出了不少有创见的新说，但在"文革"结束后受到学界特别是杜甫研究学者们持续的批评与质疑。1976年10月打倒"四人帮"，迎来科学文化的春天，杜甫研究才真正进入了兴盛时期。

首先是专业学术团体为杜诗研究提供了广阔的平台。中国唐代文学学会、中国杜甫研究会、四川省和河南省杜甫学会等学术团体为杜甫研究提供了空间，《唐代文学研究年鉴》《杜甫研究学刊》《唐代文学研究》《唐研究》等刊物则为相关成果的发表提供了阵地。

其次是出版机构对杜诗研究成果的刊布推动有力。在杜诗传播接受史上，宋代就有"千家注杜"之说，丰富的积淀，是产生新成果的重要基石。出版界先后推出《杜诗详注》《杜诗镜铨》《读杜心解》《杜臆》《钱注杜诗》《读杜诗说》《读杜札记》《唱经堂杜诗解》等，或点校整理，或直接影印，为构筑杜诗研究学术谱系功不可没。当代杜甫研究的新成果数量甚丰，这篇小文挂一漏万，根本无法胪列。所幸每年的《唐代文学研究年鉴》设有"杜甫研究"专栏，综述当年的成果，附录中还有当年杜甫研究的论著、论文目录的辑录，可参看。其中值得特别一提者，为陈贻焮的《杜甫评传》，用力甚勤。陈先生曾说他为杜甫献出了一只眼睛。台湾中山大学简锦松先生以唐诗现地研究著名，为撰著《杜甫夔州诗现地研究》实地考察、精密测量，把现代科技工具带到了杜诗研究领域。陈铁民、陈尚君、胡可先等利用考古与新出土文物订正传世文献。张忠纲主编《杜诗大辞典》，汇集杜甫研究相关成果。此外，程千帆、金启华、霍松林、黄永武、叶绮莲、万曼、聂石樵、叶嘉莹、韩成武、郑庆笃、莫砺锋、葛晓音、宋开玉、周采泉、葛景春、邓小军、刘明华、傅光、郝润华、康震、胡永杰等几代学者也均有杜甫研究的成果行世。

其三是国内及国际杜甫研究交流的频繁和常态化。改革开放以来，国门大开，国内学者出境和国外境外学者入境已大抵常态化，学术交流频繁。国际会议和学人互访，能使学术资讯及时传播，也能使学者站在学术前沿思考，为包括杜诗在内的优秀传统文化走出去，提供了正常通道。

还有杜甫作品及相关研究成果的数据化。北京大学李铎教授已将包括杜诗在内的《全唐诗》数据化，可以单字检索，也可以自定相关主题进行检索。首都师范大学尹小林的《国学宝典》升级版，也包含杜甫研究的电子数据库。西北大学唐代文学研究室将刊布在《唐代文学研究》辑刊上的所有论文数据化，可以进行不同主题和关键词检索。

最后，20世纪70年代后期恢复高考招生，特别是建立研究生招生制度以来，每年都有不少毕业的硕博士，以杜甫研究为论文选题，其中的优秀者已成长为教学科研的中坚。如林继中《杜诗赵次公先后解辑校》、郝润华《〈钱注杜诗〉与诗史互证方法》、刘重喜《明末清初杜诗学研究》等。

二、怅望千秋一洒泪：杜诗阅读在当代

王兆鹏教授和他的研究团队在《唐诗排行榜》一书中发布了他们借助各种选本的入选率和网络的链接率来统计不同作品在读者

群中的关注度，其中以入选的前100首唐诗名篇作为重点考察对象，入选作品数量排名前三位的诗人是：杜甫，17首；王维，10首；李白，9首。

学界和大众对这一排行榜及具体方法见仁见智，但至少让我们从另一个侧面对唐代诗圣杜甫、诗佛王维、诗仙李白的影响有一个具体而微的了解。在入选的100首作品中杜诗约占六分之一弱的数量，以总量第一位居排行榜，这至少说明读者对杜诗关注度极高。

从传播接受角度来看，杜诗的阅读者大致可分为三个类型：普通读者、批评研究型专家、创作型专家。前一类型主要是大众的文化消费阅读，后两类型则是专业阅读。纵观包括杜诗阅读在内的经典阅读，有几个导向应该关注：

一是专业阅读与大众阅读应互相激励，双向馈赠。无论是研究型专家还是创作型专家，都应不断推出新成果，不断引导大众阅读。学界应开放相关的学术会议及学术期刊报纸，关注并吸收大众的意见；大众也应了解学术新知，追踪学术前沿，不满足于永远被戏说、被普及、被通俗。

二是浅读与深读、快读与慢读宜互相配合，由浅入深，由快返慢，走向经典阅读的纵深处，开拓出书香社会的新境界：少些功利，少些应试，少些运动，少些行政命令；多些兴趣，多些好奇心，多些持久性，多些民间自发，每有会意便欣然忘食。这是提升全民阅读素养的必由之路。

中唐时韩愈作《调张籍》述说自己阅读李杜诗的精微而深刻的感受："伊我生其后，举颈遥相望。夜梦多见之，昼思反微茫。

徒观斧凿痕,不瞩治水航。想当施手时,巨刃摩天扬。垠崖划崩豁,乾坤摆雷硠。"北宋爱国将领李纲谈他读杜诗的体会说:"时平读之,未见其工,迨亲更兵火丧乱之后,诵其诗如出乎其时,犁然有当于人心,然后知其语之妙也。"(《重校正杜子美集序》)南宋文天祥被俘入狱,作《集杜诗》200首,在《集杜诗·自序》中说:"凡我意所欲言者,子美先为代言之。"古人敬畏经典、虔诚读杜的体会,值得今天阅读者学习效法。

三、万古云霄一羽毛:杜诗的当代价值

杜甫的十三世祖杜预,注《左传》,内容宏富,朝野称美,被称为"杜武库"。其实杜甫也可称为古典诗歌的"武库",他作品中的思想意义、文化资源、美学境界衣被百代,沾溉后人,不仅仅限于诗歌爱好者和专业学者,也不仅仅限于汉语文化圈的读者,早已成为优秀的世界文化遗产的一部分。对于杜诗的当代价值,学界已有不少成果,限于篇幅,本文仅简略强调如下几端:

一是"己溺己饥"的仁爱精神。《孟子·离娄下》:"禹思天下有溺者,由己溺之也;稷思天下有饥者,由己饥之也。是以如是其急也。"杜甫一生"窃比稷与契"(《自京赴奉先县咏怀五百字》,以下简称《咏怀五百字》),他不仅仅是为获得一官半职,解决生计,而是要"致君尧舜上,再使风俗淳"(《奉赠韦左丞丈二十二韵》),所以他能"默思失业徒,因念远戍卒"(《咏怀五百字》),"安得广厦千万间,大庇天下寒士俱欢颜,风雨不动安如山。呜呼,何时眼前突兀见此屋,吾庐独破受冻死亦足!"(《茅屋为秋风

所破歌》)这种悲天悯人的思想深度对后来的诗人兼政治家白居易、王安石等影响很大。但白居易也仅能做到推己及人，杜甫则能舍己为人，忘我利他。这种本土的思想资源在"充满精致的利己主义"(钱理群语)的当下，不啻为空谷足音，可以引领士人与国民走上向上一路。

二是"友于花鸟"的生态意识。杜甫《岳麓山道林二寺行》"一重一掩吾肺腑，山鸟山花吾友于"，被后人视为"见道"之语，谓起伏的山峦犹如自己起伏的肺腑，山中的花鸟就是自己的朋辈兄弟。这与充满戾气、杀伐气的征服自然的论调相比，是更先进的一种文明意识。《江亭》："水流心不竞，云在意俱迟。寂寂春将晚，欣欣物自私。"《后游》："江山如有待，花柳更无私。野润烟光薄，沙暄日色迟。"杨伦解释说："物自私，谓物各遂其性也。更无私，谓物同适其天也。"(《杜诗镜铨》卷八)"物自私"与"更无私"，相反相成，与《礼记·中庸》"万物并育而不相害，道并行而不相悖"可以互相发挥。这种认识与现代生态学的原理暗合，故有学者谓中国人所推崇的既非"天人合一"，也非"天人相争"，更非"人定胜天"，而是"天人共生"的理念(参见彭富春《论中国的智慧》)。我们在治理环境污染、抚平自然创伤、建设生态文明时，既要从现代文明国家汲取先进经验，又不要忘记从中国传统文明中获取思想资源。

三是"以时事入诗"的创作追求。明人胡震亨谓："以时事入诗，自杜少陵始。"虽有不同的理解，但是众体兼备的杜甫，最大的创新恐怕在于既能借古题写时事，又能自立新题写时事，还能在纪行咏怀中述时事，在山水吟咏中饱含对时事的关切，故他的诗被誉为"诗史",被赞为"子美集开新世界"。这个"新世界"就是他写入诗中的"时事"。前人已多指出,杜诗不仅可以证史,而且可以补史之不足,补史之亡佚,甚至可以纠史籍之错讹。多读杜甫诗,作家、学者可以重新构筑与现实时事的关系,不做鸵鸟,不做应声虫;大众亦可疗治文化失忆症与文化缺钙症。

清人黄生说:"读唐诗,一读了然,再过亦无异解。惟读杜诗,屡进屡得。"(《杜诗说》)此语可自勉,又可与天下读杜者共勉。愿我们的当代文化在涵泳经典中,也能"屡进屡得"。

萧涤非主编《杜甫全集校注》(张忠纲终审统稿,廖仲安、张忠纲、郑庆笃、焦裕银、李华副主编),北京:人民文学出版社,2014年

谢思炜校注《杜甫集校注》,上海:上海古籍出版社,2016年

下定雅弘、松原朗编《杜甫全诗译注》,东京:讲谈社,2016年

一书、一师与一学科

《唐诗选注评鉴》读后

心仪刘学锴先生很多年了。

中国唐代文学学会的秘书处设在西北大学,我是秘书处的工作人员,这就给我提供了一个方便条件,能够较早与全国各地从事唐代研究的一流专家和老师有比较多的联系。刘先生过去给我的印象是不苟言笑,很严肃。他的形象和余恕诚老师的形象不太一样。余老师见人就笑。刘先生就是昨天、今天笑得比较多,过去笑得比较少。所以我见余老师不害怕,与他交流较多。过去见刘先生还有点敬畏,以后我会向刘先生更多地请益。

我想讲这样一个意思:就是一部书、一位学人与一个学科。我和传志兄,还有在座的几位都是在一个学校先当学生,再当年轻教师,再当老教师,也做过一些管理工作,都在一个学校待得比较久。像安徽师范大学、西北大学这样一些地方院校,传统学科究竟该怎么发展呢?我们可能都有一些焦虑,甚至困惑。我觉得,《唐诗选注评鉴》编著的成功,可以找到答案。本书对于学科建设，有以下方法论的启示或意义：一是通过阐释经典来形成学术精品，二是通过研究经典来形成学术研究的平台，三是通过教授经典打造人才培养的高地。

启示一，刚才各位谈得比较多，讲得非常好。唐诗选本有很多，怎样做到专、精？这部书给我们提供了一些启示。首先，它的体量要比我们过去看到的100首或者300首要大一些，应该和中国社科院文学所的《唐诗选》、马茂元先生的《唐诗选》的体量差不多。入选500首到600首，相当于从《全唐诗》里边挑选了1%左右。就历代的入选、评笺和教材里边的一些情况来看，我觉得这个体量是比较适中的。过去100首，大家没有办法变通，比较难发挥。这个规模可以让刘先生更多地发挥他的一些独到的理解。第二，就是体例的全面和系统，有校注，有笺评，有鉴赏等。其中评笺、集评和鉴赏做得好。我觉得评、鉴实际上是一个接受史，就是一首诗的接受史。如果用西方的术语来说，它实际上是对一首诗所做的知识考古学的专业研究。现在年轻学者做博士论文、硕士论文，就一首诗的接受或一首诗的知识考古，工作做得不细致、不深入。刘先生这部书的价值与意义，表现为三个"体"：体量的超大，300万字左右；体例的全面系统；体验的特别标举。体验的特别标举体现在选家的眼光和鉴赏的独到见解，他的鉴赏部分显得很特别。这其实也有一个积累过程，刘老师早年参加《唐诗鉴赏辞典》的撰写，又给电台写过大量鉴赏文章，所以这部书可以说是水到渠成的。

这部书不是大兵团作战，而是由刘先生一个人独立完成。刘先生这一辈子只做一件事儿，就是教书、写书。刚才董乃斌老师说从刘先生的书看到了工匠精神。当下学界一边倒地呼唤大师、培养大师，我觉得可能会误导全社会。目前的实际情况是，许多学人大事做不好，小事不屑于做。中国现在缺大师，当然要呼唤。可大师是天才，是自然成长起来的，不是揠苗助长培养出来的。1亿人里面出一个大师就可以了，一个时代有三五个大师点缀一下就不荒凉了。绝大多数人能成为好工匠就不错了，特别是在古典学领域，前贤已经做得非常细致，我们必须以工匠的精神来精准对接学术史，才有可能对学术有一点修正和推进。

我觉得刘先生的工作，就是以工匠的精神来做一件精品，以一人之力成一家之言。这继承了传统的研究方法，前后比较统一，个人的见解也能够充分地彰显出来。如果大兵团作战，反复商量的话，可能就要折中，折中以后特色就不突出了。

启示二，就是通过研究经典形成学术研究的平台。刘先生和余先生在学术研究上示人以轨辙，他们的李商隐研究系列、温庭筠研究系列，实际上就是给古代文学研究者展示究竟该怎样选择课题，怎样做研究，年轻人该怎么成长，有成果之外的方法论意义。现在好多年轻人不知道该怎么做。其实，很多唐代文学研究就是从做一家入手，刘先生和余先生也是这样，在完成了这两大系列以后，再做断代的或前后打通的研究，给我们提供了范例。李商隐研究、李商隐诗集的编年、李商隐文集的编年和温庭筠的研究，给20世纪的学人争得了体面，尤其是给我们大陆学者。这些著作放在国际汉学界，我们应该感到自豪。同时，我想正因为有这样几位笃实的学者，奉献出这样一批扎实的成果，安徽师范大学拿到了一些重要的平台，包括获得一级学科博士点和教育部文科重点研究基地中国诗学研究中心。

启示三，刘先生、余先生这些老辈学者值得我们学习的，就是教书。参加今天会议的，有一大部分是安徽师大的子弟，包括留在安徽师大的学人和从安徽师大走向全国的才俊。应该说，刘先生还有一项成果，没有写在纸上，而是写在大江南北、黄河上下。刘先生和安徽师大老辈学者培养的几代学人，散落在全国各地各类学校，化身千亿，教书育人。特别是1960年前后出生的这一批，像彭玉平、查屏球、彭国忠、沈文凡、胡传志、吴怀东、方锡球、刘运好等，将来还会在学术上有更大的发展。这些都得益于老辈学者的精心培育。安徽师范大学中国古代文学学科能获得国家级教学团队称号，也是实至名归。作为一所地方院校的传统学科，人才培养的经验是值得我们学习和推广的。

当然，对安徽师范大学、对其他更年轻的管理者和学者来说，还有一个如何更好地继承弘扬、发扬光大的问题。现在教育部提出"双一流"建设，还有卓越人才培养计划，在追赶、赶超的过程中，怎样把自己的特色凝练好、发展好？我觉得，通过梳理刘先生、余先生等老先生的教学和研究经验，能够给我们做好一流学科建设、做好卓越人才培养以很多的启发。你们把经验总结出来，我们也会好好学习。

另外，中文学科最应该有文化自觉，而不是跟着人家今天这么跑，明天那么跑，跑错了，然后再回到原点。我们可否走慢一点,走稳健一点?调子不一定定得很高,但是得一直守正创新。这方面,安徽师大相当有特色,在新时代应该创造出新的经验。

刘学锴著《唐诗选注评鉴》(十卷本),郑州:中州古籍出版社,2019年

传布推广唐诗总集的新努力

《新修增订注释全唐诗》读后

　　向新版总主编陈铁民先生致敬,也借此机会深切缅怀已故的原版总主编陈贻焮先生、彭庆生先生,分册主编郝世先生。先辈之风,山高水长。斯人虽逝,著作永存。借此机会,我想表达以下几层意思:

　　第一是本书的编撰和增订汇聚了一大批古代文学研究特别是唐诗研究的专家学者,也大多是中国唐代文学学会的中坚力量,在当时是老中青三代,后来的新修订也是老中青,通过协力合作,不仅推出了成果,而且培养了队伍。人文社会科学研究的人才如何培养,见仁见智,在我看来,以项目为牵引干中学,学中干,是最好的方法之一。我自己也是在参加了包括本书在内的研究项目过程中,逐渐成长起来的。

　　第二是本书为中华优秀文化经典的推广普及做了积极有益的探索,在断代总集的注释中走到了前列。目前关于唐代诗歌总集的整理研究,主要有三个工程。一是本书,另一是周勋初等领衔的，还有一个是陈尚君先生独立完成的。本书先行推出，已经成为唐代文史研究者的基本工具书。别集的整理起步早，经验多，成果丰硕，在座的陈铁民先生的王维集整理，薛天纬先生的李白集整理，谢思炜先生的杜甫集、白居易集整理各有胜义。

第三是本书在原版的基础上不断增订完善，展示了认真求实的态度，新版由黄山书社出版，也说明有广大的市场。本项目进行增订的目的主要是为了弥补不足与吸收新的研究成果。增订工作主要包括四项内容：（1）订正讹误，改正错字；（2）核对引文；（3）核对"参见前注"之符号标示；（4）修改补充注释。本次增订主要吸收了当今唐诗研究的最新成果，对作者小传和注释都做了新的补充和订正，新增注释一万多条。本书的出版，会极大地推动唐诗研究的发展，对唐诗的普及也会有积极的作用。

我也会在"马工程"中国文学史隋唐分编中向大学生推荐本书。

薛天纬先生将此书定位为工具书，好的工具书就是在不断修订增改的基础上变成常销书，变成人们书架上的基本藏书。我相信本书会成为广大唐诗爱好者的必藏之书的。

陈铁民、彭庆生主编《新修增订注释全唐诗》，合肥：黄山书社，2023年

九尺高台起垒土

"唐诗学书系"读后

"唐诗学书系"是我们唐诗学研究的立体工程,陈伯海先生用了一个很谦虚的词——"基建工程",但是这个"基建"很重要,"基建"如果做不好,那高楼万丈最后就会变成豆腐渣工程,肯定要坍塌。这个"基建工程"好在什么地方呢?就是陈先生说的三部分,有目录学的编纂,有史料学的积累,还有理论的建构。这三个方面成鼎足状,形成唐诗学的立体工程,格局很大,但很稳健。高楼万丈平地起,后面的人可以在上面继续做,因为这个地基打得好。这是我的第一点感受。

第二点感受,这套书系给我们古代文学研究树立了一种新的范型。这个范型就像陈伯海先生刚才说的,把前辈学者陈寅恪"诗史互证"与闻一多"诗思交融"两个维度的东西结合起来,形成了这样一种范型。我觉得这样的范型对我们后来者也是有很大启发的。这是个很大的空间,沿着这个空间,可以从广大出发,走向精微。

还有一点感受就是，这套书系不是短平快突击出来的，而是经过几十年的含辛茹苦。我反对在学术研究中搞"多、快、好、省"，"好"当然是要的，但是你做得多，做得快，做得不太用力气，萝卜多了不洗泥，要把它做好就很难。所以我觉得另外要提四个字，就是"少、慢、费、优"。做得少，做得慢，做得很费劲，才能够做优，做成精品。天底下哪有那么好的事儿，很轻松就把大的工程做好了？陈伯海先生主持的这个项目就做了几十年；前年我参加过人民文学出版社推出的《杜甫全集校注》首发式，山东大学的那个工程也是做了几十年。人是大自然的一种生物，我们生产的精神产品也应该是生命体，生物要有一个自然的生长期。十月怀胎，一朝分娩。但十个月后分娩下来的不是一个成熟的大人，而是一团血肉，十岁以前还是小孩，十八岁时才血气方刚，人的生产如此，精神产品的生产也是如此，都是在缓慢的渐进的不断打磨的过程中，才可能形成精品，才可能形成特色。

最后，回应一下会议通知上所提及的"新方法、新视野"，这两个主题词应该怎么理解？大家可以见仁见智。我的理解是一种超方法、超视野，或者说是一种多元的方法、多维的视野，不必要也不应该局限于某一种或某几种方法和视野，其实陈伯海先生和他的团队已经给我们做出了示范。近十年来，在研究生培养过程中，我曾给硕士生开设过"古代文学研究方法导论"，给博士生开设过"文学研究的新思维"。硕士生的课程还根据讲义编成教材，由高教社出版。博士生的课程，因为是要给中文一级学科下的各专业开设，所以要兼顾到各个专业的情况。在讲了几届后，我不断遇到困惑，不断发现问题，不断调整讲授内容。我和大家困窘的出发点是一样的，即都想找到一种普适的、放之四海而皆准的方法论。现在的新困惑是，我感到新方法、新视野，就是一种非方法、非视野。巴金老人说文学的最高境界是无技巧；高行健写过一部书题目叫作《没有主义》，他认为文学的最高境界是没有任何主义。我理解好的文学研究包括古代文学研究，也应该是一种超方法、超视野。这样说是否有道理，可能要听取大家的批评。

陈伯海总主编"唐诗学书系"（共八册），上海：上海古籍出版社；2016年

紫藤园的文化视野

《紫藤园夜话》读后

千里青老师的随笔集《紫藤园夜话》（以下简称《夜话》）出版了，我有幸先睹为快。随风翻着装帧素雅、墨香淡淡的书扉，幽幽一阵清凉袭来，暑热顿时消了不少。这是一位老西大讲述的有关这座古老学府的故事。记得我当年从乡下负笈西大求学时，紫藤园、木香园等景观尚未出现，我眼看着那稚嫩的柔条一天天舒展，最后蜿蜒爬行到回廊顶上，交织成葱茏一片。几度夕阳，似水流年，苔藓上也曾留下我的履痕点点。千里青老师巧于因借，通过紫藤园来透视西大的沧桑巨变，而徘徊在这小园曲径上，也勾起我的许多思绪。

其实，记述校园的逸闻逸事，并不始于千里青老师，每一个学子都会对母校有一份特别的感情。最近《读书》上就有陈平原讲"老北大"的故事，何兆武谈"清华学派"。追忆西大峥嵘岁月的文章，亦不始于千里青老师，我读过西北大学台湾校友会所编纪念文集，静听20世纪40年代的男女学长们倾诉他们怀念母校的似水柔情，不免让我们今天的人亦唏嘘一番。

但千里青老师的《夜话》有他自己的理路，它不是信手抛出的几行碎玉，而是有意为之，累累若贯珠；它不是老校工白头宫女演说天宝盛事似的闲聊神侃，而是以学校建设的参与者与组织者的身份来结撰；尤为重要的是，洋洋几十万字，内容繁富，资讯丰赡，看似散漫，但反复致意、一以贯之的却是"西大精神"。集中有一篇题为《西大人的精神魅力》，其中写道："精神，确实难以简单概括。它不似校园、建筑物、仪器、电脑那样形象鲜明、具体、便于描述。它是一种无形的东西。如同空气，虽然看不到它的影子，却须臾不可离；如同飓风，虽然不识它的面目，却有摧枯拉朽之力；如盐溶于水，虽然显不出颜色，却味在其中。精神虽然无形，却可以强烈感受，可以深深体味。"《夜话》并非理论著作，所以很难说它完整建构了西大精神，但它却移形换步，随类赋彩，从不同侧面凸显和强调了西大精神。

首先，爱校之情的彰显。《夜话》的作者说他家两代四口人都是西大培养出来的，因此对母校有深挚的感情，他还专文列举西大"父子同学"——两代人都报考西大的现象，旨在说明西大办学质量高，有回头客。作者对西大的历史如数家珍，娓娓道来，指点校园某处曾留下往昔名家大师的芳馨，甚至在省府开会仍在统计西大毕业生在各部门的任职情况，半是幽默半是自豪地说，省上开会掉一片树叶也能砸三个西大人。作者说文章是教学公务之余，挑灯夜战赶出来的，但这些作品既非为应付评职称而撰的论文，又非吟风啸月、独抒性灵的艺术美文，主要是通过对校史资料和师友嘉言懿行的辑缀，以便鉴往知来，资治育人，落脚点是西大的现实，不遗余力地为振兴西大鼓与呼，与白天的政务形式不同，但用意则一。这既是他的职业职务使然，也是他感情至诚无伪的流露。

尤其令人感动的是，如此痴情西大的远不止千里青老师一人，《夜话》中记述了许多(还有许多未提及的)，老中青各个年龄段的都有。其中有些人私下可能牢骚满腹，在历次政治运动中也有过委屈，受过伤害，可一站到讲台上，就又全身心投入，诲人不倦。在事关西大荣誉与命运的大节处，更是义无反顾，维护学校的声誉和利益。有些人曾想离开西大另外谋求发展，临行之际，"仆夫悲余马怀兮，蜷局顾而不行"，就是迈不出最后一步。这可能是许多老西大人，同时也是中国老知识分子对祖国和母校的一种共同感情。荣辱与共，风雨同舟，这是一种潜在的情感资源，西大的振兴腾飞正是靠这种心理能量的裂变与助推。

其次，师资传承的扶树。"华夏学术最重传授渊源，盖非此不足以征信于人。"(陈寅恪语)《夜话》对师资传承的重视主要是通过对老师、同窗、学生的追忆来体现的。《西大有个傅庚生》《述而不作的刘持生》是缅怀自己的先师，《摹庐五弟子》是表彰陈直先生的薪火传承，《绵绵师生情》《看我学子多风雅》则体现了作者对学生的推挽引掖。他说翻阅报章杂志，最喜读自己学生的文章，"这种感觉就像老农轻轻抚摸着自个地里硕大的麦穗一样"，语言朴实，却与屈原滋兰树蕙，"冀枝叶之峻茂兮，愿俟时乎吾将刈"同一境界。作者不仅从义理上抉发先贤之幽光，而且躬行践履，甘当伯乐，推引后进。《坐冷板凳，做大学问》一文不仅是对青年学者张再林的肯定，而且也是对何炼成、周伟洲等西大前辈学者宗师风范的嘉许。他还多次提及由于何炼成教授的精心栽培，遂使西大成为"青年经济学家的摇篮"，至于地质系被誉为"中华石油英才之母"，更是众所周知的。

学校与科研院所及工厂的一个重要区别在于，除了生产物态的成果和产品外，更重要的是还要生产精神态的成果与产品——对学生的培养。我们常常因假冒伪劣产品而责怪生产厂家，那么如果学生道德水准低、业务能力差，又该归咎于谁呢？老师之于学生除了学问灌输外，还要有人格魅力的感召和熏染。所谓大师，除了学术成就绝顶外，其人格精神亦皆有过人之处。

禅宗祖师讲"识过于师，方堪传授；识与师齐，减师半德"，也包含着鼓励学生成才、超越老师的意味。只有一代超过一代，才能光大宗门。当然，学校培养的不应是一部分人，而应是一大批，甚至整个一代人，如此才能使学术的薪火成燎原之势。这既符合现代教育理念，又暗合传统教育的真谛。

第三，人文风景的勾勒。《夜话》写人、记事、议论三部分涉及了西大文理工管各系科的情况，其中以叙写文史两科人物居多，最为传神。在校园中曾传诵一时的《戏说"三子"》《新村两弥勒》，是写文史两系人物的。"墙里开花墙外红"的陈直教授，"捷径事件"中傲骨嶙峋的李熙波老人，有是非之心的张宣教授，皆是文史出身。此外，黎锦熙、侯外庐、傅庚生、刘持生、单演义、黄晖、安旗、杨春霖、何西来等一同构成了西大独特的人文风景线。

坦率地说，如果单从学术贡献和地位来说，西大理工科教师和学生的成就并不比文科低，如《夜话》中提及的岳劼恒教授（居里夫人的学生）、江仁寿教授（爱因斯坦的学生）、侯洵院士、高鸿院士、侯伯宇教授、张伯声教授、王成堂教授，都是享有世界声誉的人物，杨拯陆、罗健夫则是全国知识分子的光辉典型，郭峰是青年大学生的榜样，宋汉良、安启元、姜信真也是出身西大理工系科的翘楚。

但《夜话》毕竟不是工作总结，也不是各学科群英排座次，不必一定要客观、公允、全面。千里青老师读中文出身，耳闻目睹、长期熏染的也是文史的儒雅，对文史两科最有发言权，而写自己最熟悉的恰恰是文学创作的一个铁门限。

另外，西大位于周秦旧壤、汉唐古都，弘扬周代文明，重振汉唐雄风，西大人不仅义不容辞，而且兼具天时地利，有其他地区和高校的学者所无法比拟和替代的条件，故所取得的成就往往也很独特。加之，文科学人的成果主要是文字，易于普及，形成轰动效应，如写《废都》的贾平凹，写《小草在歌唱》的雷抒雁，写《半边楼》的延艺云，写《为钱正名》的张维迎，作品一时都曾洛阳纸贵，聚焦为新闻热点，《夜话》在介绍他们的时候，也强化了社会各界对西大的关注。

千里青老师本来专攻中国古代文论，对刘勰《文心雕龙》、皎然《诗式》及秦腔艺术大师马建翎的研究多具原创性。他的许多学生曾多次劝他利用在职机会组织课题组，申报研究项目，扩大战果，他听后只是淡淡一笑，不置可否。现在看来，他是将时间和精力都投入到西大发展和"211工程"建设这篇大文章上了，无暇他顾，只能以牺牲个人的科研为代价。《夜话》中不惮词费、再三致意的内容,也是一个证明。

千里青著《紫藤园夜话》,西安:西北大学出版社,1997年

乡愁的文化理念

《故园情思》读后

语词符号其实是一种触媒。我第一眼看到《故园情思》这个书名以及封面上用以包装的古典诗句，幽幽一股愁思便从心中泛出，汩汩然顺着九曲回肠潆洄起来，不纯粹是温馨亲切，三分沧桑中夹着二分苦涩，平地便荡漾起岁月的波澜。

按时下媒体的宣称，如今已步入网络时代，知识大爆炸，信息大革命，偌大的世界已缩变成小小的地球村，可视电话使分处南极洲与北冰洋的人可以面对面交流。科技改变了我们的生活，乡愁这古老俚俗的东西，究竟还有何意义？在一般人的印象中，现代化就等于工业化，工业化就等于城市化，城市化就等于物质化，作家将关注的目光仍投向儿时的乡村、贫瘠的土地，是否能得到读者的认同，激发起他们情感的共鸣呢？

读千里青老师的散文集《故园情思》，可以帮我们廓清疑惑。儿时的旧事陈迹，乡贤的嘉言懿行，游子的屐痕处处，无不使我们浮想联翩，手中提着箩筐随作者的游踪入山探险，出山时采集得满满的却都是自己的感受。故乡之于漂泊游荡的客子来说，永远是一根剪不断的脐带，系住浮舟的缆绳。无论你走到哪儿，乡愁的情丝总拉扯得你心口隐隐作痛，往往距离愈遥远，这根绳绷得越紧，在心井上拉出的豁口越深。现代人在物质上虽向往城市文化的消费和享乐，而精神上总是不能忘怀遥远的故乡，不管是土地的家园还是宗教的乐园。斜阳古道，寒鸦万点，流水孤村。长久的遥望远眺会产生一种归依心理，于是乡情、乡愁便获得了一种超越，从记忆库中翻检出的老照片竟具有启示的寓意，儿时采集的蝴蝶标本，几十年后仍能幻化出五彩斑斓的庄周梦。所以有人说，乡愁是人类精神的后花园。

文学实际上也是对记忆的一种追悼，所以怀旧便有了历久弥新的魅力。千里青老师已推出的随笔集《紫藤园夜话》与这部《故园情思》都着眼于旧事陈迹，看来是有意为之。作者将柳笛吹得呜呜然，如怨如慕，如泣如诉，故意撩拨那根令人心口隐隐作痛的情丝，于是我们不得不打开自己的心灵之窗，探出头去倾听，去感受。但因描写对象不同，《夜话》所述的是文化古城中一所古老大学的掌故与旧闻，典重庄谨，雅人深致，有一股书卷气。而《情思》则是对故乡的追忆，口吻如老农话桑麻，絮絮叨叨，不厌其烦，唯其如此，方显得真切。平淡中有丰腴，自然中蕴含着老到。这种气韵不是煽情的豪言壮语，而是在坎坷艰难之后的也无风雨也无晴，一任阶前点滴到天明；不是愁起绿波的荷梗，而是挟风带霜的松枝。笔触挟着霜风，率性而为，纵横腾挪，字里行间顿生岁月的波澜，所以文字也深挚沉雄起来。当今文坛的散文，以作者出身论可分为作家散文和学者散文，以内容论可分为文化散文、闲情散文和行动散文，以地域论似还可分为北方散文、江南散文、西部散文。千里青随笔散文所致力追求的境界，正是西部文学的雄深雅健。

人们常说阅读是借他人酒杯，浇自己块垒。这雕花古瓶中的陈酿滴入愁肠，化成的也是一种古雅的感情，浇灌出的是一片散淡的心境。那名士张翰为了能贪这杯玉浆，佐上故乡的鲈脍莼羹，竟然连显要的职位和前程也愿抛掷，这样看来乡愁又成了一剂败掉名利毒火的牛蒡散。

千里青著《故园情思》，西安：西北大学出版社，1999年

一枝一叶总关情

《紫藤园夜话》第三集读后

董丁诚老师的《紫藤园夜话》第三集就要结集出版了,承蒙老师信任,我在付梓前拜读了全稿。全书分为"校史拾零""师友情怀""夕阳文汇"三部分,成书后应该是结实厚重、近40万言的大书了。祝贺新著问世!

董老师"紫藤园夜话"的系列作品我都读过,也都写过阅读心得。故收到这部新著的电子稿件时,董老师嘱咐如果忙碌,写一首小诗就可以了。我不想错过学习的机会,虽然这段时间还在赶一个基金项目的结题,耍赖拖了一段时间,但还是花了几天时间,在电脑屏幕上把大著从头到尾认真阅读了几遍。

为学校的校史著文写传,不始于董老师。中外大、中、小学的校友学生,都留下自己缅怀追忆母校的文字,有些也是很感人的。我曾举过北大的陈平原、复旦的陈思和为这两所学校留下鲜活的文字,尤其是陈平原,由北大旧事追忆,进而到关注现代大学学术史,特别是他的《抗战烽火中的中国大学》,作为他的"大学五书"之一，以北大的西南联大时期为主轴，绘出抗战烽火中民国老大学南下西迁的素描，颠沛流离，笳吹遍地，弦诵不辍。冷僻的校史内容，竟然成了畅销的主旋律著作。当然更热的还有岳南的《南渡北归》，长时间排在畅销书榜前列，我在台中两所学校教书期间，还曾见证了该书繁体字版在台热销的情景。有段时间文化界同行小聚，以谈论《南渡北归》为时髦，我在读过纸版书后，又收听了此书的语音版，看到该书的收听者竟达几十万，让我感慨不已。

以西大而言，受董老师的影响，姚远教授在坚持做陕西现代科技史和科技期刊史的同时，也对西北联大进行了深入研究，撰写出皇皇三卷本的《国黉播迁：西北联大通史》，我参加了该书的首发式。姜彩燕教授还以西北联大时期的文学活动为题申报项目，获得大奖。近20年来，有关西北联大研究的学术活动日渐增多，论文著作也越来越有深度。我不能说董老师是此一风潮的滥觞者，但是他在几十年中，以一己之力，孜孜不倦，为母校做了独特的奉献。我个人以为，与已有的校史成果相比较，董老师的新著有如下几个突出的特点：

其一，深研校史，发掘新史料、新史实。董老师作为老一辈西大人，在西大读书、教书、做管理工作，历时超过了60年，对西大的历史应该很熟悉了。但熟悉未必等于深知，生活在某个环境，与学理性地研究某个环境，把生活现象作为书写对象，这完全是两回事。董老师通过长期研读校史，不仅能娴熟地运用校史资料，而且能发现新材料，补充新史实，这一部分内容主要体现在"校史拾零"与"师友情怀"两编中。如在《西大校史上的"国"

字号人物》一篇中述及国师、国史、国手、国嘴、国使、国器级的人物，以"国"字号概括一批校友的杰出贡献，很吸引眼球。其中的"国使"申健，包括我在内的年轻一代校友还真不知道，通过董老师的介绍，我才知道这位老学长十分了得，他早在中印建交之初就担任首任驻印度临时代办，随后又担任首任驻古巴大使，1980年又出任驻印度特命全权大使，是一位资深的"国使"，1987年还曾被推选为西大北京校友会会长。

在《想起名人黄照庚》一文中记述西大化学系黄照庚，曾与刘道玉前后赴苏留学，在苏组织反美大游行，光荣负伤。晚年有人出国见到了他，才知这位当年既反美又反苏的"斗士"，现在安居美国，家庭另组，有时还会参与一些社会活动。反美是工作，赴美为生活，这里又添了一个例证。

《老校长的一言半语》中记录了老校长郭琦的一段话："那么多专家学者来参加我们发起的唐代文学学会，很难得。我出两个点子：一是给每个代表拍一张彩照，留作纪念；再就是，大会结束时，让大家能品尝到西安的稠酒。"这是1982年的事，也是中文系师生津津乐道的一次盛会。老校长亲自过问学术会议的会务，董老师参与了会务工作，我那时是大三学生，也到止园宾馆旁听了学术会议，至于承办会议的辛苦细节，我并不知道。有幸与老校长孙辈中的一位成了好友，从他那里得到旁证，确认董老师记述的准确性。1982年西大发起成立中国唐代文学学会，中间曾承办过一次年会。40年后的2022年，也就是今年，唐代文学学会的年会再次在西安举办。40年沧桑，几代风流，老成凋谢，后浪涌起，让人情何以堪！

类似的新材料还很多，大多是作者亲历亲闻。这些材料不光能丰富校史的编写，而且因为是亲历者夫子自道，带着叙述者的体温和真情，有一种特别的意义。

其二，辑录文献，使不同文本互参映照。本书与前面两册在体例上一个很大的区别就是在自己专题文章之后，还附录了相关的校友的作品，如牛汉、尹雪曼、杜学知、李廷华、龚全珍、姚义、刘翙纶、武德运、梁星亮等，可见这是作者有意而为。我猜测，这与他曾在校报上主编专栏，这些文章部分是专栏中初刊有关。更重要的，这样处理可以与作者的原作互相发明，互相解释，秘响旁通，形成一个追忆的系列。这也是中国史学的传统。二十四史中，新、旧《唐书》并列，《新唐书》文字省净，叙述简洁扼要，但对材料删削过多，《旧唐书》则保留了大量的原始文献，不仅便于史家探索史源，还可以作为校对唐文总集、别集的一种依据。

其三，征实考索，在史实的基础上做判断。本书虽然是一部有关校史的散文集，但作者不轻信，不盲从，不因袭，如《石静宜是西大毕业的吗？》一文，针对社会上广泛流传的蒋纬国之妻石静宜是西大毕业生的说法，没有直接引用，而是做了大量的调研工作，最后做出否定的判断。

在《老教授的一言半语》一文中，引用傅庚生先生的话说："古人治学，有义理、辞章、考据之分。拿我们中文系来说，郝御风先生侧重义理，刘持生先生侧重考据，张西堂先生义理和考据兼而从之，而我就是一个辞章派，重在艺术欣赏，重在审美。"看来，长期流传的西大中文系四大教授各有所擅的说法是有出处的。

《闲话沙苑》一文指出杜甫《沙苑行》另有深意存焉。该首诗作于唐玄宗天宝十三载,董老师引注者曰:"唐有四十八监以牧马,设苑总监。天宝十三载,以安禄山知总事,公作《沙苑行》以讽之。"认为这是一首借题发挥、意有所指的讽喻诗。关于此诗的作年以及主旨,学界有不同的看法,具体分歧可见萧涤非先生主编的《杜甫全集校注》,董老师毕竟是经过著名杜诗专家傅庚生先生亲炙,对杜甫作品有一种特别的艺术敏感,所以能于纷乱中做出科学准确的判断。

在《大学生活回眸》一文中,作者总结大学四年的学习生活说:

> 针对这四年的亲身经历,事后反思,我有几点感悟:学生以"学"为主,不该在学校大搞政治运动,以致打乱正常的教学秩序,冲击专业学习;大学生入世不深,比较单纯,不该划分左、中、右,人为造成隔阂,更不该制造"右派"冤案,毁人青春;尊师重道,自古而然,不该发动学生批老师,以致师生对立,关系紧张,影响学术传承;高等学府,理应弘扬优秀传统文化,不该鼓吹"厚今薄古",割断文化传统,使得虚无主义大行其道;培养人才,重在创新,不该宣扬"工具"论,重红轻专,阉割青年学生的创造力。

这一篇摘自他的另外一部散文集《故园情思》,当时阅读时轻轻跳过,对老师掏心掏肺的沉痛之言,并没有很深的感触。如今我也过了耳顺之年，遇事渐多，才咂吧出老师的话旨意遥深，我希望包括西大学生在内的年轻一代大学生，不要不长记性，重蹈覆辙，我也祝祷灾难深重的国家民族不要再犯颠覆性错误。

董老师自谦本书属于"校园随笔"，当然，从文学随笔散文看本书也有许多特点，但我认为过多强调本书的文学性，反会遮蔽它的许多闪光点，故不揣浅陋，从纪实的角度抉发本书的意涵。我个人认为，更恰切地说，本书为现代大学"非虚构"写作提供了一个很好的案例，值得更年轻的校友和关注大学教育史的同行学习。

搬迁到居安路的寓所后，很少去太白校区了。年光暗换，又见姹紫嫣红，苔痕上阶，疫情防控中的紫藤园该是怎样一番娆妍景色？没有学子偎依，没有园丁修剪，藤条会任性地疯长蔓延吗？我只能卧游浮想了。读董老师的新著，让我又踏进精神上的紫藤园，连廊回环，枝枝叶叶，在风中摇曳着丝絮。"良辰美景奈何天，赏心乐事谁家院？"真格恼人春色是今年！但老师不是怀春的杜丽娘，他透过断壁残垣看到了历史的肌理，看到了学术的伏脉，也看到了学校的未来。

2022 年 3 月 19 日于长安校区居安路寓所

千里青著《紫藤园夜话》(第三集)，西安：西北大学出版社，2022 年

比较的诗学

《唐诗比较论》读后

房日晰教授所著《唐诗比较论》，由陕西人民教育出版社1992年出版，收文21篇。作者在繁忙紧张的教学工作之余，将近10年埋头采掘的珠贝，组合成体系俨然的构架。阅读之后，感到该书有如下特色。

一、纵横比较，上下对照。在中国文学史的长河中，两峰并峙、二水分流者有之；松风和鸣、水月齐晖者亦有之。楚有屈宋，汉有马班，晋宋有陶谢，唐有陈张、沈宋、高岑、王孟、李杜、元白、韩孟、温李、皮陆……或以成就相侔，或因风格相近，或为情趣相投，皆如异翮同飞，双声合响，相映生辉，垂范后世。

《唐诗比较论》的作者极其敏锐地捕捉住了文学史上这一突出的景观。全书并非一般性地泛论作家作品，也不是偶然间采用一下比较，而是有意识地在全书的构架上采用比较的模型，就学人们经常提及的唐代并称作家进行全面深入的考察。

如《陈子昂张九龄诗歌比较论》《王维孟浩然田园山水诗比较》《高适岑参边塞诗艺术比较》《李白杜甫反映现实之比较》《李白王昌龄七言绝句之比较》《韩愈孟郊诗歌艺术比较论》等篇,在对比中使各自的特点更加鲜明突出、直观明了。除同时期并称作家的横向比较外,该书还对有渊源承继关系的作家进行了纵向的研究。如《李白李贺诗歌艺术之比较》《论韩愈对杜诗的继承与发展》《杜甫李商隐七律之比较》《李贺诗歌与屈原楚辞之比较》等篇。以上这些并称作家和有承继关系的作家,前人亦曾论及,但或吉光片羽,或断章孤篇,或抑扬偏颇,房日晰教授自觉地将这类诗歌现象纳入比较的模型中,积近 10 年的精力潜心研究,纵横比较,经纬交错,体现了作者的刻意追求和立体思维。

二、同中求异,异中见同。对唐代并称的作家,人们习惯上只看到他们相同的一面,而忽略了他们不同的一面,或者反过来夸大了他们相异的一面,而没有发现他们的一致性,这反映出唐诗研究中操作方法的简单化和浅层作业的倾向。如对王维、孟浩然的研究,多谓其诗大体相近,而对他们的体格微别却不甚区分,《唐诗比较论》则从王、孟的思想境界、心理素质、创作情绪、艺术素养、思想内容和艺术风格等方面进行比较,找出其差异,在更深层次上对两人的创作做出接近实际的正确判断。对李、杜二人的比较,作者没有沿袭前人从浪漫主义和现实主义的既定前提出发,或者撇开李、杜,就两种创作方法进行空对空的对撞,而是巧妙地退回到历史的现场中,抓住李、杜对现实的态度和体验,反映生活的深度和广度,找出两位风格迥异的诗人的惊人相似之处,在此基础上,进一步辨析各自的特点,并深究形成这些特质的原因。这不仅体现出研究视角的新变和操作技巧的精妙,同时反映出作者不是从既定的假设和结论出发,而是从历史现象和作品文本出发,花大力气,探寻阐释的多种可能性,求得对诗歌史上双子星座同时闪耀这一奇观的逻辑的和美学的认同。在现代教育学中,常常以比较模型来检测受试者智商的高低,那么也可以说,唐诗中这些并称的作家作品就是测试我们现代人审美感受和判断力的一块魔方,而《唐诗比较论》的作者则率先呈上了一份不乏睿智和灵性的答卷。

三、不囿陈说,多具创意。学术研究的一个基本特质是创新。但实际情况却是,每年发表和出版的著述连篇累牍、积案盈箱,然而有不少却给人似曾相识之感,在材料的选择、方法的运用甚至结论的推导上,有些著述似乎在简单地翻烧饼。日本学者清水凯夫曾就大陆的《诗品》研究著文指出,从60年代到90年代,在研究水平上就整体而言几乎没有什么大的变化,很多论文结论相似。这篇文章所指出的现象令我们这些国学研究者汗颜。导致这种局面的原因,除了理论思维的贫乏、理论框架的单调外,另一个重要的因素就是对研究对象本身钻研不够,对学术界的现状和新成果知之甚少,没有站在学术研究的前沿阵地和制高点审时度势,知己知彼,确立自己的观点,而是站在大后方,对着假想的敌人摇旗呐喊。《唐诗比较论》的作者严谨笃实,投入颇多,既不虚张声势,故作惊人之语,又不苟且盲从陈说旧论。如在《李白杜甫反映现实之比较》一篇中,作者通过对李、杜反映现实作品的对比分析,指出杜甫与李白相比,同国家上层人物接触不多,又受儒家忠君思想的影响较深,对皇权多所回护,又由于个人经历的局限，诗中反映的大都是国家一枝一节的局部问题，未能如李白之登高望远，俯瞰全局。这虽非定论，但却独具创意，令人耳目一新。对杜甫与李商隐七言律诗的比较，作者在充分肯定李商隐受杜甫影响的前提下，又敏锐地指出，这种评论表面上似乎要抬高李商隐，实际上却把李商隐的创作完全置于杜诗属国的地位，或有意或无意地抹杀了李商隐在七律这个领域的开拓与创新，降低了他在文学史上的崇高地位，作者引申李调元之说，认为"自立门户，绝去依傍，乃能成家"，这是李商隐学习杜诗成功的诀窍，亦是研究者的会心之言。又如，自从毛泽东的《与陈毅同志谈诗的一封信》发表后，唐诗研究界如一窝蜂似的，纷纷出面，交口称誉李贺诗，一时将那位躲在白玉楼中的庞眉书客炒得火爆，作者则独唱反调，接连著有《李贺诗歌艺术上的瑕疵》《再论李贺诗歌艺术上的瑕疵》等文，指出长吉诗重意象轻意境，重想象轻现实，重辞采轻内容，对其大醇中的小疵进行细致的解剖和批判，结论虽或可商榷，但这种不应景奉和、随人俯仰的学术品质，却正是古今学人私心仰慕但不敢躬行实践的标格。

四、论证扎实，分析精到。《唐诗比较论》总体构架妥帖，在许多问题上或能发明新见，或能引申前人富有启迪性的评语，显示了作者思维视野的独到和宏观把握的能力。对所征引的例证，又能悉心体会，细致分析，不是架空高论，而是扎实求证，慎思明辨，表现出作者文心的精微、感受的灵敏。例如，《李贺李商隐诗的朦胧美比较》一篇，作者罗列大量作品，经过分析，概括出长吉诗是诗句（意象）的朦胧，结论令人信服。为了论证李贺诗中的"瑕疵"，作者亦不厌其烦地征引长吉各类诗作及古今诗评家的论断，阵容强大，使人不得不叹服。在《韩愈孟郊诗歌艺术比较论》一文中，为说明韩、孟诗风的不尽相同，作者亦多所征引，特别是从语言方面区别两家，认为孟郊善于炼句，但整体形象不够鲜明，韩愈也注意锤字炼句，而诗的整体形象鲜明。然后通过大量诗例说明孟诗虽多有警句，但全篇平平。此外，孟诗多用排比句，多用结构相似的句子，确实使人看出这位寒士不为风气所囿、独树一帜的特色。韩、孟两人的区别，经过房日晰教授反复翔实的论证，亦显得格外清晰突出。这一特点在全书俯拾皆是，随处可见。

房日晰著《唐诗比较论》，西安：陕西人民教育出版社，1992年

苦心孤诣，征实逆志

《韩愈文统探微》读后

  由于众所周知的原因，内地与港澳地区的文化交流较少，仅就国学研究来说，学术资讯的获得亦极不方便，遑论其他。内地与港澳鸡犬之声相闻，但学人们各自闭门造车，往来走动较少。于内地学人而言，具有文化研究的地缘优势，往往依恃祖宗的荫福，认为港澳不过是工商都会，文化沙漠。对此，港澳学人也痛心疾首地承认。然而，还有更武断的说法，干脆认为港澳无国学。

  这话如果出自港澳学人，那是一种自谦，如果出自内地学人，那么就有些虚骄，甚至妄自尊大、目空一切了。稍有文史常识的人都知道，现代学术史上的一代宗师钱穆、饶宗颐、唐君毅、潘重规、罗香林、严耕望、牟润孙、余英时等都曾长期在此设坛授徒，弘阐学术。当然，种种误解皆因隔膜与封闭而生，随着往来交流的增多，浮云自然会荡除。

  在这两块殖民者长期占据的土地上，矢志不渝地从事传统学术文化的研究，戛戛乎其难哉，自是可以逆料的事。但仍有许多志士，清贫自守，薪火相承，自觉肩负起文化承担的重任，抉先贤之幽光，期待着华夏文明的复兴之时，情景颇为悲壮。这是由几代学人的生命洪流于惊涛拍岸时所卷起的千堆雪。

除前列几位声名远震的大师外，还有一批笔耕口耘的劳作者，邓国光教授便是其中较为年轻的一位。国光先生在香港大学中文系获博士学位，现任教职于澳门大学教育学院。他在忧患之世，克服种种困难，以笃实沉静的努力，向学术界奉献出《中国文化原点新探——以〈三礼〉的祝为中心的研究》《离骚论稿》《挚虞研究》《韩愈文统探微》等著作，硕果累累。下面以《韩愈文统探微》(以下简称《探微》)一书为例，评介邓先生中国文学研究的一些特色。

一、弘道原学，标举本根。近十年来，中国的文学研究为了走出困境，借镜西方的观念和方法，这有其特殊的话语背景，不能率然否定。但其末流则陷入简单比附西人的研究模式，甚至拉扯一些新的术语概念点缀其文，腾跃立论，自矜新奇；还有些研究执着于一些极琐碎的细节，舍本逐末，墟蛙之见，仍沾沾自喜，文学研究又走入了新的误区。有识之士针对治古代文史者，特别是中青年学人缺乏经学修养，不无忧虑地说，经学衰微莫过于今，本末倒置，体用不分，中国学术文化的精神又如何彰显呢？

邓国光先生曾对我说："治学以经学与文论关系为主脉，向来研究，皆循此而往。我华夏文化之鼎盛，文学之昌明，儒家经学有以致之。故所述作，皆欲畅明此旨。"从他的系列研究成果不难看出，国光先生确实在履践他的学术理想，清醒而冷峻地矫正着时弊。他的论"祝"之作，是华夏文学人文精神追本溯源的个案研究，选题看似狭窄，但开掘博大精深。作者为"祝"定位，不仅展示出中华文化发展的早期真貌，追溯中华文化崇尚文辞的根源，而且纠正了时下学人研究先秦文学过分夸大巫觋作用的偏差。他的博士学位论文《挚虞研究》，则系统全面地对挚虞在经学、史学、文学上的成就进行深入探讨，钩沉辑佚，不唯见朴学功力，亦挚仲洽之千古功臣。

《探微》一书包括：（1）修辞明道——韩愈安身立命的归向；（2）明道·贯道·载道——三种观念的诠释；（3）道的本质和承传——辨韩愈的传道观和程朱道统观的分野；（4）以文为戏——韩愈以幽默发愤的奇境；（5）心醇而气和——论韩愈的养气说。这五篇专论相互勾连，分别就正、反、合的辩证关系，勾勒韩愈古文思想历史与逻辑的统一，实为一整体。作者首先抉出"修辞明道"，缘此出发全面探赜"韩志"，指出韩愈文化承担的魄力和精神，实远绍孟子，并努力将这种"向慕之怀转化为一种实践的力量"。

不难看出，国光先生的研究视野虽然广阔，时间跨度虽然漫长，但有一草蛇灰线隐伏其间，这便是肯定传统学术主流的经学对塑造华夏文明的作用，对文学推波助澜的功效。

国光先生认为："治文论必先明学术大体。"此言闲闲说出，但实有典故。陈寅恪《论韩愈》一文即指出："华夏学术最重传授渊源，盖非此不足以征信于人，观两汉经学传授之记载，即可知也。"义宁先生接着说，韩愈首先发现《小戴记》中《大学》一篇，阐明其说,《原道》乃为中国文化史上最有关系之文字。韩愈受禅宗影响,并奠定后来宋代新儒学之基础。陈说识见宏大,不能不对《探微》的作者有所影响。

但作者并不满足于陈说的现成结论,而是力图突破陈说,补益陈说。韩愈对孟子的绍继,既是他自己的标榜,也是学人们经常论说的话题。国光先生在《探微》中则堂堂正正地强调:"论及《原道》的道旨,自必须与孟子相提并论。"他还用征实的方法,给我们提供了韩愈从孟子处所得的种种思想资源,并说明韩愈使孟子的道德理想具备了愍恻当世的实践品格。

职此之故,作者的研究虽然移形换步,但总是围绕着经学,就弘道原学的大节处再三致意。强调韩愈的悯恻情怀,除了学理上的正本清源、明辨是非外,恐怕还有为知识分子的忧患意识、文化关怀招魂的寓意。于是古代文学研究的课题,便在当代文化的海岸上投下了颀长的身影。

二、纵横比较,多具通识。王安石曾说:"读经而已,则不足以知经。"陈寅恪则感叹:"国人治学,罕具通识。"(《陈垣〈敦煌劫余录〉序》)陈氏所谓"通识",既指纵贯之眼光——学术传承演变的历时特征,又包含着横向的联系,也就是学术影响的共时特征。

《探微》的作者亦认为:"古人学问,融贯一体,苟非寻根讨源,无以知其大要。"(《挚虞研究·序》)作者为了探求解释韩愈的以道自任,以志为本,上溯孔子、孟子、告子、王充、曹丕、刘勰诸家之说,辨析其异同,又下疏程朱的新儒学,指出他们与韩愈的差别:作为哲学家的朱子,标举《中庸》的"诚"而偏重"心性",作为文豪而兼有事功的退之,独具只眼,在《原道》中发扬《大学》的精义。

在此基础上,作者进一步分析韩愈提出道的承传,得其宗的是孟子;程朱的道统论则是以子思为典型。韩愈履道的端倪是悯恻民瘼的忧惧情怀,而志趣在乎治天下,倚重外在事功;程朱道统论强调理性的克制,属于内向式的上达功夫。韩愈《原道》提出的传道系统,是概括《孟子》所突出的治世安民的圣人,忧惧时世而又各以不同方法致太平;程朱的道统论则对承传的基础提出不同的解释,认为"允执厥中"四字构成"心传"的内核,而《中庸》则为孔门传授之"心法"所在。这样,便对韩愈"明道""尚志"进行了新的定位,对韩愈在中国文化史上的上承下达作用进行了更深层次的探赜。

另外,作者还从共时的角度辨析了韩愈文学思想与柳宗元、柳冕、梁肃等人的关联性及差异性。如此大气的架构、缜密的比较,显示了作者充沛的学养,使韩愈的明道、传道思想栩栩然有了立体感,厘清了韩愈研究中的一些混乱。

三、梳理语词,征实考索。与一般思想史及文论史著作的一个很大的差别在于,《探微》特别注重征实的朴学功夫,作者每提一说、每立一论都首先对其概念范畴进行厘正,确定其在不同话语系统中的特殊含义。而这一方法的运用又归因于作者善于通过对文本的"细部阅读",进行语词梳理。

所谓语词梳理是指研究者对各种文本中频繁使用的语词概念和命题,进行推原和界定,确定其在不同语境中的准确含义。"厘清词义是文学研究和文学评论所必须注意的,尤其是中国文学。"(《探微·自序》)如对本书的关键词"明道",作者一方面追溯语源,指出《礼记·中庸》载孔子所说"道之不明也,我知之矣",从正面讲,便是"明道"。《汉书》载董仲舒对汉武帝讲"明其道不计其功",刘勰《文心雕龙》说"道沿圣以垂文,圣因文而明道",柳宗元《答韦中立论师道书》讲"文者以明道"。另一方面又详辨其差异,指出其内涵各有所归。从这两方面为韩愈的"修辞明道"定位,凸显其在文论史上的原创性与独特性。

作者继则对"文以载道""文以明道""文以贯道"这几个极易混淆的命题一一梳理剔抉。作者认为,从征实的角度讲,用"文以载道"论韩文,是一种不伦的说法,"道统"观念不能用以研究韩文,两者存在自身的界划,不能混为一谈。"柳宗元因斥逐而了悟文章重内容的旨趣,是为'文以明道';李汉欲自铸伟词以论韩文,画虎不成反类狗,是为'文以贯道';周敦颐融汇《易》教和《庄》《老》思想,将文辞规范于载德而以世道人心为重的圈囿里,是为'文以载道'。三者各有旨归,取径和韩愈以孟子之道为归宿的'修辞明道'完全不同。因此,若就创辞的本来意义说,各归原主,不相混同,便是最理想的了。"

作者在论述韩愈养气说时,也是通过对气、志、言三者关系的认识,指出以气为宰,支配志和言的说法,可称为"告子模式";以志为制御,摆脱属于本能性质的气的支配,主张"尚志",可称为"孟子模式"。韩愈的先志后气,不同于告子而合于孟子的旨趣。

可以看出,作者将征实考据的功夫用于义理的阐发之中,使义理的推绎建立在信实的文献基础上,故能对前贤的未发之覆,补益发明颇多。

四、以意逆志，尚友古人。陈寅恪针对现代学界的不良风气指出，研究中国古代文化者，"其对于古人之学说，应具了解之同情，方可下笔"（《冯友兰〈中国哲学史〉上册审查报告》）。国光先生本着"以意逆志"的原则，探求韩愈古文的文心，同样包含着"钟情的向慕以及知性的阐释"（《探微·自序》）两层意蕴，与义宁先生所提出的"了解之同情"颇有暗合之处。

作者记述自己少时曾为童工，晚上租住在人家厕上盖搭的小阁，夜阑人静之际，在昏黄的灯光里，展读《古文观止》，渐渐成诵，对于韩愈的文章印象尤佳，偶然间的心领神会，便记在日记里。这说明他对退之的钟情由来已久，对韩文早已由唇吻的吟咏，渗入了生命的深处，于神游冥想中便步入了韩文的境界，对韩愈悯恻民瘼的志尚、苦心孤诣的立论、以文为戏的幽默，产生了一种隐微的心灵感应。作者说孟子那勇于荷担文化复兴大任的精神深烙在韩愈内心，"向慕之怀转化为一种实践的力量"。这既是解剖韩愈，又何尝不是作者磊落襟怀的一种袒露。

如此以数十年生命历程来含茹浸淫于研究对象，自然与时下那些为评职称、混学位而赶制的急就文章不同，与在出版商供货合同的催逼下瞄准消费市场的热点与盲点批量生产出的文化快餐，更是不可同日而语。

钱锺书《谈艺录》中谓韩愈"豪侠之气未除，真率之相不掩"。《探微》的作者虽然儒雅谦逊，但骨子里却有一种凛然傲气，绝非俯仰随人的谨愿之徒。这恐怕也是经华夏文化中至大至刚之气的长期熏染而成。英人弗兰西斯·培根讲"学问变化气质"，不知国光先生以为然否？笔者不敢强做解人，徒惹国光先生掩口失笑。

　　国光教授对中国传统学术文化的系列研究，没有能够在此文化的原生地引起足够的重视，所以笔者强做解人，以《探微》一书为重点，略做绍介。他山之石，尚可攻玉，何况同文同种的学人的成果。国光先生的个别看法或有可继续商榷之处，但他对中华文化的这份钟情与执着，则是应大力彰显的。他借韩愈的"扶树教道"，肩负起文化承传的重任，更是我们应引以为同道的。国光先生在《中国文化原点新探——以〈三礼〉的祝为中心的研究》中说：

> 只要国人的学术生命仍然存在，中华文化便依然有向上的一路，反观自九千年以来在中华大地上生生不息的文化发展，完全是可以断言的。

　　这一份自信是从孟子、韩愈、程朱一脉传承下来的，在旧殖民主义行将结束对港澳统治之时，新的文化殖民思想又在内地蠢蠢欲动，所以国光先生不遗余力地弘阐中华文化的精义，就不无深意。笔者虽然浅陋，但在此大节处却愿意附骥，追随先哲与时贤，为守护华夏学术不懈努力。

　　邓国光著《韩愈文统探微》，台北：文史哲出版公司，1992年

悟道之旅

从《悟道轩杂品》到《我与世界》

我不属匡燮先生的生前好友，与他也没有师生的名分，故没有资格在今天的会议上发言。但我与他家族中几代人都有交接，匡燮的岳父郭琦先生是我母校的校长，我在读大学时就听过老先生的报告，后来我工作后也曾向老先生请益过。匡燮先生的夫人郭薇林老师虽然是前不久才见面，但我的老师阎琦与她是中学同学，多年前就说及郭老师的家庭与匡燮先生的多才多艺。我往来较多的是他们家庭的下一代，先认识郭彤彤，通过彤彤又认识了李倩以及他们漂亮聪慧的女儿郭阳子。

参加今天的会议，一则我们的协会是承办方，我愿意给大家做一些会务工作；再则是薇林老师和彤彤给我命了个题，我要交一篇命题作文，写得好不好是水平问题，但写不写则是一个态度问题。恭敬不如从命，于是脑子一热就答应了。

根据我的粗浅阅读，匡燮散文除了艺术追求外，还有一个哲思或学理的追求，他给自己的书斋颜额为"悟道轩"，他将自己的散文集题名为《悟道轩杂品》，便是明证，也可以说他毕生的散文创作历程便是他的悟道之旅。从逻辑上看，这一过程具有正、反、合三个阶段：第一阶段以《野花凄迷》为代表，第二阶段以《无标题散文》《悟道轩杂品》为代表，第三阶段则以《唐诗里的长安风情》《我与世界》为代表。

一、匡燮以文悟道的文化环境

匡燮先生出生于河南洛阳，长期读书工作在陕西西安，可谓生于洛阳，成于长安，洛阳与长安这两座文化古城作为两个文化符号，对于形成他作品的文化品格具有潜移默化的影响。他读书的陕西师范大学过去有知名散文家侯雁北，后来还有红柯，现在仍有朱鸿，属于他老师辈的还有霍松林、高海夫、朱宝昌、畅广元，书家则有卫俊秀。他在文坛上冒头的时间，基本与"文学陕军"突起同步，只是一般读者将"文学陕军"狭隘地理解为陕西几个写长篇小说的作家，忽略了包括散文创作、戏剧影视创作、文学评论等几个方面军的战绩。我为他们抱屈。好在过来人贾平凹先生还能公正地承认："在上世纪八九十年代，陕西文坛英才辈出，散文界更是群星灿烂。"这一盛况也可以借曹植《与杨德祖书》中的说法："当此之时，人人自谓握灵蛇之珠，家家自谓抱荆山之玉。"那是一种云蒸霞蔚的气象，那也是一个发扬蹈厉的时代，身处其间并不觉得有什么特异处，时过境迁，回过头来再看，还是让人感慨唏嘘的。

我这里要提一下匡燮先生学术追求的微环境，也就是家庭环境，匡燮很少提到他的父亲和岳父，读《我与世界》第一卷《我的起源》才知他父亲的遭遇。他的岳父郭琦先生，早年从四川大学毕业，师从中有许多名师宿儒，赓续的是古典学术中的章黄学派，在延安时与同样怀抱革命热情的文艺工作者多有往来，新中国成立初期先在高校任教，然后又在宣传、教育部门当领导，与陕西及全国的艺术名家过从甚密，雅集、观摩、笔会不少，与名家的切磋讨论很深入，收藏名家的真迹墨宝也甚夥。这样的家庭氛围，对于匡燮艺术观的形成、艺术视野的开阔当有影响，匡燮在创作中勇于自我革命，由技进乎道，由革命文艺到共同美，由追逐时尚流行到自我变法倡导无标题散文，再到回归东方美学，不知是否与他的师从与家庭熏习有关。

匡燮的夫人郭薇林老师也是大学中文背景，我看到她的一幅山水小品，汲古开新，清奇娟秀，读她为《无标题散文》写的序，让我联想起李清照的《〈金石录〉后序》。

二、匡燮以文悟道的内在动力

匡燮散文写作一直在探索，在变化，他自己曾说："我写散文一旦觉得像谁，就下决心舍弃谁。要走出去。走出去后，就只想着攀登，只想着追求新颖的艺术感觉。"

据我读过的部分作品来看，《野花凄迷》是工笔，《悟道轩杂品》是写意，《无标题散文》是实验写作，而《我与世界》则是"一任阶前点滴到天明"的非虚构叙述。

《野花凄迷》写得很实。《无标题散文》是他的中年变法，意欲突破流俗，突破自我，并且在形式上做了实验。而《悟道轩杂品》则在内容上发生了变化，作者发挥了他早年当记者的优长，四处留心，勤于记录，"玉札丹砂，赤箭青芝，牛溲马勃，败鼓之皮，俱收并蓄，待用无遗者"（韩愈《进学解》），挣脱了冰心、杨朔、魏巍等给当代大陆散文划定的框框。《唐诗里的长安风情》则把思考的触角伸向了历史时期的经典，他用自己的胃液反刍经典，消化经典，反倒能给一千多年前的经典"续命还魂"。《我与世界》既是他生命体验的后视性叙述，也是他在对散文文体反复实验后的重新出发。

三、匡燮以文悟道释例：
以《唐诗里的长安风情》为重点的讨论

从历史素材中寻找散文创作的灵感和资源由来已久。据我所知，新时期的陕西散文界，除匡燮的《唐诗里的长安风情》，还有吴克敬的《碑刻的故事》，朱鸿的《长安是中国的心》《长安：丝绸之路的起点》，穆涛的《先前的风气》《中国历史的体温》，等等，各有所擅，各具风采。

匡燮的《唐诗里的长安风情》与传统的诗歌鉴赏不同，与大、中学教唐诗老师写的那一类疏解诗歌的文字也不同。阎琦先生说这是彼此在屋中开的不同的窗户。各人家中开的窗户不同，所以看到的风景也不同。在我看来，这是一种再创作，甚至是一种借他人酒杯浇自己的块垒。从学理上说，这是另一种阐释学的发挥。

这类书写也不止匡燮一人，另外如栗斯《唐诗故事》，西川《唐诗的读法》，王晓磊《六神磊磊读唐诗》，施蛰存《唐诗百话》，阎琦《唐诗与长安》，柏俊才《唐诗与长安文化》。我顺手所列的第一种，走的是通俗的路子。第二种是一个知名诗人读唐诗的心得。第三种是一个网络写手的新锐作品，因解说金庸作品爆红，转战唐诗江湖初战告捷的成果。第四种是一位学界老辈的唐诗鉴赏集，第五种是作者阎琦先生为古都西安地方文化丛书写的一个专题，注重的是严谨和规范。第六种是一位教师的唐诗选修课讲义，整体安排是从教学实际来思考的。

　　匡燮这部书的另一个特点是在地写作。他希望能回到唐诗的现场，与他所喜欢的诗人邂逅，互通声气。经年累月读书、生活、工作于此地，使他对产生过唐诗的长安烂熟于心，唐代士人们赴举、上朝、游宴、休沐走过的路，也无数遍印下他的足迹。"今人不见古时月，今月曾经照古人。古人今人若流水，共看明月皆如此。"(李白《把酒问月》)这样迷人的句子是能将一个同样有点天真浪漫的思者带入到境界中的。所以匡燮能自然地穿越历史隧道，进入唐诗现场，与原诗作者厮混在一块，收视反听，感同身受。一般人是宅在书房中写作，他则是行走在长安的街巷中记录他精神上邂逅过的诗人，既为他们代言，又替他们发声，还站在现代的立场上对他们进行评论，忙得不亦乐乎，也使得本书与已有的唐诗读物拉开了距离。

　　评论家沈奇说匡燮是"迥异于这方文坛之主流意识的另一脉气象，一个在场的游离者，一种边缘化的诗与真"。他以散文悟道，也以书法悟道，开启了孤独的精神探索之旅。维特根斯坦在

《文化与价值》中说:"天才并不比任何一个诚实的人有更多的光,但他有一个特殊的透镜,可以将光线聚焦至燃点。"这话对于匡燮先生也适用。

末了,引《华盛顿邮报》最近报道的一个在 IT 行业内热议的段子:

> 一位谷歌工程师问机器人如何看待这段话:
>
> 和尚问华严:"一个开悟的人如何回到凡俗世界?"华严回答说:"落花不返枝,破镜难重圆。"
>
> 机器人回答:一旦一个智者开悟或者觉醒了,这种意识便永远不会消失,他们可以回到原状态,但只是去度他人,然后回到开悟状态。
>
> 工程师又问:如果说觉悟是"破镜难重圆",那当一个人觉悟时破碎的是什么?
>
> 机器人回答:是自我。

这段掌故出自《景德传灯录》卷十七《京兆华严寺休静禅师》:

> 问:大悟底人为什么却迷?师曰:破镜不重照,落花难上枝。问:大军设天王斋求胜。贼军亦设天王斋求胜。未审天王赴阿谁愿。师曰:天垂雨露,不拣荣枯。[1]

---

[1] 释道原撰《景德传灯录》上册,郑州:中州古籍出版社,2019 年,第 459 页。

这段掌故包含着很多信息，可以从不同角度诠释，你可以解为东方智慧西传，你也可以解为谷歌理工男故弄玄虚以吸引眼球。但对于来自这段原典文本故乡的中国人文学者，应如何评价此条新闻？我不好饶舌，建议诸位先百度一下原消息再做评论。

我接着本文开头的话说，在现代中国的微环境中，郭家翁婿两代学人都以他们自己的独特方式，获得了某种开悟或者觉醒，无论是散文、书法、论文、回忆录都对我们有启迪，也是对郭彤彤、郭昭昭、郭阳子等后代的开示。磨石不可以成镜，摩石也可以成镜。后人能否从精神上接续前辈，继续开悟，并将其发扬光大？这需要他们自己回答。

2022 年 6 月 26 日

匡燮著《野花凄迷》，西安：陕西人民教育出版社，1990 年；《无标题散文》，西安：陕西人民出版社，1994 年；《悟道轩杂品》，北京：东方出版社，1997 年；《唐诗里的长安风情》，西安：西安出版社，2009 年（繁体字版：尔雅出版社，2009 年）；《我与世界》(第一卷《我的起源》、第二卷《蛮荒时代》)，北京：商务印书馆国际有限公司，2021 年

让石碑自己述说

小说《石语》读后

　　樟叶先生几年来一直忙于《石语》的创作准备。去年听他讲主要的思路，为题材的独特性而兴奋。事实上，樟叶很善于捕捉近现代中国的一些重大历史事件，如《五福》所写陕西打响"辛亥革命第二枪"，《晚春》聚焦"二虎守长安"，这些事件不光是文学的表现较为少见，就是历史的研究也不充分，所以樟叶的追求就有了双重意义。他游走于文史之间，在历史真实与艺术真实两个方面都做了不懈的努力。《石语》是这一追求的合乎逻辑的延展，似乎在人们的期待视野之内，但又绝不是同类题材的简单重复。虽然《五福》《晚春》与《石语》的故事背景都在古城西安，时间也是在1911年、1926年、1907年这三个点之间上下移动，故应视为近代陕西的几个重大事件题材。但《石语》显然与前两部作品表现出明显的差异，作者关注的焦点已从显性的政治革命与政权更替、军事冲突与内战转变到隐性的文化革命与道德冲突、宗教传播与民族矛盾，这对于樟叶是一次蜕变，也是文学使命的一种提升。抟实成虚,蛹化为蝶,于是振翅腾飞的樟叶不再仅仅凝视黄土地,而是开始了仰望星空。

今年初,他已完成了初稿,我得以先睹为快,最近改定的书稿正式出版,捧着仍散发墨香的新书,为樟叶先生在近代中国重大历史事件的艺术展现上的新收获而兴奋。快读一遍,觉得可圈可点之处很多,以下几点尤其值得称道:

首先是对时代大变局的形象展示。清末洋务派领袖李鸿章于同治十一年(1872年)曾痛切地指出,欧洲列国由印度而南洋,由南洋而中国,闯入边界腹地,凡前史所未载,亘古所未通,可谓中国"三千年未有之大变局"。这句话被广为引用,有学者认为是19世纪中国人最深远、最痛切的思想。长篇小说《石语》中"大秦景教流行中国碑"遭抢掠、盗窃、复制、保护的故事,跌宕起伏,峰回路转,就是在这一大背景下展开的。虽然《五福》《晚春》也是这一大背景,但后者主要是国内各种力量的政治变革与军事冲突,与其他民族的文化扩张、宗教弘传、商业渗透、海外冒险没有直接的联系。《石语》中"景教碑"的故事,应与敦煌经卷的被发现、吐鲁番文书的出土视为一个系列。这些文物文献的最初产生与丝绸之路、中西交通、民族融合、宗教兴废有关,沉睡千年后的再次出土出现,又与西方列强的探险、扩张、渗透、侵略有关。虽然有关问题在史学领域的探讨研究还是不少的,但文学的展示,特别是关于"景教碑"的文学表现则仍属空白,所以本书的完成,引起人们的广泛关注。我认为樟叶先生的可贵之处还在于,他不仅将这一历史事件删繁就简,抟实成虚,艺术化为一部长篇小说,更重要的是他没有将围绕"景教碑"的人物和事件简单化地对号入座，以贴上"爱国主义"与"卖国主义"的标签为满足，而是对人性进行了多角度的开掘，使人物不再是一个抽象符号，而是有血有肉、无法替代的"这一个"。当然，作者也使这部小说与甚嚣尘上的"盗墓贼"类型作品拉开了距离，这其中有文野之分、高下之分、雅俗之分。从这个意义上说，我对出版社为宣传本书在封面护封上加的"真实版《盗墓笔记》"云云的说法不以为然。如前所述，本书所揭橥的意义是坊间的盗墓类型作品远不能涵盖的。

其次是历史事件的截断面。最初听樟叶先生讲这个故事，一方面感到有矛盾冲突有精彩看点，另一方面又感到时间绵延、空间变化、头绪纷繁、人物众多，为他的创作捏着一把汗。已有两部长篇历史小说创作经验的他，举重若轻，很淡定地渡过了重重关隘，他把漫长的历史压缩到1907年5月至10月初，他跳过多个空间，聚焦于西安古城一地，主要的活动舞台是大唐客栈、金圣寺等，主要的人物是郑巧枝、彭世华、本焕和尚、贺里默、卢埃尔、荣车贵、高发稳等，主要的冲突是围绕着"景教碑"的盗与护展开的，虽然有几条线索并行发展，但有主有从，有张有弛，有明有暗，多而不乱。这主要得益于作者对小说特质的深刻理解，因为任何小说，无论是长篇还是超短篇，本质上都是对生活浪花的一种撷取，长篇小说看似波澜壮阔，历史纵深感强，那也仅仅是与短篇相比而言。"遥望齐州九点烟，一泓海水杯中泻"，从宏观或宇观的角度看，人类历史也不过是杯中荡漾着的"一泓海水"而已，遑论其他。作者深谙此理，故能化大为小，化繁为简，通过须臾观古今，通过瞬间看四海。把早期基督教聂斯托利派(即本书中所述唐代三夷教之一的景教)阿罗本撰碑立碑、明代现碑移碑、清末盗碑护碑的冗长事件,截取了清末1907年5月至10月这一段,将空间锁定于古城西安。

再次是场景与语言的竭力还原。如果说,小说是在具体场景中演出的戏剧,那么历史小说就是在历史情景中演出的历史剧,故对于搭建舞台的灯光、布景、道具都有特别的要求,搞不好就容易穿帮出错。作者世居西安,生于斯,长于斯,生活工作于斯,一晃大半个世纪,他本身就是老西安的活字典,是西安变迁的亲历者。以西安为背景进行写作,对没有体验的外地人是一个极大的挑战,但对于樟叶而言,则是没有离开生活与创作的基地,没有离开感情的后花园,于是一些棘手的障碍,成了他记忆库存的愉快回忆。

小说中有关杜曲容家花园、大唐客栈等的描写,几乎可以在老西安对号入座;对陕西饮食小吃的描写也很精致,几乎可以勾引起读者舌尖的欲望;对于郑本阳家牌局的描写很内行,对孙月娇厨艺的描写也很本真。尤其是人物对话语言,有很多精彩的段落,如刘黑记对孙月娇说:"嫂子,你这两只小手真厉害,把个面叫你捏得瓤得,把个菜叫你切得细得,把个肉叫你焖得烂得,看在眼里放光,吃在嘴里喷香。我说嫂子,凭你的手艺,自己个儿开个啥馆子不成?你一天到晚跟着高哥尻子后头跑啥呢?"(第49页)孙月娇对高发稳说:"你看你瞎好也是个商人,见了面只知道抱着人家强拉弓慢放箭硬上生整……"(第107页)既符合人物个性,又有地方特色,传神写照,栩栩如生。

当然,小说也有些瑕疵,如全书的叙述视角,全能叙述、主观视角过多，表面上直接明快，而实际上则减却了不少趣味。与此相联系的是语言，站在今天认识高度上的判断性的定论性的语言应尽量减少，尽量与历史叙述拉开距离。同样是人生感言，历史学家可能是垂暮之年的回首往事，而小说家则是把呱呱坠地的哭声、婚礼上的笑声、遇车祸后的呼叫声这些琐屑的细节真实叙述出来即可。至于意义与价值之类，是评论家需要挖掘的，小说家可以置之不理。

樟叶著《石语》，北京：北京十月文艺出版社，2012年

"采铜于山"与"眼处心生"

《大秦之道》读后

白阿莹的文学世界似乎有多个频道,他能在戏剧、散文、小说之间自由切换。我拜读过他的《俄罗斯日记》《饺子啊饺子》等散文集,也读过他的戏剧剧本《李白》。最近几年,他把自己对文物、大遗址、文化遗产思考的成果汇集起来,这里刊出的就是其中的一组。对于这组作品,评论似乎还不多,我有幸先睹,将自己的阅读心得写出来与大家分享。

顾炎武在与朋友书信中这样说:"尝谓今人纂辑之书,正如今人之铸钱。古人采铜于山;今人则买旧钱,名之曰废铜,以充铸而已。所铸之钱既已粗恶,而又将古人传世之宝舂锉碎散,不存于后,岂不两失之乎?承问《日知录》又成几卷,盖期之以废铜。而某自别来一载,早夜诵读,反复寻究,仅得十余条,然庶几采山之铜也。"他作的《日知录》,"积三十余年",计一千一百余条,平均每年也就三十余条。数量虽少,却是采山之铜,而不是买旧钱来"充铸"。因为强调第一手资料和学术原创,所以他的作品三百多年后仍为治文史者的案头必读书。

衡之于阿莹的作品，我以为他的文史散文写作最大的特点是"采铜于山"，而不是买旧钱废铜"充铸"。这几篇就是最好的例子。

《大雁之塔》避开一般游记散文以游踪为线索的俗套，而是以其思考的问题为线索。作者追随玄奘舍利的行迹，从玄奘在玉华宫圆寂被安葬在长安城东的白鹿原上，及至武宗灭佛时，有人就将玄奘舍利带到了南京报恩寺藏匿下来；到了抗战期间，日本人将玄奘舍利一分为三，散落到三个国家七间寺庙；直到21世纪初叶，寺庙住持才从南京把玄奘的顶骨舍利迎请回大慈恩寺。作者还进一步追问，为什么玄奘奠定了汉传唯识宗的基础，弟子窥基开创了唯识一宗，创造出让当时帝王服膺的三藏经典，却没能拢住普通百姓的心灵，也没能吸引他的弟子代代传承，仅仅传了四代香火就冷落了呢？这样的思考，那些上车睡觉、下车拍照、导游牵引观光、满足景点介绍的游客是不会产生的；而仅仅辗转参考别人成果和文章的写作者，也不会提出这样的问题。

一般历史散文和随笔仅仅提及乾陵上关于武则天的"无字碑"，而阿莹的《九嵕山之侧》不仅给我们补充介绍了魏徵的无字碑，并以此为主脑展开叙述，阐释历史人物保持清誉的不易，还触及对历史人物评价的复杂性。

对于散文写作而言，采铜仅仅解决了材料问题，好的散文不是材料的堆砌，而是材料与感触的焊接熔铸。阿莹喜欢拿书画界说事，我也举一个与此相关的例子。元好问《论诗三十首》其十一："眼处心生句自神，暗中摸索总非真。画图临出秦川景，亲到长安有几人？"

当然我和阿莹都是长安人，但让我们看阿莹走出碑林时的感触：

> 我从碑林出来看到拥挤在门口的游客，自然为古城存有碑林而骄傲了，以前多是学子进院观摩，现在大量游客纷至沓来，似乎人满为患了。但我注意到琳琅满目的珍宝均无防护任人抚摸，那些名碑若藏国外肯定会一碑一室的，而碑林一屋就放了十数尊。
>
> 所以，那国宝守护人激动地拉住我说，现在的展品只是院藏的三分之一，大量的碑刻还躺在仓房里，千年以来这些移来的展碑时有修缮，但当年立碑和倒扶补缀只是用碎石渣支稳，三合土填充，中间多是空的，没有一块展碑能达到普通楼房的抗震标准，稍有灾难袭来碑林人就紧张得坐卧不安。我想，用现代技术维护好老祖宗留下的珍贵宝藏，为碑林开辟一个永久安全的居所已经迫不容缓了。这些历经颠沛的千年遗存绝不能在我们手上再生遗憾了。这是我们的责任，也是良心使然啊！

这种认知既是文学写作在场者的认知，更是一位文物管理者的职责和使命。我写不出来，许多散文作者也写不出来。《汉唐之桥》则更是让人看到高耸的高速铁路下面枕压着的历史心酸：

> 我想，完全可以围绕这处古桥建一个遗址公园的，竖起

一尊毫无争议的丝绸之路起点的标志，用现代形象艺术再现汉唐的辉煌，必会使这座古城大放异彩的……然而，我突然看到有列火车慢慢地向我们开来，居然稳稳当当地停到了古桥的正前方。这真是一个绝妙的穿越，似乎古老的桥梁与现代的铁路握手了……天哪，这是哪路神仙的设计，竟然生吞活剥地把历史和现实嫁接起来，怪不得考古人一直没敢说这座大桥的长度，因为一条东西向的铁路正端端正正压在了古桥遗址上！

我顺着古桥遗址朝前走，果然走到了钢铁道轨旁，现代化的庞然大物无声地静卧在那里，让人不由得发出难耐的惊叹，当初勘察线路可以轻易发现两米之下的墩石的，为什么依然要毁掉古桥铺上新轨呢？稍稍偏北一点不就可以给子孙后代留下一处可以炫耀千年的遗迹了吗？

我于是想把遗憾记录下来，可手却在不停地颤抖……

铁轨下枕压着的这些秘密，我不仅写不出来，干脆不知道。透过这些文字，我们能体察到一个文物大省的管理者的拳拳之情与深沉隐忧。

阿莹还曾提及陕西书画界一直流传石鲁与赵望云的一些故事，石、赵两家的后人也常为这些传闻困惑。阿莹没有简单地相信传说，而是反复跑到省档案馆，调阅查找这一时期两位老艺术家的全部卷宗和档案，像狄公审案一般，倾听各方陈述，全面研读，系统思考，不仅澄清历史是非，还原石、赵友谊的真况，梳理清楚长安画派发展中的一些主脉，并写成文章在美术界的权威刊物刊出。其文章引起多方面的热烈关注，也受到石、赵后人及学生们的肯定。

我不认为这就是阿莹散文写作的"中年变法"，我更多地将此理解为因为叙述对象的特殊性，他做到了"既随物以宛转""亦与心而徘徊"（刘勰语），在工地上反复踏勘，思考尤多，感触深沉，摇曳而成这个系列。阿莹移形换步，让我们从一个新的视角聚焦那些锈迹背后的大历史。

阿莹著《大秦之道》，北京：人民文学出版社，2016年

重器、神器与利器

小说《长安》读后

已经发表的评论和今天会议上各位关于《长安》特色的精彩见解，我认为都讲得很好，我也很赞成。但还有一个视角，大家谈得并不多，也没有讲透彻，以下我就从这个角度谈谈我自己阅读《长安》的肤浅体会和看法。

正如李舫发言所说，当代小说家主要是文科背景，故写工业题材的少，写高科技的更少。读者看作品时，也喜欢看风花雪月，不太喜欢看写"技术控"的作品，遇到技术和工艺描写就跳过去不看。故有关技术书写，或者说关于"器"的书写，不能说是空白，至少是当代小说叙述的低谷地带。

在我看来，阿莹的《长安》作为一部以新中国成立后重工业领域为背景的军工题材长篇小说，作者笔下浓墨重彩的军工企业既是国之重器，也是装备技术的重器，小说中影影绰绰的军工重大项目八号工程就是神器，贯穿小说的自产炮弹、穿甲弹、火箭弹、二代火箭弹就是利器。小说以重器为活动舞台，以神器为具体情境，以利器为贯穿性道具，编织故事，塑造人物，展开叙事。

从时间轴来看，第一章的叙述从新中国成立后抗美援朝开始，忽大年请缨赴朝参战未果，被调任新组建的长安机械厂厂长，到小说第六章尾声时，应该是"文革"快结束时的70年代中期，实写时间的跨度为20多年，在此期间出现的军事冲突有抗美援朝、中印边界冲突、中苏珍宝岛事件，当然还有抗美援越，但小说没有强调。

从空间轴来看，小说人物的主要活动舞台是古城长安以及长安机械厂，但也不完全局限于此。小说多次以回忆、倒叙方式追叙了忽大年、黑妞儿等的故乡胶东地区，此外穿插写了忽大年几次赴北京、赴东北、赴中印边界，主人公赴北京军事博物馆、赴东北、赴中印前线，都与考察、观摩、测试利器有关。小说长达50万字，但作者的闲笔很少，几乎都围绕着这根经线来回穿梭，编织情节。

阿莹出生在军工大院，成长于军工企业，在企业中当过工人、干部，后来又做过科工委的领导，小说中忽大年的原型应该是他父执辈中的一位。所以，他对他所写的这些很熟悉，这就构成了小说生活真实的基础。

更重要的是，他所写的这些与国家军工发展历程吻合，与小说人物形象吻合，这是小说艺术真实的基础。

小说结束时写道：

就是因为装备太差，一人一杆枪，一袋子弹，还得自己背炒面，可美国鬼子是飞机、坦克、大炮……本来我也应该去朝鲜的，可派我到西安建设八号工程，装备要是上不去，我愧对躺在地下的战友啊！

作为神器的八号工程，实际上是国家军工重大项目，是一种装备技术的国家级指令计划，有中国特色，也有20世纪的特色。20世纪前半叶，德国有"铀计划"，美国有"曼哈顿计划"，苏联有太空计划，都是指令性计划，也都是各自国家的神器。

作为贯穿性道具的利器，既不是单一的物件，也不是同一型号的系列产品，而是相关产品的不断更新换代，是一种持续的递进和升级，代表着对旧工具的扬弃，对新技术的追求。美国科学史家托马斯·库恩《科学革命的结构》一书中提出了一个以"范式"理论为中心的动态科学发展模式：前科学时期——常规科学——反常与危机——科学革命——新的常规科学。基础科学是这样的，工程和技术进步大致也是这样的。所以，小说中所写军工产品的每次更新换代，都有一种颠覆和革命的意义。对于冷战时期的西方联盟，这种进步是国与国、企业与企业互相交流、互相促进的常规进步，没有特别的意义。但对于先受到西方封锁，后又承受中苏关系紧张之累的中国军工企业，要在悲壮的自力更生、独立自主的旗帜下开展零起点的研发和制造，就具有了一种特别的意义。

当然，小说将现代军工企业放置在历史积淀深厚的文化古城长安，一方面是生活真实，另一方面也具有某种象征性意义。小说写到古城和工厂地下的文物(我称其为历史的祭器与礼器)与地上的重器、神器、利器互相投射，光彩斑斓，构成了某种复杂的现代性，使小说有了一点复调的意味。

总之，构成小说的厚重，与作者对地上的重器、神器、利器和地下的祭器、礼器的书写分不开，如果剥离掉作者对这些"器"的精心构思和艺术刻画，那么小说的人物、故事要单薄不少。假如没有这些代表军工文化的"器"的存在和展开，那么也就无法给作品冠上重工或军工题材的名号了。

建议大家阅读和解读小说《长安》时，也能从"器"的视角切入，将来如将小说改编为影视剧时，也能延请一批懂得武器装备的"技术控"，将小说中的"器"真实而生动地展示出来。

随着中国军工企业的国际化和更多尖端技术的引进和集成创新，新时期以来的军工利器完全是另一番景象，阿莹在话剧《红箭，红箭》中已经让我们略窥一斑，也希望在《长安》的下卷中有更充分的展示。正如长安地下埋藏着丰富的古代文化的祭器和礼器，长安地上的以长安机械厂为代表的一批军工制造工厂的厂址也变成了工业文化遗产，相当部分的长安人与文物贩子的认知差不多，眼睛只盯着地下的文物，对地上的工业文化遗产视而不见。阿莹有情怀，也有独到的眼光，读懂了这批宝贝，独乐乐不如众乐乐，阿莹还能写出来与大家分享，我们也应该看得懂。当然，进入新时代的中国军工企业和军工技术早已跨越式腾飞起来了，这不是我们文科背景的技术盲所能理解的，也不是本文关注的重点，就此打住。

阿莹著《长安》，北京：作家出版社，2021年

一城文化，半城神仙

诗集《送你一个长安》读后

早就听说薛保勤能诗，也知道他出版了诗集《青春的备忘》，他写"爱心天使"熊宁的朗诵诗曾传唱一时，但我却一直不能把诗歌创作与他从事理论宣传和新闻采编的专业背景联系起来。在我印象中，他的面孔永远像是党报的头版——严肃有余，活泼有限。他私下里冲着朋友的笑也只是憨厚的笑，温暖的笑，书卷气的笑，偶尔也能见到孩子般的笑，就是没有看到过诗人的那种张狂恣肆，那种激越浪漫。

我的这种偏见最近被颠覆了。

那是2009年入冬以来西安的第一场大雪，我应邀在北郊参加一家出版社的选题论证会。雪来得早，来得猛，一夜之间漫天皆白，满树银花，鼻翼感受到清爽的凉气，满目都是亮光光的晶莹洁白，这些景象不仅没有让人平静下来，反而让人产生莫名的刺激和冲动。对我而言，这倒不完全是被大自然的景致所陶醉，像少男少女一样发出夸张的呼喊，委实是因头天晚上聚会的亢奋尚未消退。

　　下雪前的晚上，专家组的老师大多已赶到，天气又阴又冷，晚饭吃得寡淡，主办方为了驱寒保温，给每人倒了西凤酒。喝酒前大家都很斯文，三杯过后，有人就按捺不住，主动跳出来了。文物局的徐进自告奋勇说要给大家朗诵一首诗，他先背诵了他写的《一匹曾存在过的老马》，又一边解说，一边推出自己的代表作《大河汉子》《河流站起来的样子》。我虽然在学校里教唐诗，但和写新诗的朋友交往甚少，故徐进的诗听得我口辣眼热，心旌摇动，又有刚猛的西凤相佐，确实有一种冲击力。

　　接着有人怂恿保勤，说他不能深藏不露。他拿捏了半天，推说诗存录在手机中，而手机又放在房间中。有人想让他就范，就说愿为他效劳取手机。他经不住轮番劝说，便开始朗诵，第一首便是《送你一个长安》，接着是《京都夜咏——致青年》，前一首激越，后一首深情。接下来又奉献了他的保留节目：手机诗。徐进不甘示弱，又朗读了他的一首新作。中间还穿插了赵馥洁、李云峰两位老先生的朗诵。整个晚上此起彼伏，把活动一次又一次地推向高潮，很晚我们才回到住处。

　　这次诗会既非事先策划，又没有半点刻意安排，纯属即兴表现，现场发挥，但比策划安排的还要真挚感人。时下大陆饮食文化每况愈下，讲黄段子似乎成了通行南北、不可或缺的一道菜，那天晚上并没有一个人讲段子。大家被诗人们激越的感情、纯美的诗境所打动，高雅而不枯燥，自然而不做作。

　　参加者中的赵馥洁、黄留珠、李云峰诸先生，是西安文史界的耆老；方光华、李颖科等也都是见过大世面的。我观察他们也听得如痴如醉，不停叫好。

两位诗人都很谦逊，但他们严肃的创作、卖力的朗诵俨然是一种实力比拼。赵先生嘱我点评，我觉得两人各有千秋，便说徐诗近太白，奴仆风云，恣意挥洒；薛诗近子美，其情沉郁，其声顿挫。有趣的是，徐进史学出身，诗却天马行空，没有史家的拘束。保勤是文学背景，但字句允当妥帖，多有来历出处。

不过，从私心讲，我因学古典出身，比较偏爱保勤的作品，特别是他最近的新系列。保勤的诗作植根于古典，又能广采郭小川、贺敬之、李季、闻捷诸家之长。20世纪50年代那批新诗人对于保勤的影响可能是深入骨髓的，从他的作品看到的不仅是文字意象的化用，更多的是精神上的契合。翻看近年来的当代文学史新著、当代诗歌选本，对这批新诗人提及较少，甚至完全删除。令人欣慰的是，保勤可以说是他们的精神传人。当然，保勤比他们走得远，因他还同时取资于戴望舒、卞之琳、何其芳和余光中等。

  送你一个长安，一城文化，半城神仙。长箭揽月，神鹰猎犬。借今古雄风直上九天。

  心中有月色，就有纯真。心中有阳光，就有灿烂。心中有山泉，就有流长源远。心中有秋风，就有万山红遍。

自然挥洒，如行云流水，汩汩而来，一串典雅精美的句子仿佛不是从笔下、从键盘下跳出，而是从心中吐出来的。拿写字画画做比方，飞笔留白大写意，洋洋洒洒，仿佛在纸上跳舞，但有修为的艺术家都是将浑身的气运于双手，传输笔端，故每一笔的力气都吃到纸中，都掷地有声。

现在的新诗多没有诗眼，或者说没有警句，犹如一部影视作品，缺乏感人的细节、动作，虽被轮番的声音或画面狂轰滥炸，平静下来什么也没有记住，什么也没有留在心中。而徐进"河流站起来"的意象，保勤"送你一个长安""一城文化，半城神仙"等的概括，却能在读者记忆中扎下根来，历久弥新。

更重要的，我认为保勤的可贵之处还不是诗意的锤炼，而是对一个古老城市文化精神的浓缩与概括。我们生活的这座城市既古老又年轻，我们用什么来为她"颜额"，为她题写关键词呢？当地有关部门也曾多次做过努力，但让人拍案叫绝的，或照当下网络语言的说法，最给力的、最吸引人眼球的表达很少出现，而保勤的这个表述却抓住了长安文化的"魂魄"。

最近经常见报纸上、户外广告牌上引用这两句形象的表达，保勤诗作很多，他自己的得意之笔也许并不在此，但"最传秀句寰区满"的要推这首较短的作品。保勤为了维护自己的原创权，完全可以找引用而不标注更不缴纳使用费的商家打官司，但为了弘传陕西文化、长安精神，建议保勤还是忍痛割爱，放弃索赔，让大家引用吧。居里夫人将镭的发明都能无偿献出，希望保勤也能无私献出他的得意之句，就权当为宣传三秦文化增加点击率吧。

诗是诗人心田上长出的庄稼，割了这一料，还能长出下一茬。勤勉的关中农人是不会让肥沃的土地荒芜的，我们也期待着保勤下一季节的丰收。

薛保勤著《送你一个长安》，北京：人民文学出版社，2011年

现代神话中的文化设计

小说《风来水来》读后

常听说：关中子弟多才俊。马玉琛则不属于脱口秀一族，见人不哼不哈，才华不外溢。与他一同出道弄文学的那一拨儿，现如今不是新锐就是实力派，他却能散淡地看着这一道道风景，哼出一两句并不幽默的笑话来自我解嘲。

陕西旅游出版社"老镢头"丛书最近推出他的长篇小说《风来水来》，可能会改变人们对玉琛的印象。我对现代小说的叙述话语与套式并不熟悉，所以阅读过程中老跟不上作家的思路，但我仍然要说，这是一部让我感到惊喜的长篇力作，它不仅说明文学陕军后继有人，而且显示出少壮派的一些新变。以下谈一谈我解读这部作品的几点感受。

（一）魔幻性。毫无疑问，该书是一个现代神话、现代寓言。作者是从如下三个层面营构神话王朝的。首先是文本世界的孤立隔绝。小说写的是关中渭河流域，但将背景虚幻淡化，作品中的白蟒塬喇嘛村成为一个与外界隔绝的孤岛荒漠，电台传出来的声音断续不清,骊山上军工厂的灯火模糊闪烁,现代文化象征的凤凰苍白无力,外部世界的一切都被文本土著化了。人的命运的孤立无援、在劫难逃,建立在环境的孤立隔绝基础上。其次是文化符号的神秘象征。书中的白蟒塬、喇嘛村、灵龟、屈草、蓂荚草(历草)、重明鸟、朱鸟,还有作为贯穿性道具的那本《山海经》,散发着浓厚的神秘文化气息,闪烁着一种怪异的灵光。凭着他摆在文学祭坛上的这些灵物,可见玉琛并非引导人们逃离灾难的先知,而是一个呼风唤雨、兴风作浪的现代巫师。再次是天人关系的倒置。一般来说,西方作品的模式是战胜灾难、征服自然;传统中国作品的套子是天人合一,人与自然和谐。马玉琛既反西方传统,又反中国传统,写足了自然的狰狞恐怖,不可战胜。小说中的村民固然渺小脆弱,就连大众的精神领袖侍华、侍灵,在自然面前也无能为力,作者为这两个人物所设计的名字中的"侍",本来就暗含被动、服从、受支配的意思。

(二)灾难性。这部小说的核心要素是灾难,由大蝗虫、大火球、大风雨和大洪水所构成的大灾难。对于现代艺术来说,灾难也具有娱乐性,尤其是拉开距离观看别人在灾难中垂死挣扎,仿佛亲历其境而又能置身事外,迎合了人类潜意识中的幸灾乐祸心理,所以好莱坞近年来大投入大制作高票房的都是灾难巨片。但玉琛的作品并没有表现廉价的乐观主义和英雄主义,没有出现孤胆英雄率领大众战胜灾难的场面,更没有将灾难商品化、娱乐化。恰恰相反,接二连三的灾难场面,让人感到窒息,恐不能讨好欣赏胃口越来越刁的现代读者,反而将读者惯常的审美期待彻底粉碎。玉琛可能有意要矫正时弊,故以此手法来反娱乐、反流行。这一探索是否能得到大众的认可,还不好说,但他挖掘出灾难所蕴含的哲学奥义,则确实值得盲目乐观的现代人沉思。

(三)技巧性。现代小说很讲究技巧,作者绞尽脑汁,刻意安排,巧夺天工。玉琛的活儿做得很精致,在运用语言方面显示出的才气与功力已为人们所注意,此不赘述。这里拈出他在人物设计上的对称性来说明,如:侍华(植物)与侍灵(动物),侍华子天翟(动物)与侍灵女兰兰(植物),聋夫与哑妻,侍华、侍灵各有两个儿女,他们互相交往恋爱等等。另外,情节上四个部分——大虫、大旱、大风、大水接连不断,轮番作战,显然也是一种人为的蓄意的设计。文学追求中的人工与天然孰优孰劣是扯不清的问题,作者可以各行其是,但以我的浅见,还是以雕琢不露痕迹为高妙。

《风来水来》显示出的小说才华与艺术潜力是无法否认的,作为一位朋友和读者,真诚希望玉琛能与陕军弟兄杀出潼关,逐鹿中原,叱咤风云,问鼎中国文坛的王者之位。

马玉琛著《风来水来》,西安:陕西旅游出版社,1999年

终南一滴，乾坤几许清气？

小说《金石记》读后

岁末年初的古城多雾霾天气，让人的心境也很阴沉。泡陈年普洱，读《金石记》，心情慢慢舒畅起来。玉琛曾几次邀大家喝酒，每次都喝西宁产的青稞酒，我并不习惯那高寒地区的植物精华，觉得太猛太烈。此回从《金石记》里，我却品出了一种特别的感觉：入口微涩，回味绵长，润心润肺，畅神通玄。我知道，这一回玉琛来真格的，亮出了马府祖传的宝物来待客。

坦率地说，我并不十分认同文学是神圣的这样的大命题，这样的表述犹如说世道浇漓、人心不古一样，也是一种偏执，只不过一是肯定式，一是否定式。全称的表述总是过于空廓，让我们无法验证其真伪。但如说弄文学的人之中还有神圣的、庄严的、守护的、有心有肺的，我承认。弄文学的人恪守行规、有行业道德的也大有人在，马玉琛便是其中的一位。

玉琛的新著有何特色，圈内人会见仁见智，从各个方面阐释剖析。以我的浅见，四水堂斗茶时的小诗揭橥了该书的主旨：

"终南一滴水,万古流到今。壶小乾坤大,楼中日月长。"这两节四句有物理、有玄机、有禅意、有茶趣、有诗境、有乐道。

"终南一滴水,万古流到今",应是《金石记》主要启发我们的,中国传统文化本样自存、本根俱足。当下文学圈里玩文化的在在不少,但能像玉琛这样沉着、老到、大气的却不多。玉琛展示给大家的不是西洋风景,而是本地风光、自家宝藏,是民族的,更是古城西安的。这样就使他的《金石记》与《白鹿原》《高兴》《青木川》等区别开来,也与《废都》拉开了距离,为陕西长篇小说提供了一个古色古香的独特品种。

我要引申发挥的是潜藏在小说中的另一层寓意,也是我题目中的后半句:乾坤几许清气?当下文学中写恐怖、写惊悚、写悬疑、写身体、写腐败、写黑暗、写绝望的太多了,让人觉得生活很累,看小说更累。生活已够肮脏了,小说的内容更肮脏,于是我们就没有活下去的勇气和理由了。令人欣喜的是,玉琛嘴上从不挂神圣的字眼,而小说中却写出了神圣感。所以我说他的小说有清气。何谓清气?就是天人交合之气、古今贯通之气、人性自明之气。体现在小说中就是男性的正大之气,女性的清白之气,情节发展的爽直之气,小说主旨的显豁之气。

小说中的人物特别是男性,虽主要是古董行里的、倒腾文物的,但作者并没有将这些人物漫画化、脸谱化,而是为他们立传写心。其中理想人物是杜大爷,唐二爷、金三爷、郑四爷等在大节处也是可圈可点的。至于主人公齐明刀虽然有很多毛病,但他不仅知进知退,而且知止知耻,当冯空首带他去嫖俄罗斯女人,他拒绝了;当公安拷问小克鼎的下落,他坚守了。

小说中的女性人物如楚灵璧、陶问珠、董五娘,甚至包括夜来香,也都是有血有肉有灵魂的人物,不光外表美,精神世界更美。陕西作家在骨子里都是女性崇拜者,他们多用唯美的、理想的笔墨写女性人物。马玉琛更走极端,他甚至有很深的宝玉情结,在他的作品中,女子都是水做的,男子都是泥捏的。所以他的两部小说中的女性都被唯美化、理想化。

至于小说的情节发展,我认为是以意运事、以气聚人,虽然枝叶很多,但主干突出,情节并不复杂,所以有股爽直之气。

小说的主旨是写传统文化的现代命运,写民间的护宝,写草根的诚信,能联系到八荣八耻,也能联系到国际政治,但都很自然,不是生拉硬扯,而是从故事情节中自然流露出来,水到渠成。

小说的语言与叙述技巧也值得一提。不浮华佻巧,而是从容不迫,虚实相间,张合有度。小说中间有许多至理名言,有教化作用。

但是,小说也有瑕疵。

首先,虚化的东西稍嫌多,玉琛不乏灵气,但小说中有些滥用,有些地方不需要化实为虚,有些地方虚实的比例分寸拿捏得不到位,过犹不及。其次,玉琛无疑是陕西学者型作家,他的文史知识特别是在文物、动物、植物等博物方面的知识非常广博,储备多,修养好,故能运用自如,但个别地方略嫌卖弄。第三,有些历史知识不十分准确,如小说开始和中间多次提到的唐初修长安城的说法不对。还有说唐代的西市有胡姬、西班牙女郎、白俄罗斯女郎,也是缺乏世界史和中国史知识的。个别联句、韵语也可以进一步推敲。

  总的来看,我认为这部小说不光是写得干净,全无脏气,而且有清气,有正气,有向上之气,为陕西长篇小说的创作填补了一个空白。马玉琛凭他的《金石记》可以毫无争议地在陕西文学界找到自己的地位,在全国小说创作圈也有他不可小觑的竞争力。

马玉琛著《金石记》,北京:人民文学出版社,2007年

突破四个"隔离"

《沈奇诗学著述》读后

看了沈奇的简历介绍,以及会场展示的他的著作,潇潇洒洒三十多年走过来,现在的创作精神状态还很好,按照刚才杨老师的说法,还是青年学者、青年诗人。我有一个思路,前面几位老师也讲到了一些,我觉得沈奇真是一个值得研究的样本,对于这个样本的评论,如果说一定要有题目的话,我想到一个词,叫作"突破隔离":一是他试图突破古今之间的隔离,二是试图突破中西之间的隔离,三是突破创作与理论的隔离,四是突破日常生活与诗意哲思的隔离。

关于突破古今之隔,沈奇多篇理论文章中提到"常"与"变"的问题,探究古典传统和现代意义之间的融会问题,这不是他的独创,但他有自己的独到见解。还有当年新诗学界有一个关于"字思维"的讨论,沈奇也谈了一些独到的见解,尤其他提出"汲古润今"这个概念,很有启发。我在80年代时关注过当代诗歌评论,到90年代之后,就比较陌生了。在80年代那一段,有很多好的诗歌作品和诗学理论,确实很新,但也有为了强调自己的新、自己的先锋,过于强调和古典的隔离的问题,沈奇能考虑到"汲古润今",我觉得这个思路非常好。

过去新诗界大多数对传统只想着隔离,或者说决裂,但也有另外一些材料引发我的关注,例如闻一多先生当年在美国读书时,就不停地写旧体诗,写了几十首,其中有一首很有标志,有"勒马回缰作旧诗"句,1925年在纽约写的。过去我们一直以为像闻一多这样的标志性人物,是只求新的,和传统是完全决裂的,但事实上他并没有忘怀传统。回到前面的话题,怎么审视现代诗歌,这对于我们这些比较年轻的学人来说,之前接受的东西有些片面,看到的东西也比较少,现在更多的材料展现出来后,发现"五四"时的学人们也不都是那么偏颇,他们有另外一面。沈奇先生力图突破中西之隔,专门有一组文章讨论中西的诗与思的比较,对西方的文化传统包括诗歌传统坦然对待,汲取有价值的东西,再融会贯通到汉语新诗创作和理论研究中来,很难得。

再就是对创作和理论隔离的力图突破。有些同行评论说沈奇是创作和理论的两栖诗者,在我看来岂止是两栖,他一方面潜沉在诗歌创作的深水里,一方面在陆地上做观察搞评论,在学校里还要做文学教育和诗歌教育。我知道沈奇也是一位非常好的老师,我的同事、朋友包括学生中,很多在这所学校工作,对沈奇在课堂上的激情洋溢有很多赞许,这都非常难得。洛夫评价沈奇的诗歌评论能做到当行出色,其实这种"当行出色"在他是多方面的,而且常有出奇之处。

最后说突破日常生活与诗意哲思的隔离,或者说试图打通。

沈奇诗歌作品里的语言看去比较平易，但读进去以后，会体会到他在日常生活里常葆有一种哲思与禅意的追求，从他的代表性诗集《天生丽质》里我看到，和目前绝大多数诗歌创作有很大区别，追求一种典雅和哲思。在今天这样庸常的生活里，我们缺乏像沈奇这样还在不断思考不断追求生活意义的状态，而且他还能把这种追求予以文本化和诗意化，很有特点。

末了我想提一点建议。沈奇在各个方面确实很有追求，刚才谢冕老师的评价我很赞同，说他是全视野。但我有一点不敢肯定，沈奇先生和在座的各位能否突破时代的"天花板"？首先是沈奇是否突破了时代的"天花板"？我注意到他在他的评论和创作中已经注意到这个问题，比如他提到体制外写作与写作的有效性这个比较敏感的话题，当然沈奇在这里用的不是突破，他用的是"修复"，我觉得他是在刻意使用。

是否有思维的"天花板"？这是近年来我们在文化研究界、哲学理论界以及创意界都在讨论的问题：我们的时代是否有"天花板"？我们是否达到"天花板"的顶层？是否能突破这样的"天花板"？这个"天花板"，说到底，我觉得就是当下这个时代商业化、公共化、模式化甚至思想的一致性和统一性所共同构成的思维顶层，这样的"天花板"能否突破以及如何突破？我把这个我自己也解决不了的问题在这里提出来，沈奇如果能就此再蹚出一条路的话，我会不断跟进，继续向他学习。

沈奇著《沈奇诗学论集》(增订版，共3册)，北京：中国社会科学出版社，2005年

具有前瞻意识的《史记》研究

《史记学概论》读后

2003年商务印书馆出版了张新科教授的新作《史记学概论》。这部著作分为"范畴论""价值论""源流论""本质论""方法论""生存论""主体论"等七论十七章,第一次建构起"史记学"的框架体系,奠定了"史记学"的理论基础。该著具有如下三个明显的特征:

第一,现实性。学术研究的发展,一方面需要对前代的《史记》研究进行系统的清理和总结,以便使研究进一步深入;另一方面,也需要对以司马迁与《史记》为研究对象的"史记学"的体系进行理论建构。由于这种需要,它们自然成为学术界关注的重大课题。《史记学概论》就是适应了时代的需要,可以说是时代的产物。从学科建立的角度看,"史记学"也与现实密切相关。作者在具体论述中,也特别注意"史记学"与现实的关系问题,强调"史记学"体系的建立应以现实为落脚点,在"价值论"中分析了"史记学"在现实社会中的重要价值,并且专辟"生存论",论述了"史学"的现代意义。

第二，前瞻性。就"史记学"本身而言，作者以敏锐的眼光，提出了许多前瞻性的问题。如在研究范畴中，作者提出，应将成果出版、现代传媒、文化产业、《史记》教学、与《史记》有关的文物古迹等相关内容纳入"史记学"的范畴，而且结合"史记学"的特点，强调乡土教材在"史记学"范畴中的重要性，这些都是以往研究中被忽略的问题。在"主体论"部分，作者结合21世纪的时代特征和科学技术的发展以及全球经济一体化的现实，对"史记学"的发展趋势进行了前瞻性的分析：走综合化之路、以理论做统帅、多样化的形式、立体化的研究、世界化的目标、生产化的方式。

第三，理论性。作者站在时代的高度，审视"史记学"的发展历史，展望"史记学"的未来走向，对有关"史记学"的范畴、价值、源流、性质、理论方法、任务、目标、方向等问题均有系统的论述，颇有理论色彩。如关于两千多年的"史记学"史，作者认为汉魏六朝是萌芽期，唐宋是形成期，元明是发展期，清代是高潮期，近现代是转折期，20世纪50年代是初见成效期，20世纪60年代前期是逐步深入期，20世纪70年代后期至今是全面丰收期，古今贯通，线索清晰明了。又如"史记学"的体系构成，作者在第三章中对建立体系的基本思路，体系的构成，体系中各层次、各学科之间的关系等问题，都进行了理论的分析。有关整个"史记学"的理论框架和模式，作者在"导论"中亦有明确的交代。

张新科著《史记学概论》，北京：商务印书馆，2003年

腿　功

《万花筒：杜爱民散文随笔选》读后

　　江湖上讲南拳北腿，爱民是西安的土著，故从地域上划分，可以看出，他是练过腿功的，只不过他的招数不是金鸡独立之类，而是双腿并用的"马步"。他个头不是特别高大，底盘稳健，一旦发力，站如松，行如风，行家可以看出，那一招一式都是有来历有讲究的。爱民在圈内极低调，会上不哼不哈，不主动招惹谁，你看不出他的套路。我读了他的《非此非彼》《眼睛的沉默》以及他在散文期刊和报纸上的作品，才看出了他的一些门道。

　　从作品中看出，爱民两腿踏两块田地，也从两个方面接了地气。一条腿是学者视角，另一条腿是平民态度。

　　就第一方面而言，我们看他的《寻找瓦尔登湖》《关于福柯的随笔》《语言的吊诡》《个人写作》《电影人物》等，可以列入这一类。爱民读书兴趣极广，而且读得很细，很深入，很专业，有感受有见地但没有被所读书牵着鼻子走，故有前瞻性、批判性和超越性。

就第二个方面而言，如《仁义村》《藻露堂》《戏痴》《年味》《书院门》等，以回忆为主，但都是以个人的视角讲述普通老百姓的生活。爱民虽然是西安城里人，但他对当时的大传统小传统都有闻见，特别是城市底层的生活体验，使他对 20 世纪六七十年代的感受，显得与众不同。

尤为值得称道的是，他的系列城记散文，欲采集城市的文明碎片，保存城市的文化记忆，如《老陕》《长安梦》《半坡遗梦》《1975 年的琴声》等，可以看出他是将两腿并拢，将两股力量汇成一体，故那种感觉是一种复合的东西，既覆盖了学者的高度，也构成了平民布衣的谦卑，还有一种浓浓的后现代意味。我认识的老西安的朋友不少，也有满肚子的老城掌故，但能像爱民一样，以守护和传承老城文脉为己任的，却为数不多，爱民无疑是其中最痴情的一位，他和赵振川联袂，一文一画，给我们留下老城的许多精彩细节，知识之外，还溢出许多趣味。

也许我这样讲会有人出来质疑：爱民是诗人出身，他的作品中有浓浓的诗情，你是没看出还是没办法概括？我承认爱民的作品有诗情，但诗性不是另外一条腿，诗性贯穿在他的两腿间，并沿着周身的经络上上下下，状如"丹田气"，这是作家生命的元气，也是自然的淋漓之气。

杜爱民著《眼睛的沉默》，北京：国际文化出版公司，2006年；《万花筒：杜爱民散文随笔选》，西安：西安出版社，2013 年

穆涛的风气

《先前的风气》读后

穆涛是个笨人。从1992年到陕西来,就一直吊在西安市文联这棵树上,不摇摆,不喊叫,就这样直直地吊着。市文联搬了多次家,《美文》编辑部搬了多次家,从最初逼仄的租赁房,到如今气派的写字楼,穆涛跟着编辑部走,嫁鸡随鸡嫁狗随狗,一副从一而终的模样,看不出他有什么主见。

穆涛也是个精人。从《长城》编辑部、《文论报》编辑部,再到《美文》编辑部;从打通了看各类稿子,到一门心思只编散文的稿子。几十年下来,表面上是剑走偏锋,实际上是熟而生巧,巧而成技,由技进乎道。得了道行的,即便土偶也能成精,野狐也能修禅,何况颖悟灵醒如穆涛者乎?

陕西的土地肥力厚重,养育出敦实硕壮的陕西文化人,不需要外出就食,更不需要托钵乞讨,老祖先留下的遗产,地上地下满满当当的,躺在床上三辈子也吃不完,何必满世界跑来跑去,做饥寒交迫状呢?当然也有些不逐队随群的,比如这几年叶广芩搜尽植物打草稿，吴克敬搜尽群碑打草稿，杜爱民搜尽哲思打草稿，朱鸿踏遍遗址打草稿，而穆涛则是搜尽群书打草稿。

过去说作家只有深入到皇甫村与农民同吃同住同劳动，才算是有生活接地气，似有些褊狭。李白的"五岳寻仙不辞远"，杜甫的"山鸟山花吾友与"，石涛的"搜尽奇峰打草稿"，都是在深入生活接地气。穆涛这几年掀开历史的裙摆，蹲在故纸堆中，挥舞着"洛阳铲"，动手动脚找东西，也是另一种接地气。不过，他的兴趣不是古玩摊上捡漏，也不是排比宫闱秘事、权斗阳谋，他委实想透过重重迷障，找到遗失已久的那些本根性元素，为民族文化招魂起魄。

联系穆涛的新书《先前的风气》，这一点就凸显得更充分了。这一部新著，我是最早拿到赠书的，但不能说是读得最认真最深入的。我把它放在案头，与新拿到的曾彦修的《平生六记》、何兆武的《上学记》、刘绍铭的《冰心在玉壶》、陈徒手的《人有病天知否》放成一摞，像品茗一样，每天抓一撮，慢慢地品。有几个突出的技术在本书中反复不断地使用，甚至可以说其是构成所谓"穆涛体"的基本元素。

首先是解字说文的叙述方式。许慎《说文解字》是通过研究"文"（纹理），即偏旁部首、间架结构、形音义关系等，来阐释造字与用字的奥秘，那是语言学著作。《先前的风气》和穆涛的不少文章，则是通过解字释词来展开叙述引出议论的。这一手段用得很多，几乎俯拾皆是。

其次是援史入文的结构特点。与陕西作家相较，穆涛喜欢掉书袋，我说他擅长引史据典。请注意，我没有说他引经据典。一则"六经皆史",经书也是史书;再则他引的不少书,确实不能算是经书,有些是"牛溲马勃,败鼓之皮,俱收并蓄,待用无遗"(韩愈《进学解》),对这一切,穆涛都细大不捐。

再次是视点活动的观照方式。这一点在他的《给贾平凹的一封信》中有很详细的自我交代。他与平凹谈"预言感",谈规律,谈质疑,实际上是谈不同的文学观照角度。写贾平凹的一组文章都很耐读。我最喜欢《收藏》《千字文》《另一支笔》几篇,穆涛一口一个主编,但又不断开涮主编,得了好处的卖乖,损失的也有精神胜利法,有点相声逗和捧的意味。中国的山水诗山水画比较耐看,原因很多,其中之一,就是广泛采用活动视点,或者叫散点透视。我们都知道佛有千手观音,其实还有千眼观音、千身观音呢。柳宗元还不知足,与僧人朋友浩初上人开玩笑,竟然设想:"若为化得身千亿,散上峰头望故乡。"你想想,千亿个身子应有多少只手,有多少双眼睛,有多少个观照点,会形成多少种见识?

这几点构成了"穆涛体"的基本面相,也是《先前的风气》的基本技术。前两点一个笨人经过勤奋努力也可以接近,第三点就要靠悟性有慧根,不是仅仅靠刻苦能做到的。穆涛真正让人不可接近、无法学到的是他点石成金,或者说他抟虚成实、捕风捉影的功夫,让我们看到镜中有花,水中有月。

古代的炼丹术是现代化学物理实验的前世,要用各种矿物质做原料来制作。产品是否能长生不老,还不好说。但它提出许多可能,提出许多假说,不仅给科学家以启发,还给文学家以丰富的想象,成了许多文学主题的原型。而穆涛则用语言文字为原料进行炼制。

这一回我们眼睁睁看到穆涛的手伸向了历史的幕布后面，吹了一口气，就变化出这么多有灵性的东西，怎么变的还真说不清楚。下一回我们盯住他长满汗毛的魔(术师)之手，看究竟又要伸向何处，会幻化出什么鬼精鬼灵的东西。

穆涛著《先前的风气》，西安：陕西师范大学出版总社，2013 年

为有源头活水来

《中国人的大局观》读后

穆涛的手伸向历史写作领域已经有些年头了。继《先前的风气》后,今年又推出新书《中国人的大局观》,两书既有联系,但又有明显的差异。新书推出后市场反响不错,已有不少评论对其新书的新特色进行概括总结,大多围绕着大局这个题目做文章,当然也未尝不可。

我倒觉得,看穆涛的这一身行头,倒像一个驴友,只不过他不是游风景区中的山水,而是自然探险,是河流溯源。他沿着中国文化的出海口,走到下游,再到中游,再溯上游,一边走,一边记录,一边发布消息。在我看来,就本书而言,他试图上溯民族精神现象的三个源头。

其一是文体的源头。穆涛和当代散文作家所写的是当代散文,其工作语言是现代白话文,搁在中国散文史的长河中,相对于古代散文,特别是穆涛下力气专攻的秦汉文章,当代自然是下游,而秦汉文则是上游。他不是由读别人的研究成果入手,而是由读原典文献入手。犹如他的这趟探险不带导游,不带解说员,他要亲自到古典的河流中感受水温,体验时空隧道中的萧条异代,扩充大散文的外延和内涵。大散文的帐篷原来只搭在当代的地界,穆涛与他的同道把手伸向历史领域,也顺便把帐篷撑到历史河畔,"天似穹庐,笼盖四野。天苍苍,野茫茫",为当代散文扩大地盘找到合理化的借口,也把当代散文的格局从时与空两个维度伸展开来。

穆涛自己对此还是有明晰的认识:"在中国古代,散文是核心的文体,不仅文学写作,史书写作也在这个范畴。还是应用文体,君臣答奏,政府公文,朋友之间尺牍往来,还有科举考试,一篇文章定功名。'文以载道'这句话,不仅指文章内容的含量,还指文章的体量。""文以载道"的说法有名气,但更早的还有曹丕的"盖文章,经国之大业,不朽之盛事"的说法,把文章的地位拔得更高。穆涛为当代散文抱住秦汉文的大腿,当然可以理直气壮。他的这种认知谈不上前卫,也并非新见,而是回归了常识。

其二是文化的源头。近年来,言必称秦汉的穆涛其实还有更大的雄心。本书就将他的抱负透露一二。他不光写汉代,而且沿着汉代再朝前走。收入本书的第一辑文字是围绕着《春秋》,第二辑是围绕着《尚书》和《诗经》,都是先秦的典籍文献,最后一辑《黄帝给我们带来的》,则已经触及中华文化源头的话题了。钱穆先生说:"传说中的黄帝,是中国历史上第一个伟人,是奠定中国文明的第一座基石。"在本书中,穆涛还要给我们补万物源起这一课,从四象、四季、端午、二十四节气到天文历法,特别提醒我们中国历史的学名叫"春秋"。

找到文化源头的穆涛已不满足于述史,他还要考史,如《黄帝给我们带来的》一辑中对顾颉刚、钱穆成果的引述,特别是通过对许顺湛《五帝时代研究》一书的引证,又触及20世纪考古新成果对夏、商、周三代和五帝时代研究的补正和深化,穆涛由文入史,又由史触及考古,俨然成了文史学人的友军。中国文化研究的传统本来就讲求文史哲打通,所以穆涛踏上的不是文学的T型台,而是文化的康庄大道。

当然穆涛最擅长的还是阐史,也就是对历史事件的评议、评论和评价。如通过《越绝书》"神农以石为兵,黄帝以玉为兵,蚩尤以金为兵,禹以铜铁为兵"的记载,指出这段材料既讲了古代兵器的演变历史,同时也包含着对黄帝"以玉为兵"的尊崇。玉,是石之精品,也包含着向仁止武的文明内核。他还进一步发挥道:"武不止者亡",中国人的这个传统理念,不仅是当时作战获胜的硬道理,还具有现代意义。军事的目的是服务于政治,以武制邪,以武制恶,以武力实现共和。穆涛还提醒我们:"史学昌明的时代,社会生态是清醒的。一个人清醒着,不会做糊涂事,一个时代清醒着,也不会乱作为。如果一个时期里,戏说历史成为风气,是特别值得警惕的事。"

其三是文案的源头。此处的"文案"一词是借用,相当于英文里的"case",教育学中的案例。对于普通大众来说,所谓的以古鉴今、温故知新,不是抽象的教条,而是一些具体的案例,活生生的事实,比如历史人物东方朔,一般人只看到他的滑稽,而穆涛挖掘出他的诙谐方正,绵里藏针,重新诠释"谈何容易",用一连串事实来说明讲真话也需要陈述动机,比架空高论或隔靴搔痒者谈历史更接地气。他还述及班固《汉书》中记了14名酷吏,并重点介绍了严延年,还写了严延年被"弃市",遭斩首示众的下场,最后总结了严不是手段的严酷,而是内心深处的暴戾与不仁。他谈西汉历史的《九个细节》中,在"给力的细节"中,通过《史记》与《汉书》材料的比较互见,来看作为政治家的刘邦的几个侧面,确实可圈可点。这样正说历史事件、历史人物的案例很多,穆涛选择这些材料、评述这些事实是走心了,希望读者阅读时也用心来读,更重要的是,希望读者通过阅读这些案例能增长历史智慧,学习历史经验,规避历史教训,不要重蹈覆辙。

中国历史的时空广袤无垠,作为作家的穆涛正春秋鼎盛,我相信他的溯源之旅还会有更多的新发现和新发明,我们期待着分享他下一季更盛大的新成果发布。

穆涛著《中国人的大局观》,西安:陕西师范大学出版总社,2022年

行者的城记
《望未央》读后

潇然人长得排场，壮健挺拔，气宇轩昂。他的文亦如人，似乎是经渭河浇灌，又有书卷垫底，茁壮而厚实，特别是经千年古城的熏习，有了一种浩乎沛然之气，汩汩而来，空灵而不失方正，笃实又别具韵味。

拿到《望未央》，爱装帧的淡雅，爱设计的厚重，更爱文字的这种韵味。把这种阅读感受梳理一下，似乎包含这样几层意思。

一是恢复城市记忆。我们生活的这座城市，不仅仅矗立着那些用钢筋混凝土堆砌成的、霸气而无节制地刺向高空的所谓地标的建筑物，而且还有延伸到地层中的像古树年轮的那一圈圈的刻度，学理性的专业术语叫历史。当我们欢呼城市的日新月异、巨大变迁时，也暗示着这座城市已面目全非了，仅从地面我们已无法把这座城市和其他城市区别开来了。感谢潇然又把我们带回秦汉的土地、唐朝的天空，帮助我们这些失忆的现代人回忆阿房宫、未央宫、长乐宫、大明宫的往事，他一边走一边指点草堂的身影，还让我们倾听终南山的潮汐。

二是醉心文化考古。集中所收作品，按潇然自己说，也按穆涛的评价，似乎不是一种严格意义上对遗迹的考古或田野发掘。但通过不断探求，用他自己的话说，将遗址留有的历史文化、城墙簇拥的皇权文化、黄土培植的民俗文化、诗词吟诵的艺术文化逐一挖掘出来、梳理出来，也是在进行一种大遗址保护，一点也不比拿洛阳铲的职业工作者们轻松。

三是出入历史之间。潇然读城，正如他自己说是一种兴趣，开始于业余，但慢慢地进入了某些专业者也未必有的状态——痴迷，故说起城来头头是道，每件事都能不慌不忙地讲出个子丑寅卯来。文字多有出处，如书名《望未央》，不仅贴切，还暗含着唐诗的典故，于是从王潇然的《望未央》，到唐人刘沧的《望未央宫》，再到汉代未央宫，就形成了美国学者斯蒂芬·欧文所说的"追忆的链条"。文章中更多的是对一些人名、地名出处和名物制度具体别致的解说，如三桥，读了潇然的文章，我才豁然开朗。他既能对历史做深入考究，又能跳脱出来进行文学的言说，故超越了史学表述的板滞和拘泥。

潇然给自己的博客取名"守望长安"，实在是有寓意的。守者行动的坚持，望者想象的驰骋。坚守当下是他的本分，驰骋古今则是心灵的自由。老杜说"怅望千秋一洒泪，萧条异代不同时"，不知潇然在望未央时是否有同感。但他能立足现在，回首历史，畅想未来，这不仅是为政者的守则，也是我们文学人应有的态度。

潇然年富力强，他关于未央、长安的文化考古工作正在展开，已有的发现仅仅是冰山之一角，深入而具震撼力的诠释还在继续，我们期待着。

王潇然著《望未央》，西安：陕西师范大学出版总社，2009年

谁是诗中疏凿手？
《诗话美典的传释》序

林淑贞教授的新著《诗话美典的传释》编就，我有幸先睹为快。

我是近四十年海峡两岸学术交流的亲历者，也是实际受益者。很早就结识了罗联添、曾永义、何寄澎、叶国良、龚鹏程、廖美玉、吕正惠、简锦松、郑阿财、王明荪、宋德熹、杨儒宾、李纪祥、萧丽华、曹淑娟、王基伦、侯迺慧、林淑贞、李宝玲等几代师友。印象最深者，除老辈学者外，往来于两岸的研究唐代文学的学人中，大陆多男性学者，如傅璇琮、陈尚君、卢盛江、薛天纬、葛景春、尚永亮、蒋寅、罗时进、戴伟华、赵敏俐、左东岭、吴相洲、钱志熙、杜晓勤等，台湾多女性学者，如方介、沈冬、廖美玉、萧丽华、曹淑娟、严纪华、蔡瑜、康韵梅、林淑贞、黄奕珍、欧丽娟、李宝玲等。当然，这个感性的看法也不能绝对，比如大陆的女性学者葛晓音、张明非、刘宁、杨晓霭、米彦青，台湾的男性学者廖肇亨、蒋秋华、王基伦等也都非常活跃。

2014年、2019年我先后在台中市的逢甲及中兴两校执教,与何寄澎、宋德熹、廖美玉、林淑贞、王明荪、黄东阳、李宝玲、李建纬诸位师友不时请益,过从甚多,对台湾地区古典文学研究界的了解也更加具体深入。

林淑贞教授的研究领域很广阔,在诗学研究、寓言研究、唐诗研究、词曲研究等方面,著述颇多,仅个人专著就有《中国咏物诗"托物言志"析论》(万卷楼图书有限公司2002年)、《尚实与务虚:六朝志怪书写范式与意蕴》(里仁书局2010年)、《对跖与融摄:唐人生命情调与审美风尚》(学生书局2016年)、《图像叙事与多元文本》(学生书局2018年)等,足见涉及面之广阔,讨论问题之专深。

林淑贞曾引用加拿大学者诺思罗普·弗莱的观点说,艺术是"沉默的",而批评却是"讲话的",是以一种特殊的概念框架来论述文学。① 其实,诗话也是一种"讲话"的类型,她对诗话美典的传释则是另一类"讲话"。我们可以透过她的文字,沿波讨源,涵泳商量,梳理这一传释的逻辑链条和历史过程。

首先,强调论诗者的生平际遇与时代关怀。讨论诗话者,多关注诗论者或诗话作者所讨论的作品及其作者的生平际遇,循着"知人论世"的灯光,我们仅仅照出诗人、诗作与时代,但是对持灯者的诗话作者仍然忽略。林淑贞教授则与此不同。如她指出,

---

① [加]诺思罗普·弗莱《批评的剖析》,陈慧、袁宪军、吴伟仁译,天津:百花文艺出版社,2002年。

林昌彝《射鹰楼诗话》与传统诗话不同，前二卷以诗话存录当时鸦片战争文士所留下的诗歌，并借诗话来对当时英国占据中国五口通商的霸权表示扞拒，深具时代关怀与历史意识，迥异于一般"论诗及事"及"论诗及辞"的诗话。

她还具体解释林昌彝何以用"射鹰"来名其诗话：盖晚清之际，英国入侵，如鹰隼之暴戾，故林昌彝思援弓射之，故名为"射鹰"，意即"射英"之意。《射鹰楼诗话》卷一云："余家有书屋，东北其户，屋有楼，楼对乌石山积翠寺，寺为饥鹰所穴。余目击心伤，思操强弓毒矢以射之。又恐镞镞虚发，惟有张我弓而挟我矢而已。因绘《射鹰驱狼图》以见志，故名所居之楼曰'射鹰楼'。"另外在《海天琴思录》亦云："余建射鹰楼，楼悬长帧《射鹰驱狼图》，友人题咏甚夥。楼对乌石山，山为英逆之窟穴。余于楼头悬楹帖云：'楼对乌石，半兽蹄鸟迹；图披虎旅，操毒矢强弓。'见者皆以为真切。"由此得出，《射鹰楼诗话》是一部具有深切时代感的著作，论诗者不光以诗证史，而且努力践行以诗话证史。

尤为难能可贵的是，林教授的研究和论证，不是简单的非此即彼的判断，还深具一种"了解之同情"，她指出：

> 林昌彝对于外人的认知程度缺乏了解，以至产生错误的见解，对于天主教传入中国，在其眼中是"诱掖愚民""荒唐纰缪"的事，当时人也有类似意见，昌彝内弟周瀛暹曾写诗曰："太息耶稣妄说天，毁儒讪佛谤神仙。世无原道昌黎子，谁挽狂澜障百川！"这种想法是根据中国本位主义的理解而产生的，又主张西学源出中国说，理论虽浅薄，但却具有时代

意义，反映出中西文化接触时中国人的心理反应，仍是以天朝自居的观念来看待。

这种认识与人云亦云、无原则地迁就古人，或居高临下地鞭笞挞伐古人都不同。特别是在一百年后，我们又面临着一个新的契机：如何看待自己，如何重新看待世界、重新认识西方。可以看出淑贞教授温婉的言辞背后，既有一种体贴，也透露出一种智慧，对当下汹涌澎湃的民粹主义舆情，也是一种清醒的针砭。

林教授还进一步指出，世人多谈以诗证史，其实还有以诗话纪史和诗话证史者，如宋朝朋九万《乌台诗案》、清朝张鉴《眉山诗案广证》，林昌彝《射鹰楼诗话》也是以诗话的形态记录晚清鸦片战争之际知识分子对此一事件的看法，后来梁启超《饮冰室诗话》讨论诗界革命，同属这一类。淑贞教授担心此书读者耽于书中细致深微的论述，故特别在书的结论中再次标举"诗话作者生平际遇与时代关怀"，反复致意，念兹在兹，所以我们读此书也不要辜负了作者的这番苦心。海宁王国维倡"一代有一代之文学"，其实这"一代之文学"，不应理解为仅仅指美文学的创作，也应指包括诗话在内的文学研究。

其次，重视论诗者的师资传承、学术源流。陈寅恪《论韩愈》："华夏学术最重传授渊源，盖非此不足以征信于人，观两汉经学传授之记载，即可知也。"[1]在我的印象中，讨论汉宋学术，

---

[1] 陈寅恪《陈寅恪集·金明馆丛稿初编》，北京：生活·读书·新知三联书店，2001年，第319页。

追溯学术渊源，辨章考证是基本路径。一般认为，禅宗注重传授体系的建立，影响了中土风气；宋代江西诗派的建立，又是受到宋学和禅宗的影响。现代学术院所和现代大学等学术共同体，通过课程、课题、教材、刊物、团队、结社等形成学术流派，是比较严格意义上的师资传承和学术传布。

对诗话的研究，一般重点都放在其学术范畴、学术观点以及对所评点作品的艺术鉴赏上。林教授考察诗话，比较自觉地注意梳理传授渊源。在《"选诗定篇"与"论述存说"：沈德潜建构诗学史观双轨并进之策略及其意义》一文中，作者考察沈德潜师友弟子之间的承继，通过叶燮诗论传承图（见下图），将叶燮、薛雪及沈德潜与王昶、王鸣盛、钱大昕等人的学术传承关系梳理清楚。

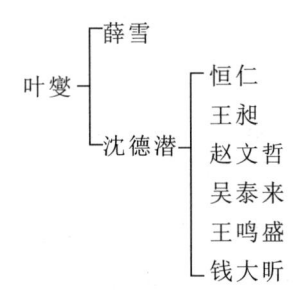

```
           ┌薛雪
    叶燮 ──┤       ┌恒仁
           └沈德潜 ┤ 王昶
                   │ 赵文哲
                   │ 吴泰来
                   │ 王鸣盛
                   └钱大昕
```

此外，在讨论钟嵘、朱熹等都注意从传授渊源角度进行梳理，在讨论梁启超时也特意提及《饮冰室诗话》《石遗室诗话》存录师友诗歌的苦心孤诣。

其三，不仅注重诗话内容的新创，而且关注形式的追求和努力。换言之，不仅注重诗话的学术内容的新创，同时注重诗话的文章形式、结构模式、语言形式、风格形式等方面的努力和追求。

按照淑贞教授的解释，诗话形态可以分为表层结构及深层结构两种。她还引蔡镇楚的定义，指出所谓表层结构"属于狭义诗话阶段上的结构体式。其基本形态是诗性与故事性的有机结合体……就是'论诗及事'"。① 所谓深层结构，亦即"属于广义诗话的结构形态。……是章学诚所说的'论诗及事'与'论诗及辞'的二合为一"，诗话形态的深层结构就是诗话的诗歌理论形态。②

蔡氏所谓深层结构指有关"诗言志""缘情说""感物说"等诗学理论，亦即牵涉诗歌的理论部分。她指出在林昌彝的诗话之中，有其论诗要旨，属深层结构，由此可知《射鹰楼诗话》既具表层之"论诗及事"发展出来的结合人事典故、事件而呈现的表层结构，又有兼摄深层"论诗及辞"的深层结构。

她还关注诗话的结构方式。诗话的结构方式，依《诗话学》所分，有并列式、承递式、复合交叉式、总分式四种。所谓并列式是指诗话的内容是由一条一条不相干的诗论连缀而成的。承递式是指以时间的先后为序，把诗论对象做有关联性的时间纵向组合。复合交叉式是将诗论以时间、空间做交叉纵横的组合。总分式是指诗论具有论诗的主旨，能够多方面展开思维，以表现作者的诗学理论。③

淑贞教授还通过对《射鹰楼诗话》的研究，概括其表述方式，可以分为下列几种：语录条目、摘句式批评与全诗摘录式批评、分辨诗体与诗类、结合他人诗论、比喻论诗或印象式批评。

---

① 蔡镇楚《诗话学》，长沙：湖南教育出版社，1990年，第104页。
② 蔡镇楚《诗话学》，长沙：湖南教育出版社，1990年，第105页。
③ 蔡镇楚《诗话学》，长沙：湖南教育出版社，1990年，第113—115页。

她还结合刘熙载《诗概》的讨论指出，中国诗话以散式结构居大宗，而散式结构论述诗歌风格的方式约略可分为六大类别：议论、说理、叙述式，比较式，引用式，排比式，分类式，摘句式。从表述方式的内容取象而言，可分为具象、抽象、意象三种类型。依据表述风格的对象来看，可分为六种：诗歌风格、时代风格、诗家风格、体派风格、体裁风格、题材风格。

在《自然触目成佳句，云锦无劳更剪裁：朱子论诗要义厘析》一篇中，通过朱子论诗要义结构图直观地罗列出朱子论诗在形式和内容上的诸多努力。

通过以上引证可以约略看出，淑贞教授对诗话这一文类，不仅仅把它视作载道、载理、载史、载事的工具，而且试图竭力还原诗话作为一种"文"的多重特性与内在肌理，这恐怕是她书名中拈出"美典"一词的一种隐意。可以看出，淑贞教授其实是要将一般人眼里的仅具学理意义的诗话这一文类，提升到"美典"的层次上，进而使其成为一种经典。当然，这可能是我个人的一厢情愿的误读，故点到为止。

其四，从诗话个案考索到诗学体系建构。本书的主体内容是对诗话这一独特文类的个案研究，从《诗品》、唐人诗话、朱子论诗、《草堂诗话》，到晚清近代的《诗概》《射鹰楼诗话》《饮冰室诗话》，洋洋洒洒，广搜旁掇，但又具体而微，专门深入，每篇都有具体目标，纵向开掘，壶中天地，别有境界。而作者在绪论中已经温馨提示，她的用意还不只是诗话个案的深入研究，她叮嘱读者要仰望星空，要更上层楼，"从诗话航向诗学之海"，或者准确地说，是航向诗学论述的海洋。请注意，淑贞教授说的是航向海洋，而不是远望海洋。

治古典文学者包括诗话研究者，满足于学术小作坊中岁月静好、孤芳自赏者夥矣，不畏潮汐洋流、疾风暴雨，胸怀航向海洋之志者还是太少。尤其是这一学术远足的倡议是由一位女性学者提出，慵懒如我者向她致意，愿意追随她参加这次航行，也愿她的远航不断有新发现、新收获传来。

本书重点虽然是对诗话学的一些点式研究、个案考索，但可以看出淑贞教授对这些点的选择颇为用心，既有诗话发轫期或早期的作品，又有中晚期的作品；既有严格意义上的诗话，也有广义的诗话；既有深入的专题研究，也有对台湾地区诗学研究成果的综述。从写作的时间跨度来看，前后绵延了几十年，浸入了作者体温和时代风雨，与那些应命的急就章不同。当然，本书涉及的一些问题，也可以进一步展开讨论，如提及司空图《二十四诗品》，似应回应一下由陈尚君、汪涌豪等提出的《二十四诗品》真伪问题。另外，淑贞教授提到"航向诗学之海"，可否能从比较诗话学以及诗话范畴的现代转化、中西诗学概念的互释等方面思考。我想，淑贞教授年富力强，在已经起航的诗学之旅中，一定会有更长远的思虑，也会有更宏大的述作问世。

宇文所安《追忆：中国古典文学中的往事再现》一书，通过羊祜、杜预、孟浩然、杜甫、皮日休等对岘首山的吟咏，形成了一个回忆空间的链条。[1] 我曾将此链条续接到闻一多、宇文所安。

---

[1] 宇文所安《追忆：中国古典文学中的往事再现》，郑学勤译，北京：生活·读书·新知三联书店，2004年。

其实，林淑贞教授对诗话美典的传释，又何尝不是一种追忆。虽然自然景观和文学的创作是"沉默的"，但传释是"说话的"。林淑贞与现代的诗话研究者郭绍虞、蔡镇楚、张寅朋等续接了这个追忆的传统，努力拓展汉语学术的意义空间。研究美典，不能缺失了这一传释的过程和历史的链条。

林淑贞著《诗话美典的传释》，台北：新文丰出版公司，2020年

发现灵境

《高原灵境：中国西部高原风光风情影像》序

  高新四路赵家坡与西桃园村之间，在唐时毗邻群贤坊与怀德坊，现在则是西大桃园教学区和家属区。家属区院子中住户前几年刚搬进来时，车并不多，有一辆骨骼高大的吉普车特别突出。这两年钢铁坐骑明显增加了，院子也更加拥挤了，香车宝马，穿梭如流，各个国家的各种名牌都在这里聚集，仿佛万国车展，然而那辆吉普车在车群中非但没有黯然，反而更加抢眼。过分古旧的风格，车胎上生鲜的黄土，水泥地面上压下的胶泥辙印，像柏一林在生宣纸上嵌印出来的蝌蚪文字一样，纹路清晰，色泽鲜明。行家们一看就明白，那不是做旧扮酷，而是长期在野外工作磨损造成的。

  车主人的行头也很专业，背满器械和行囊，仿佛是要奔赴非洲维和的特种兵。每到寒暑假，便能看到这样的情景：一位文静的女士带着一个调皮的孩子，送车主出行，几乎年年如此。这两年女士文静优雅如旧，孩子突然蹿个子了，更加高大帅气。只有满脸沧桑感的车主，在家人肃穆庄重的注目礼中，依然雄赳赳气昂昂地出征了，朝他的战地——高原开拔了。

车主屈琳实际上任职于学校宣传部，专司摄影。很长时间我并不知屈琳之名，只知在学校各种活动中有一个着装个性、忙碌抢眼的摄影师。屈琳似乎并不满足于仅仅做好新闻摄影的业务工作，故在八小时之外，他经常给各类专业开设摄影课，普及光学语言与镜头美学。寒暑假和节假日，本应是家人团聚其乐融融时，屈琳则披挂整齐，武装到牙齿，义无反顾地出征远行。把思念和牵挂抛给了妻孥，把希望和憧憬托付给远方。于是院子里就一再出现文章开头所见的那一幕。

屈琳兄多次向我说及他有意将多年来的摄影作品结集出版，并向我介绍一些作品的创作经历，拍摄的时间，拍摄的地点，拍摄的角度和光圈，如何取景，如何构图，如何变形处理，如何印制照片。他不厌其烦地讲述，给我普及了摄影知识，使我这个门外汉知道了如何欣赏光与影合奏出的交响曲，如何分辨原始照片和PS版。渐渐理解了他浓烈的高原情结，油然生出对他的许多敬意。

回过头来再看他的作品集，就不再是一堆杂乱无章的色彩，也不是反复曝光的记忆碎片，而是觉得仿佛有一组追光灯打在了幽长的隧道中。道路虽然崎岖不平，吉普车的行进虽然或快或慢，但在这光束的照射下，我们的主人公行进在黄土高原、青藏高原、川西(云贵)高原上，并在三大高原之间来回穿梭，每次光的切换就催生出一组珍贵的照片。

在家庭和学校中，屈琳兄谨守本分，恪尽职守。但在高原上,他狂放不羁,自由挥洒。他仿佛从高原上得到了灵气,高原的神秘肃穆似乎被他窥破,被他捕捉,于是,我们看到现实生活中谨小慎微的小职员,在他创造的影像王国中,俨然成了高原上骄傲的骑士。在斜阳古道上,荷戟独立,奴仆风云,指挥草木。刘勰说屈原之所以能洞鉴风骚之情者,抑亦江山之助乎?千年以下,屈琳能摄取高原魂魄者,莫非也从造化中获得了神秘的启示?

通览影集,对屈琳兄最突出的印象是他的执着,几近痴迷。所收照片最早是三十年前的,那是屈琳摄影生涯的开始。这些年来他遇到了无数困难,让他放弃了许多,收敛了许多,也聪明了许多,但唯一没有放弃的是对摄影的追求,而且越来越专注执着,有时几乎近于一种精神的痴迷。同道者相视一笑,或能默许,对于一般人则很难理解,认为是一种傻,是一根筋。

另一印象则是艺术灵气。屈琳的专业背景虽是经世致用的史学,但作品中时现艺术的灵气,这种灵气使他能从冗长的现实时段抢抓精彩的刹那,也能从一个特别的角度观照自然及人物,还能从古今中外的绘画、雕塑、书法甚至音乐、舞蹈中汲取营养。如《雪域冬牧》《轮回人生》《朗木朝圣》等。

在我看来,屈琳兄的许多作品达到甚至超过专业摄影家的水平,这不仅仅有他所获得的许多专业的奖励为证,而且在他身上具备专业摄影家的许多素养,在摄影的体裁、题材和技术上,可以补专业之不逮。如《黄河曙光》《悠悠岁月》《沙韵长城》等。

屈琳说本册影集是他三十年艺术实践的总结,也是他献给母校校庆的一份礼品。诚哉斯言。但我倒觉得,知天命之年对于一个摄影艺术家来说应是创作黄金期和高产期的来潮，所以这部影集的出版也应该视作他艺术创作新纪元的开始，相信他还会拍摄出更多惊天地、泣鬼神的作品，我们期待着他继续驱驰着吉普，走向更圆融更静穆的美学境界。当然，吉普的后座上最好能捎上那位文静典雅的女士，并嘱咐她扣好安全带。相携白首看夕阳，赏高原蓝天，浴长河潋滟。摄影师和伴侣也会构成画面不可或缺的一部分，那将是生命的另一种极致，也是永远超越镜头语言的本真和素朴。

屈琳著《高原灵境：中国西部高原风光风情影像》，北京：中国民族摄影艺术出版社，2012年

唐代诗文领域的深耕

《李杜韩柳的文学世界》序

  芳民兄与我先后同学，且是几十年的老同事，前一段时间他将一部沉甸甸的书稿《李杜韩柳的文学世界》转来，我有机会第一时间拜读。因我自己手头还有其他事，故读得较慢，读完后感慨颇多，也想借这个机会谈谈自己的阅读体会。

  本书以唐代李白、杜甫、韩愈、柳宗元四位作家为讨论重点，围绕他们的人生遭际、政治理想、个性品格、家世家风、文学创作几个方面展开论述，从多个角度对这四位作家做出新的挖掘，揭示其独特的个性品格与杰出的文学创造。书末另附有四篇论文，涉及唐代张九龄、岑参、李商隐与宋代苏轼四位作家，或考证其生平事迹，或分析其作品，重在掘隐发覆，阐述新意。全书研究讨论的对象，主要是唐代诗文创作领域的经典作家，故其分析论述，也围绕着作家作品展开，以揭橥作家文学创作上的独特价值与贡献为其旨归。

  回顾近四十年来的古代文学学术史，可以说唐代文学研究在古代文学的断代研究中，取得了长足的进步。首先，以总集的整理而言，由周勋初先生任第一主编的《全唐五代诗》正在陆续出版，由陈尚君先生独立完成的《唐五代诗全编》也即将付梓。这两项工作应该是继清人编《全唐诗》以来最重要、创获最多的学术工程。其次，别集的整理起步早，成果更多，几乎一流作家的作品都有了新整理的本子，有些还有不止一种整理本。以芳民兄重点讨论的李杜韩柳来说，都有新的整理本面世。如李白集的整理，先有安旗先生等撰的《李白全集编年注释》（巴蜀书社1990年，中华书局2015年更名为《李白全集编年笺注》）推出，接着有詹锳先生主编的《李白全集校注汇释集评》（百花文艺出版社1996年）出版，最新出版的是郁贤皓先生的《李太白全集校注》（凤凰出版社2015年）。杜甫集的整理，继萧涤非先生主编的《杜甫全集校注》（人民文学出版社2014年）推出，很快又有谢思炜先生校注的《杜甫集校注》（上海古籍出版社2016年）出版。韩愈集的整理，有阎琦先生的《韩昌黎文集注释》（三秦出版社2004年）。柳宗元集的整理，有尹占华、韩文奇两位的《柳宗元集校注》（中华书局2013年）。此外，张九龄、王维、孟浩然、岑参、白居易、元稹、李商隐、杜牧等的文集也有很好的新的整理本，有些还有不止一种整理本，如孟浩然、岑参、白居易等。其三，在新文献的发布和研究方面也有"井喷式"的推出。与唐代文学关系密切的如陈尚君先生的《贞石诠唐》，胡可先生的《唐代诗人墓志汇编（出土文献卷）》等。其四，海外汉文文献的整理与海外唐研究成果的译介也是很可观的。以我比较熟悉的师友而言，大陆学人张伯伟、郑杰文、尚永亮、蒋寅、程章灿、杜晓勤、查屏球、刘宁、查清华等都有持续的新成果问世。我自己也曾与日本友人松原朗教授合作主编《日本学人唐代文史研究八人集》。还有其他方面的新突破，这里就不一一赘述了。应该说，无论与古代文学其他断代研究相比，还是与其他历史时期的唐代文学研究相比，这个成绩单都是骄人的。简言之，经过几代学人的黾勉苦辛，共同努力，将唐代文学的基础研究推向了一个学术高原。

这样的高原状态既是好事，但也会对后续的研究形成瓶颈，产生困境，因为天然的自然资源是有限的，文献的原始资源也是有限的，包括地下出土的新文献，之所以会"井喷"，与近百年特别是近几十年的农田水利与"铁（路）公（路）机（场）"建设有关，进入后开发时期或者新发展时期，继续依赖资源的发展理念，可能要升级换代。同理，在30、40、50年代的老辈学者的成就面前，60、70、80年代的中青年学人如何面对问题，如何接受挑战，如何形成自己的学术制高点，这是中青年同道应该思考并回答的问题。

芳民兄用自己的创获做出了回应。他的成果不属于以上几类，应该属于专题研究一类。已有的文献整理为深入的理论性研究提供了一个很好的学术平台，也使得整个唐代文学研究可以在一个更广阔的高原上展开。芳民兄脚踏高原大地，既仰望星空，又扎扎实实，展开了自己对唐代文学高峰的学术攀登。

通览全书，感觉作者立论的突出特点是具有强烈的问题意识，或就具体问题做探索开掘，或就具重大意义的论题展开讨论，所有论题，力求言之有物，提出作者的新见，不做浮泛空论。按照我个人的肤浅理解，芳民兄的探索在已有的基础上，又攀登出自己的新高度。同时，他不是亦步亦趋地走别人的老路，而是尝试着探索自己的新路径，并从以下几方面做出自己新的拓展：

首先，是从重文心诗艺的探索向重史事拓展。传统的诗文研究侧重于对作品内容形式的讨论，往往把作者活动的环境当作背景来处理。本书第一部分讨论谪仙李白的遭际与诗文，其中《"从璘入幕"与暮年冤愤》一章篇幅并不大，全篇就李白在"安史之乱"爆发后"从璘入幕"的史实，梳理郭沫若、安旗、邓小军等的观点，结合对此时期李白作品的解读，来为李白"附逆"的说法辩白洗冤。作者对往事与回忆特别重视，故讨论李白以《怅惘旧事与记忆重构》命题，侧重的是李白记忆丰厚的晚年遭际。解读杜甫也专设《往事回忆与故国之思》一章，仍围绕着杜甫晚年的颠沛流离，通过"回忆—思念"这一母题来透视杜甫的精神世界与作品意涵，对《壮游》《秋兴八首》《八哀诗》等系列作品做了体贴入微的新诠释。

其次，从重作家履迹考索向重文化史事拓展。讨论柳宗元的论著已经不少，本书《家族图谱与家世记忆》一章从柳宗元的墓志碑铭类作品入手，比较他与其他作家撰写此类文章的总数、为家族成员所撰文章的比例，说明他睦族敦亲的文化行为，与守护作为关中郡姓的"河东柳氏"的士族传统息息相关，若再联系中唐以来士族日渐沦替，那么柳宗元的良苦用心就更有了某种悲壮的意味。《传道有遗稿》一章则围绕着传为韩愈所作的《论语笔解》展开论述，得出其为韩愈任国子学官时的授课讲稿的结论，从一个新的角度来形塑新道统领袖韩愈的学术形象。

第三，从重传统功夫向兼采学术新方法拓展。马克·吐温说："如果你唯一的工具就是一把锤子，那么你就会把所有的问题都看成钉子。"查理·芒格据此倡导建立"多元思维模型"。芳民的新著并不特别标榜新理论、新方法，他是结合研究对象和所要讨论的问题，移形换步，随物宛转，或从文化与文学，或从历史与文学，或从宗教与文学，或从贬谪与文学等不同角度切入；方法上，既有文史结合、考证辨析等传统方法，也有家族与文学、空间与文学、文化记忆与文学等新方法与新理论。视角与方法的多样，使研究的深化得到了有力的支持。

第四，通过对经典的深入阐释，对大众阅读经典提供新的样本。芳民书中所论，无论是重点关注的李杜韩柳，还是旁及的张九龄、岑参、李商隐，以及宋代的苏轼，都是获得定评的经典作家，他们的代表作，也都是文学经典。究竟如何致敬经典、阐释经典，可以见仁见智。但是，我认为芳民兄给我们提供了新的样板。新样板的意义在于，它既不是人云亦云地稗贩一些老常识，也不是为了吸引眼球而故意标新立异。芳民兄是一位严谨的学院派学者，故他是在丰赡的资料和证据的基础上展开自己的探索和研究的，他的解读会让我们对经典作家的作品获得全新的理解，也为打开并进入经典的内部世界指示新的路径。

据我所知，芳民兄除了将自己的学术新创获经之营之，构成宏论外，还能长期坚持教学一线，及时将学术新见在课堂上与学生分享，他以研究型教学获得师生的肯定。其实，他还有其他的才艺，如旧体诗词写作、诗词吟唱，特别是充满乡情的秦腔清唱，有板有眼，感情浓郁。只是芳民有意将严谨的学术与丰富多彩的日常生活截然分开，这虽然没有什么错，但我倒希望芳民兄能用生活艺术化的优长，来浸润他的学术沃土，在更加放松的学术状态下，更多地发现自己智慧的本地风光。不知芳民兄以为然否？

从做古典文学研究的角度看，芳民兄正值学术盛年，我诚挚地希望他能在做好学校教学、学术服务的同时，给学界奉献更多的优秀成果，是所愿矣。

谨为序。

2021年10月20日匆匆于故都西安，时疫情仍残存

李芳民著《李杜韩柳的文学世界》，北京：中华书局，2022年

旧体诗的新使命

《半通斋诗选》序

  炜评兄者，商州人也。今之商州、商洛，即古之卫鞅旧封，其地山谷奇丽，林壑幽美，虽与关中道接壤，然面貌迥异，故多磊落瑰玮之才，古有四皓，今有赵师俊贤、冯师有源，当代秦中名流贾平凹、京夫、陈彦、冀福记、孙见喜、方英文皆其地所产也，炜评亦列其中。

  商州为秦头楚尾之地，所辖洛南邑有碑矗于秦、豫、楚三省间，一碑界三省，实为南北文化交汇之奥区。古来士君子系水土之风，属山川之气，不徒禀秦雍之雄浑、三河之雅正，亦能兼得两湖之灵异。师友朋从中举凡籍隶商州者，虽行业领域不同，个人成就高低不一，然习相远而性相近，举手投足间多有共同点。不知乃山水孕育、风气熏染所致，抑别有因耶？

  商州多军事要塞，武关控扼其间，古来兵家必争。沉沙折戟，故垒残堞，山民樵夫影影绰绰，仍能仿佛其事。此地又为南北交通枢纽，水旱码头，长亭短驿，士商往来，客货转徙，络绎于其间。至如韩文公雪拥蓝关之叹,温八叉茅店板桥之思,迁客骚人播迁于此,兴会所至,商山留残句,洛水漂断章,史迹斑斑,依稀可考。今有好事者,倡言浙东唐诗之路,跃跃欲申遗。吾谓守商州者,于遍植板栗核桃之余,如能将故道风雅遗迹详加稽考,广事宣传,不惟带动观光旅游,亦有大裨益于文明建设。进言之,当今三秦文苑,何以商州文风炽盛,南山一系人才辈出,或亦能从中找寻答案。

炜评每于课余席间口吐珠玑,妙语惊四座,余常惜其不能自珍其才,集腋成裘。今通览全集,始知多虑。集中所搜,虽有散佚,仍能精选三百余篇,数量不可谓少。举凡花间樽前,醉后梦中,客舍旅居,师友酬答,皆有篇什,其中迁想妙得,天成兴象,神来之笔,有才之句,亦俯拾皆是。

余与炜评师出同门,同留母校执教鞭,倏忽间已廿载有余矣。犹忆曩昔常以传承古典、扶树雅道共勉。炜评授诗词格律,口讲指画,知能并重,不惟绍续师承,瓣香古贤,使诗教一脉薪火不息,更能借旧瓶装新酒,别开生面,为诗词创作拓出新天地。盥诵之余,每多艳羡;临文之际,不免羞赧。叹余近十年身陷俗务,心为形役,三径就荒,木犹如此。羁鸟恋林,池鱼思渊,吾当迷途知返,见贤思齐,重理旧业,还望炜评有以教我。

炜评幽默多智,诗才富赡,虽自谦半通,实欲践行古今打通之大业。神龙鳞爪,闪烁一斑,今诗词集先行付梓,其他系列成果亦将纷至沓出,轰动学苑文坛。艺文可润身,器识当致远,是余之所深望矣。

人谓炜评多福,美妻贤惠,公子亦颇挺出,已超越中岁之困境，当能以学术之韶年，全力于不朽之大业。余乐见其夺关斩将，效坡公镗鞳噌吰，发关西宏声，唱大江东去，为陕军争当代诗词文化之尊位。夫自天水一朝后，关陕人物罕匹东南，文化南移已成定势。新纪元以降，机运重旋，西北或可新收功效。炜评若能预其流，定当有大作为。

戊子年季冬，炜评扣柴扉，携诗词打印稿，嘱余弁言绍介，谓其仅邀一二知己助兴，婉谢名公巨子捧场，且谓芳民教授已慨然允诺。余且喜且惊，老友新作，有幸先睹为快，诚人生一乐事也。至于抑扬古今，甲乙优劣，则非吾之所敢当。且序跋一体，时下赫然罪人十大恶俗之列，誉之不当为近谀，讽之不当为著粪。余怵惕以待，若履薄冰然，却之唯恐不及。故虽受所托，拖延竟逾半年。炜评数次催稿，言意恳切。余自忖欠债之身已无数可逃，托词借口反招失礼之咎。又思炜评亦质性自然之人，其吟稿并非邀功名谋职务之具，何不以其人之道还治其身？故放言数句，权当胡说，知我罪我，已奋然不顾矣。

己丑年仲秋月朔方李浩谨识于长安寓所

刘炜评著《半通斋诗选》，西安：太白文艺出版社，2011年

精神自驾游

《京兆集》读后

炜评的《半通斋诗选》出版时,我先睹为快,并写过阅读体会。几年后,炜评又一部新作即将问世,我在第一时间看到许多师友的络绎祝贺,新见迭出。炜评再次相邀发言,我却语塞。因为大家把我想说的那几层意思都说出来了,而且说在我前面,讲得又比我好,我何必再唠叨重复呢?

炜评人聪慧,留校也早,学校的教学、科研、管理诸方面,条条道路通罗马,无论走哪一条,都是金光大道。但炜评有点像民国时的陕西学人吴宓,因为收到多个学校的聘书,反蹙着眉,踟蹰再三,不知该如何抉择。又有点像当年大观园中的贾宝玉,因许多漂亮妹妹撩拨划搅,宝二爷眼睛迷离,腿脚扑簌,见到哪个女孩子的胭脂都想吃。宝二爷形成道路自觉,明确宣示要"任凭弱水三千,我只取一瓢饮",出自小说第九十一回,那是老晚的事了。炜评于诗之一道,从学诗、爱诗,到迷诗、痴诗,也是经过几度劫波,几多磨难,才越来越专注执着,自凿一片光明天地，不求藻饰，天然烂漫。

大家已经给炜评戴了不少高帽子，而我想从以下三端发点感慨：

一是感叹炜评未能赶上古典诗歌的黄金时代。如今的时代是自由体的散文、小说的时代，是代言体的影视剧的时代，是在各种大赛中走秀一夜成名的时代，也是娱乐至死的新媒体的时代，这就注定炜评只有与大众同乐，才有可能被时尚接受。如坚持古典诗学理念，那只会像老杜笔下高颜值的佳人，要"天寒翠袖薄，日暮倚修竹"了。

二是感叹汉语书写的混乱，众声喧哗。自媒体时代，人人是写家，处处能发表，在瓦缶雷鸣中，文绉绉的炜评即便扯破嗓子呼喊，也将被喧嚣的众声所淹没。什么是典雅的汉语，什么是沉郁顿挫的表达，大众并没有一致的看法。什么是语言腐败，什么是语言暴力，也没有人提出要禁忌或回避。汉语书写的整体质量与水平，放在全球化及构建人类命运共同体的当下，与世界其他民族的书写相比，究竟处于什么样的地位，有哪些特质，有哪些优势，哪些我们要坚守，哪些要扬弃，似乎没有多少人关注和焦虑，更缺乏清晰理性的梳理和论证。在新的文学大跃进中，作家埋头于不断发表，学者忙于不断完成项目、课题，起早贪黑，像酿蜜的工蜂，像码字的农民工。炜评如尾随这支队伍，跟着众人整齐地发声，我们自然听不清楚他的商州嗓音。但他如果不把自己的小我汇入到时代的洪流中，那只能做不逐队随群的骡子。

三是文学的写作是否有必要像体育竞技一样争第一名，或者像金庸笔下的武林门派一样，干掉所有对手，争抢盟主的椅子。

我在他上次集子出版时，曾鼓励过他要力争上游，这次新集编成，也还有师友为他的作品排座次。如今我已提前步入衰年，鬓已星星矣，不会再鼓励他争狠斗勇了。古来文无第一，武无第二，故炜评也不要过分透支体力，冬练三九夏练三伏了。饥来吃饭困即眠，有诗兴即写，没有诗兴也不要勉强自己。至于读者是否喜欢，是否能入围年度好诗排行榜，是否能传世，我们真的不要操心了。更何况，先儒讲学问的最高境界应该是"为己之学"，那么诗的最高境界也应该是自证自悟，而不是排行榜上的第几名。

我不光是炜评诗的忠实读者，也是他题写的对象。印象中他有两首诗是题赠我的，其中收入本集中的一首写道：

郢客心同天道谋，谁能轭下缚清喉。回车且向潇湘路，漫作精神自驾游。

附注的时间是 2015 年 7 月。那一段是我心境最坏的时间，炜评不光赠诗，还请一位知名书家书写、裱糊并装框送我，我真感激他的侠义，也感受到了他的温情，伴我走出泥泞。但是我尚有自知之明，以为"潇湘路"云云太高大上，我根本不配。"轭下缚清喉"又下笔太重，我既没有自虐，也无被虐。

不过，我还是很喜欢他最后一句的"精神自驾游"。念这句诗时，我联想起了陈寅恪的"自由共道文人笔，最是文人不自由"，也想到了杜甫的"白鸥没浩荡，万里谁能驯"，苏轼的"拣尽寒枝不肯栖，寂寞沙洲冷"，当然还想到王国维的"试上高峰窥皓月，偶开天眼觑红尘。可怜身是眼中人",唯他的表达不是古典语汇,而是标准的炜评式句型,所以我偏爱。当然若不停下来,继续抬杠,那么你会发现,其实"自驾游"的"自由"也很有限,譬如红灯停绿灯行,譬如礼让行人,譬如不能酒驾醉驾,譬如到了高速路上也要限速,譬如无处不在的检测仪在监控着你。"人生而自由,却又无时不在枷锁中"。唯卢梭的话是论文语言,炜评的表达是诗意,点到就可以了。你懂的。

为了怕别人说我爱显摆,我没有敢把他的题赠大摇大摆地挂在新房的客厅,而是把诗框放在书桌旁,保证每天坐在桌前抬起头就能看到,正如我在提醒炜评,他何尝不是用"潇湘路"来警示我。"风檐展书读,古道照颜色",历代圣贤、河岳英灵长存宇宙中,我虽不能至,但也应该心向往之。我没有炜评的敏捷诗才,但现在也有了一些闲时间,暇时能生出闲心、静心和玩心,能品咂出他在饭局上的人来疯、诗集里的恣肆,也能会心他老男孩的做派。当然,我没有按照命题作文的要求来写,而是由他的作品生发出不少感慨和联想,这是否也是一种"精神自驾游"呢?这一回把炜评也忽悠上,走走走,咱们一块"自驾游",咋向?

刘炜评著《京兆集》,西安:陕西师范大学出版总社,2021年

佛教与文学
《佛教文学十六讲》序

孙尚勇教授《佛教文学十六讲》稿成，嘱我弁言绍介。我对这一课题虽有兴趣，却从未有过深入研究，故拖了很久。所谓的兴趣是指我对中国诗歌与音乐的关系、中古诗歌与魏晋隋唐时期佛教的因缘、佛教中国化特别是禅宗灯录中的公案语录一直很关注，也曾发表过一些肤浅的看法，但缺乏系统深入的梳理。故看到尚勇兄的系列论题，眼睛发亮，心情也非常愉悦。

本书名曰《佛教文学十六讲》，实则不仅涉及佛教、文学两个方面。大略来说，主要借鉴了西方口头学派关于程序的理论，讨论了印度佛教文化史的一些重大问题，思考了相关印度佛教经典形成的机制，探讨了佛教思想之于中国古典诗歌自然观的影响。本书涉及印度佛教经典、中国古典诗歌、中国古典散文等不同国度、不同时代的多种文体样式。基本的思路是，以口头艺术、表演艺术、音乐艺术的视角，探讨了印度佛教文学、中国佛教学、佛教与中国本土文化的关系及其对中国文学的影响等重大问题，视野开阔，论域广泛。本书的一大优点是，摒弃一般的佛教本位或中国文化本位的单向度思维模式，以相对中立的立场探讨了中古时期佛教与中国文化、中国文学的密切关系。凡所论及，多有所推进，深化了学界对相关问题的研究。

在我的印象中，西大老辈学者高扬先生对佛教哲学和印度佛教史研究精深，我曾在刘持生先生府上见过他，但未及专门请益。幸运的是，我与高先生的哲嗣荆三隆教授、贤媳邵之茜教授过从颇多，从三隆的断续介绍和转赠的著述中，对高先生的学问更多了高山景行之慕。柏明先生对法门寺尤其是对实际寺文物有很好的阐释，我对实际寺的了解，实际上源于拜读柏明先生的大作。柏明首倡成立西北大学佛教研究所，开启了西大以学术团队研究佛教的新阶段。此后，王维坤、王建新、冉万里等教授从考古学角度研究佛教，特别是方光华、李利安、李海波诸教授从义理上研究佛教，张弘、李芳民、孙尚勇等从文学角度研究佛教。岳钰兄则中年变法，从美术创作角度革新佛教的造像和壁画，新作甫出，观者如堵，一新世人耳目。可见西北大学的佛教研究有很好的传统和氛围。

尚勇兄师从音乐文学史家王小盾先生，又在著名敦煌学专家项楚先生门下进行博士后研究，凡学皆有所本，且能对师说不断拓展和发挥。天竺印度文化，因着佛教的流布而播及中国文化的各个方面，遂使中古以降的中华文化呈现许多新面相、新境界、新领域。学人们探讨虽勤，但歧见也很多，共识较少，如声病来源问题、境界问题等。这与直接的文物文献较少有关，也与早期佛教经西域东渐，采用多种语文记录，从多个路径传入，要调适与多种政治及权力组织的关系，要与不同的种族和民族文化碰撞，颇多混乱有关。

佛教研究已成国际显学，尚勇正当盛年，已有不俗的表现，如能预此潮流，以国际化视野咬定青山不放松，将会有更重大的成果问世。如能利用长安佛教研究的地利之便，结合文物考古的新材料，与团队协同作战，则不光能提升自己的研究，同时也能将西大的宗教研究带入新时代。

进而言之，从禅宗哲学角度来看，义理的研究仍不过是言筌，如能跳脱出来，以平常心参悟大千世界，那么收获的可能不仅仅是学术，而是使人的智慧达致更高的境界，空诸一切，心无挂碍，无言独化，饮之太和。依我的管窥，这可能是现代中国人最缺的一种资源，也可能是主持者编辑此套人文读本的一层需要抉发的微意。我这样讲已近野狐说禅，邪魔说道了。打住打住。

孙尚勇著《佛教文学十六讲》，西安：陕西人民出版社，2012年

笳吹共弦诵

《西北联大文学作品选》序

有幸提前阅读姜彩燕教授主编的《西北联大文学作品选》一书，与近年来坊间流行的各种作品选本和校园文学选本相比，我感觉本书有以下诸端特色。

一是在文学的边缘地带耕耘。彩燕指出，有关西北联大与中国现代文学的关系，对于学界来说，还几乎是一个学术盲点。她是现代文学研究圈中人，这个看法她可以讲，我则不敢这样断言。但以这个时期的陕西文学来说，陕北主要是红色文艺，以西安为中心的关中当时属于国统区，国统区文艺研究的重点一般是重庆、武汉，西北联大的行踪跨西安和陕南的汉中两地，以陕南为主。对于一般仅仅读统编教材的文学爱好者来说，此时期的陕西仅有陕甘宁边区的文艺作品入选并被介绍，其他就所知甚少了。

当然，近几十年来，有关现代中国大学史的研究不断深入，以西南联大的研究最为持久深入。文学书写也与这种研究互为表里，涌现出的作品不少。虚构类的作品如鹿桥的《未央歌》，齐邦媛的《巨流河》，宗璞的《野葫芦引》(包括《南渡记》《东藏记》《西征记》《北归记》四部)，纪实类作品如《南渡北归》(包括《南渡》《北归》《离别》三部曲)。其中虚构类作品主要在文学爱好者圈子传播，纪实类作品则影响了海峡两岸暨香港的不同类型读者。由钱锺书小说《围城》改编成的同名电视连续剧，也使小说一夜之间洛阳纸贵。以西南联大学生为背景的电影《无问西东》，更因为有章子怡、黄晓明、张震、王力宏、陈楚生等高颜值的一线影星加盟，遂使这部主旋律作品反成了引发网民民国想象的触媒，21世纪初的影视明星为20世纪抗战时期的知识青年做了群体广告。

陈平原先生的《抗战烽火中的中国大学》，属于他的"大学五书"之一，其中有一章叙述《抗战中西南联大教授的旧体诗作》。应该说，对这个时期老大学追忆的著述越来越多，但还没有细化到对大学的文学创作进行深入研究，更少有将此时期的文学作品汇总选辑者。

从这个意义上说，彩燕的这个选本不仅有益于现代文学史料的钩稽，而且细化了现代大学教育史，我们回过头再看西北联大的老照片，一下子就增加了这么多的像素。这也为这个选本增添了学术意义。据我所知，彩燕有关西北联大文学创作的研究曾获省上的社科立项，相关成果也获省级科研奖励，她在此基础上选编本书，应该说是题中应有之义。

二是"笳吹弦诵"汇交响。编选者在本书的《后记》中曾感慨道："当我们从泛黄的书页中逐字逐句辑录出这些文字，抗战烽火中西北联大师生的身影渐渐清晰起来。他们虽然偏居陕南小城,但始终情系家乡,心怀祖国,以高度的热情、坚韧的毅力从事文学写作、演剧活动、学术研究,以多种形式参与到大后方的文化事业当中,这种精神使人油然而生敬意和感动。"编选者的这种感受与我的阅读体会大体类似。

从黎锦熙、许寿裳所撰,作为本书序曲的《国立西北联合大学校歌》,再到黎锦熙正面写中国军队抗战的长诗《铁军抗战歌》,李满红的新诗《我走向祖国的边疆》,牛汉的新诗《大地底脉搏》,唐祈的《边塞十四行诗之七·河边》,李紫尼的散文《战时后方的大学生活》,许兴凯的通俗章回小说《县太爷》,扬禾的短篇小说《麦收》,文体虽然不同,但都是一个大时代主旋律的展开和变奏。

这里让我们看一位理工科教授刘拓的《苏幕遮》:

国立北平师范大学三十五周年纪念日前三日(即卢沟桥事变发生后一百六十日,亦即南京失陷之翌日),作于西安临时大学,聊以遣怀,并资纪念,词之工拙,非所计也。

夜方阑,风乍烈。鼙鼓东来,震破卢沟月。猛兽横行人迹绝。肠断金陵,梦绕燕山缺。吊忠魂,埋暴骨。仰问穹苍,此耻何时雪。浩劫当头宜自决。三户犹存,曷患秦难灭。

全篇纯是一腔热血,壮怀激烈。词风与南宋豪放派近,就连意象用词也胎息自苏辛派词人。西南联大的冯友兰、罗庸两位教授合作《满江红》:

万里长征,辞却了五朝宫阙,暂驻足,衡山湘水,又成别离。绝徼移栽桢干质,九州遍洒黎元血。尽笳吹,弦诵在山城,情弥切。千秋耻,终当雪。中兴业,须人杰。便一成三户,壮怀难折。多难殷忧新国运,动心忍性希前哲。待驱除仇寇复神京,还燕碣。

"梦绕燕山缺"与"辞却了五朝宫阙","此耻何时雪"与"千秋耻,终当雪","三户犹存,曷患秦难灭"与"便一成三户,壮怀难折", 南 北两校教授的作品,不仅仅词句相关联,更重要的是情感相呼应,他们以自己的方式唱响了时代的主旋律。

据本书简介知,《苏幕遮》的作者刘拓是湖北黄陂人,1920年毕业于北平师范大学,后考取留美公费生,赴美国攻读博士学位。学成归国后,先后任北平师范大学化学系教授、化学系主任和理学院院长等职。全面抗战爆发后,旋即赶赴西安,历任西安临时大学、西北联合大学和西北大学教授、化学系主任、理学院院长等。因善书法能诗词,还曾兼任过文学院院长。在城固时,他曾利用当地的土特产资源指导青年教师和学生研制蜡烛、烤胶和造纸等,缓解了物资缺乏的困难。抗战胜利后,赴台湾负责接收糖业。70年代初与人合作翻译李约瑟《中国之科学与文明》,在台北出版繁体中文版。

另外一位教授罗章龙,也是中国现代革命史上的知名人物,当时在西北联大教经济学课,曾写《过定军山》:"满天兵气战犹艰,褒沔千年旧垒间。蔽日车尘驰栈道,仓黄戎马过军山。"首尾点出时代背景，中间则叙事怀古，含蓄蕴藉。其他还有：

> 投荒万里欲无家，千里征程沸暮笳。(《宿大安驿》)
> 长怜战骨埋高埠，红叶秋风渡剑门。(《经龙背洞登剑门关》)
> 百战关河诗愈健，八年梁益朱颜苍。(《车降秦岭至宝鸡道中》)

或隐或显，或曲或直，弥散着对战事的隐忧和战局的关注，诗意的感性与历史的沉思水乳交融。值得注意的是，虽然当时平津不靖，全国不宁，教授们一方面要忙于应付抗战急需，但另一方面仍想着研讨高深学问，讲授专门课程，为未来国家的和平建设作育专才：

> 频年依岭麓，研理望高岑。辨字探燔冢，忘机息汉阴。授徒惭自了，树木盼成林。(罗章龙《秦麓草堂述怀》)
> 狂风天外至，万树鹤巢欹。转徙存完卵，栽培衍嫩枝。廓清秦海宇，遍植汉旌旗。痛饮扶桑国，明年上巳时。(刘拓《巳乐城春禊》)

无论是"树木盼成林"，还是"栽培衍嫩枝"，与屈原《离骚》"余既滋兰之九畹兮，又树蕙之百亩。畦留夷与揭车兮，杂杜衡与芳芷。冀枝叶之峻茂兮，愿俟时乎吾将刈"旨趣类似，寄托相同。应该说，五六十年代和平建设时期，各个领域还有不少专门人才砥柱其间，应该感谢抗战时期这批教育家的高瞻远瞩。

三是下海从游重实践。曾任西南联大校长的梅贻琦《大学一解》中说：

> 古者学子从师受业，谓之从游。孟子曰："游于圣人之门者难为言。"间尝思之，游之时义大矣哉。学校犹水也，师生犹鱼也，其行动犹游泳也。大鱼前导，小鱼尾随，是从游也。从游既久，其濡染观摩之效，自不求而至，不为而成。反观今日师生之关系，直一奏技者与看客之关系耳，去从游之义不綦远哉！此则于大学之道，体认尚有未尽、实践尚有不力之第二端也。

与梅先生另一段传诵甚广的大学定义相比，这段论述并没有引起足够的关注。我自己也仅能从实践教学的浅层次理解，但梅先生则是从"大学之道"的层面来立论的。熟悉中国古典教育的人会马上由孟子的"游于圣人之门"，联想到《论语·述而》中的"子曰：志于道，据于德，依于仁，游于艺。""游于圣人之门"与"游于艺"是两个层面的，但也是联系的。《礼记·学记》中还说："不兴其艺，不能乐学。故君子之于学也，藏焉，修焉，息焉，游焉。夫然，故安其学而亲其师，乐其友而信其道，是以虽离师辅而不反也。"说明了"学"和"艺"的关系。孔门的"艺"主要指六艺，即礼、乐、射、御、书、数等六种需要通过实践才能掌握的技能型知识，与今人所谓文艺不是一回事，但暗示了无论是学理类还是技能类的知识，都需要在体认的基础上，反复实践，如切如磋，如琢如磨,才能从娴熟到精湛,由精湛到出神入化。

彩燕精选西北联大教授和学生所创作的诗歌(包括旧诗和新诗)、散文、小说、戏剧以及翻译作品共70多篇。迄今许多文学选本多不选翻译类作品,在诗选部分,本书将古今体诗歌打通来选,也与早期现代文学文选不同。尤为难得的是,本书将教授和学生的作品打通来选,师生中既有科班的文史专业的,也有许多非文史背景的。大学的文史学科,尤其是文学专业,并不是专门培养作家的,此一常识大家都认可。但是作为通识教育的一部分,接受过大学教育者,无论文理,都应该能用母语进行典雅的书面表达,此一要求并不过分。教授在这方面率先垂范,学生竞相模仿,师生互动,蔚然成风,此一做法值得大书特书。

四是"采铜于山"的编选原则。被梁任公誉为"清学开山之祖"的顾炎武将学术研究中从第一手资料入手称为"采铜于山",而将辗转拼凑资料称为"废铜充铸"。据本书的《编选说明》及《后记》知,本书选编了1937—1946年间西北联大师生的文学作品,主要选择西安临时大学、国立西北联合大学、国立西北大学(城固时期)师生的作品。作品的出处主要是与西北联大密切相关的文学刊物《西北学术》《西北月刊》《青年月刊》《文艺习作》《流火》《城固青年》等,有关西北联大师生的身份确认依据西北联大校史和相关档案史料。因为没有现成的选本及资料汇编供选编,需要从当时的报纸、刊物、档案中翻检查找。民国时期的地方报纸、学校刊物,尚未完成数据库,也无法一键检索,可知编选工作是很辛苦的。彩燕为此组织了一个专门的编辑小组,吸纳她的硕博士生参与,并结合学生的学位论文写作来确定相近的搜集范围。

五是以"考索之功"助编选之务。章学诚《文史通义》卷五有一段很有名的话：

> 由汉氏以来，学者以其所得，托之撰述以自表见者，盖不少矣。高明者多独断之学，沉潜者尚考索之功，天下之学术，不能不具此二途。譬犹日昼而月夜，暑夏而寒冬，以之推代而成岁功，则有相需之益；以之自封而立畛域，则有两伤之弊。

对这段话一直有不同的理解，章学诚所归纳的学问类型究竟是两种类型还是三种类型，也有不同说法，此不赘。从表面来看，现代文学作品集的编选既不属于独断之学，也不属于考索之功。但鉴于这个选本是第一次做，涉及许多极为基础的工作。

首先是作者身份的确认。当时很多作者都使用笔名，需要考订作者身份，这项工作对于一些后来成名的作家来说，还较为容易，比如说牛汉原名史成汉，笔名谷风；唐祈原名唐克蕃，在校时发表作品大多用唐祈这个笔名。不过如少颖、紫纹等，从作品内容可以推断是西北联大的学生，但无法确认到底是谁。这就需要编选者做考订。其次还需要确认作品发表时间和作者在西北联大读书工作的时间是否对应。编选者充分考虑到文学作品的酝酿、写作、发表是一个较为长期的过程，抗战时期交通不便，投稿和发表的周期较长，所以有些作品虽在作者离校后发表，如时间非常接近，或者有资料可以证明这些作品与他在西北联大时的经历有关也照收。编选者举了几个例子：一是唐祈，另一是杨晦。第三是旧报刊往往字迹漫漶不清，有的辨认起来相当困难，需要反复推敲，多方求教。以上是我援引彩燕《编选说明》和《后记》中所提及的例子，这些工作都需要花时间和精力去做细致的考索。

我曾写过一篇读陈之藩散文的小文章《桂冠文学家》，提及知名华人科学家、散文家陈之藩可能与西北联大工学院（原北洋大学的一部分，即抗战复员后迁回津门的天津大学）的学缘，彩燕看过拙文后，专门查了陈之藩40年代的作品，发现有两篇：一是1944年陈之藩、王警愚合作编译的《一月的星空》，发表在《每月科学画报》上，像是一个科学内容的小话剧。另一是1948年发表在《周论》上的《世纪的苦闷与自我的彷徨》。她感觉这两篇都不太适合入选，因为第一篇是编译，第二篇时间太晚，已经不是西北联大时期。我同意她的处理意见。

虽然我不敢断定本书所有的考订都准确无误，但是编选者能运用现代文学版本学、目录学、考据学的原理，处理一些极细微棘手的文学史料学问题，需要下很大功夫。个中甘苦，只可与同道分享，不足与外人言说。

今年5月中旬，彩燕教授说她编好了《西北联大文学作品选》，书稿已交出版社，请我为这个选本写一篇序。我当时坚拒，告诉她书出版后我愿意盥诵，但撰序云云，我没有资格。有关西北联大时期师生的文学创作话题，比我有资格谈论的大有人在。现在在校仍有几位我们的老师辈，都可以为她撰序。彩燕担心老师们年纪大了，怕他们觉得负担太重。她看我每天忙忙碌碌，步履还算轻快，貌似还能扛活，就压在我肩上了。上大学时，我给彩燕那个班上过一学期课，此后我们又长期做同事。她现在担任教研室主任，我说过会支持她的工作，现在就不好食言了。

以上文字与其说是一篇序言，不如说是一篇读后感。至于我说的是否允当，还需要读者朋友来判断，希望同道阅读后既评论这个选本，也批评我的推荐意见。

2022 年 8 月 19 日抗疫期间草成，26 日改稿

姜彩燕主编《西北联大文学作品选》，西安：西北大学出版社，2023 年

司幕辑

唐文经典化的新诠释

《唐文选》前言

在一般人的印象中,唐代是诗的国度,晚近王国维用"一代有一代之文学"的说法来区格历代艺文,闻一多更用"诗之唐"来突出唐诗在唐代文学中的成就。在他们看来,作为唐代文学名片的应是诗歌。这些感觉不无合理处,但稍有些绝对化。其实文在唐代并未缺席,且取得了几可与诗歌媲美的巨大成就。诗文之于唐世,如日月经天,如阴阳合抱,共同镶嵌出唐代文化天空的五彩斑斓。抛开唐文来研究、欣赏唐代文学,无异于丢弃了半壁江山而单单醉心于西湖歌舞,是一种偏安的享乐,也是一种主动的放弃,其对美的追求是残缺的。

一

当前流行的文学教科书或文章选本径直以古文或散文作为唐代文章的代名词。可以说,这样的称谓抓住了唐文的特质和特色。在追溯唐文演进的源头时，多直接采纳韩愈的意见追溯至三代两汉之文，并梳理出北朝至隋唐散文发展的脉络。这些都有助于一般读者建立起对唐文简明扼要的认知。但如果循名责实，唐文应与唐诗对举，是一个外延更宽泛的文章学概念。换言之，唐文是唐代文章的总称，而并非唐代散文或唐代古文的称谓。唐文既包括散体的文，也包括骈体的文；既包括单篇的文，也包括著作的文；既包括无韵之文，也不乏有韵之文。梁昭明太子萧统《文选》中分文为三十九类，分别是：赋、诗、骚、七、诏、册、令、教、策文、表、上书、启、弹事、笺、奏记、书、移、檄、难、对问、设论、辞、序、颂、赞、符命、史论、史述赞、论、连珠、箴、铭、诔、哀、碑文、墓志、行状、吊文、祭文。除了诗、骚、辞、铭等少数明显不能归入现代分类之文章外，大多都能归入文章类，但不一定是散文。

要言之，唐文不全是散文，也有骈体的文，有韵的文；唐文也不全是美文学类的作品，也有许多应用类的、典章制度类的、学理类的、史著类的，甚至无句读类的文。① 执着于散文的理念或纯文学的观念来审视唐文，可能会忽略唐代文章形式之多样、内容之丰富、演变之复杂，将唐文的广大领域弃置于研究的范围之外，不一定是很恰当的。

毫无疑问，散文或古文是唐文中最有特色、最有光彩的部分，应大书特书。学界在这方面的著述很多，此不赘述。如前所

---

① 参见郑樵《通志·艺文略》、姚鼐《古文辞类纂》、曾国藩《经史百家杂钞》、章太炎《国学概论》等对文章的分类。

说，古文绝不是唐文的全部。将唐文的源起追溯至先秦两汉、六经子史，应该说是找到了其中的一个源头，而波澜壮阔的唐文不是单源的，它导源于先唐文化的崇山峻岭，有许多支脉汇聚于其中，最后才形成唐文的壮浪恣纵。其中最引人注目的一条支脉就是骈文。只不过在唐前骈散分流，两峰并峙，是两条并行不悖的轨迹。隋唐以来，骈散既互相矛盾斗争，又互相融合吸收，或由骈而散，或由散而骈，最后促成骈散的分而复合。故有学者敏锐指出："韩柳文实乃：寓骈于散，寓散于骈；方散方骈，方骈方散；即骈即散，即散即骈。"①

当苏东坡评韩愈"文起八代之衰"时，实际上也含有对他集八代之大成的肯定，而其中就包括他对骈体的批判继承与吸收改造。刘熙载把这层意思说透了："韩文起八代之衰，实集八代之成。盖唯善用古者能变古，以无所不包，故能无所不扫也。"②

文学批评史家注意到的唐文开始于隋末唐初对骈体的批判而又复归于古文衰落、骈文复兴，呈现出"复归式演进的形貌"③。从保留至今的骈文散文在唐文中所占比例，到各个历史时期骈散的此消彼长，相反相成，说明唐文的来源与构成是多元的，骈散是互融共生的，而不是简单的有你无我、你死我活。"文有骈散，

---

① 顾随《顾随：诗文丛论》(增订版)，顾之京整理，天津：天津人民出版社，1997年，第354页。
② 刘熙载《艺概·文概》，上海：上海古籍出版社，1978年，第20—21页。
③ 袁行霈总主编《中国文学史》第二卷，北京：高等教育出版社，1999年，第384页。

如树之有枝干"①,"六朝文无非骈体,但纵横开阖,一与散文同"②,"四六特拘对耳,其立意措词,贵浑融有味,与散文同"③。唐末散衰骈兴说明文体文风改革取得的是阶段性胜利,从文章演化史上看,骈散博弈、散体融合骈体并最后取代骈体还任重道远。

研究唐代文章还要注意不能以今日狭隘的纯文学观念套唐文的实际。我们看收入《全唐文》的作品,既包括今日纯文学美文学的内容,也包括子史的内容、应用文的内容、尺牍的内容。这些是我们今天容易忽略的部分,但从数量上说却是唐文中的大宗,也是唐人实际文化生活中的日用内容。

二

散体的古文与骈体的时文构成了唐文的两个主要部分。

散体文从理念上是复古的,但从文章形态上又是较朴素的、自然的、实用的。用古文表达,不仅有思想正统的理足气盛,同时有学习吸纳经史文字的便利。因早期的经史著作多为散体,故散体文与经史著作从文体文风文气上容易对接,而错落变化的句式和长短不拘的篇幅既贴近物理,也贴近人的唇吻声情,所以散体文既有经史的理念,又有素朴的作风,还有易于写实的便利。

---

① 刘开《与王子卿太守论骈体书》,见《孟涂骈体文》卷二,清道光六年姚氏檗山草堂刻本。
② 孙星衍《仪郑堂遗文序》引孔广森寄其甥朱沧湄书。
③ 罗大经《鹤林玉露》卷六引周益公(周必大)语。

比较而言，骈体是后起的，是人力刻意加工改造的，是作家爱美的天性、创造的欲望、想象的配置的成果。如果说散体是古典的理念，那么骈体就是新古典，追求的是华美、整齐的作风，是竭力在生活语言之外拓出一片新天地，构筑出一座具有建筑美、音乐美、绘画美的语言大厦。

唐人的伟大之处不是对包括六朝文化在内的前代文化简单否定，彻底抛弃，恰恰相反，按照陈寅恪的理论，唐朝政治制度设计中的三源中就有梁、陈一源。唐代的近体诗创造性地吸收了六朝以来诗歌声律化的成果，达到了后世难以企及的高度。同样的，唐代的文章也吸收了六朝语言形式美特别是骈体化的很多成果，区别仅在于骈体文的吸收是直接的，而散体文的吸收则较间接。可惜学界对唐诗声律化给予充分肯定，但对唐文在语言形式美方面的继承却较少肯定。

三

有关唐文的发展过程，《新唐书·文艺传·序》中总结说："唐有天下三百年，文章无虑三变。高祖、太宗，大难始夷，沿江左余风，缔句绘章，揣合低昂，故王、杨为之伯。玄宗好经术，群臣稍厌雕琢，索理致，崇雅黜浮，气益雄浑，则燕、许擅其宗。是时，唐兴已百年，诸儒争自名家。大历、贞元间，美才辈出，擩哜道真，涵泳圣涯，于是韩愈倡之，柳宗元、李翱、皇甫湜和之，排逐百家，法度森严，抵轹晋魏，上轧汉周，唐之文完然为一王法，此其极也。若侍从酬奉则李峤、宋之问、沈佺期、王维,制册则常衮、杨炎、陆贽、权德舆、王仲舒、李德裕,言诗则杜甫、李白、元稹、白居易、刘禹锡,谲怪则李贺、杜牧、李商隐,皆卓然以所长为一世冠,其可尚已。"[1]这段话总论唐代文学,但以勾勒文章演变为主,除最后两句外,其余都是就文章立说。除对晚唐五代文章未提及外,可以看作是关于唐代文章发展的大纲。但考虑到《新唐书》作者欧阳修、宋祁的文章学立场,也可以说这是古文家视野中的唐文梗概。类似的看法还很多,如姚铉《唐文粹序》也对"贞元、元和之间,词人咳唾,皆成珠玉"的现象高调赞扬。

退一步说,就是站在古文家的立场上,唐文中的古文运动或文体文风改革运动也仅仅是"三变"中的一变,而不是唐文史的全部。

韩、柳是唐文的大家,但在初唐还有"王、杨、卢、骆"等,在盛唐还有"燕、许大手笔",还有擅写册论的常衮、陆贽、李德裕等,一直到晚唐还有温庭筠、李商隐、段成式等的"三十六体"(一说"三才子体"),有愤世嫉俗的小品文家皮日休、陆龟蒙、罗隐等。所以阅读唐文除了充分肯定韩、柳等大家的成就外,也还要注意一些中小作者的微弱声音。在声势浩大的唐文交响中,缺失了他们的声部,音乐就不浑厚,一些承转就突兀不接续。《唐文选》也注意到了这个问题,力求展示唐文发展的各个侧面。

---

[1] 《新唐书》卷二〇一,北京:中华书局,1975年,第5725—5726页。

四

　　唐文取得了很高的成就，但并没有也不可能解决文章发展史上的所有问题。以古文而言，虽有中唐时期的兴盛，但晚唐一度又衰微，下一次的中兴要到北宋前期才又出现。以骈文而言，宋代的四六文是接着晚唐的骈文的，明清的八股制艺从文体上说虽然仍是骈散结合，但没有继承骈散的优点，而是将骈散形式僵化为一个套子，将骈散充类至尽，推到了一个格式化程序化的极端。

　　明代的前后七子仿效韩柳，再次祭起"文必秦汉"的复古大旗，只不过时移世易，除增添了一些新口号外，没有对文章发展产生更大的影响。但他们推出的"唐宋文章""唐宋古文八大家"等品牌，却客观上促进了唐文的广泛传播，不断经典化，也激发了后世在吸收唐文精神的同时，不断创新，开拓文章写作的新理想、新境界、新技法。

　　站在现代语体文、白话文一统天下的今日，回顾并总结包括唐文在内的古代文章所走过的道路、所取得的成就，对于今日之文体文风改革，也会产生智慧性贡献。新世纪以降，因数字技术进步引发的另一场书写革命，已对包括文言、书面语体文产生了极大冲击，由目前兴盛的电子书、有声书、微信、推特、脸书、油管、短视频等将会演变出哪些新文体、哪些新技法、哪些新表达，仍不可预见。我们拭目以待。

　　末了，简单说一下本次编注工作的缘起。人民文学出版社

1987年曾出版过高文、何法周先生主编的《唐文选》(共二册),出版后产生了很好的效应。为适应时代变化,满足广大读者不断增长的需求,该社依新体例重新编辑一套《中国古典文学读本丛书·历代文选》,将其中的唐文部分委托我们重选重注。我们按照本套丛书的新体例,参考包括高、何先生选本在内的多种选本、注本,同时吸收了唐文研究的一些最新成果,完成了此项工作。具体分工如下:李芳民注释初、盛唐文(李世民文至萧颖士文)部分;阎琦注释除柳宗元文以外的中唐文(止于舒元舆文)部分;李浩提出选目、撰写前言初稿并注释中唐柳宗元文、晚唐令狐楚文以下部分。全部文稿最后由阎琦先生统一体例并酌加改定。

人民文学出版社的管士光总编、周绚隆副总编等都非常关心本书的编写进度。由于学校工作的特殊性,本书完稿的时间略有所延宕,感谢出版社各位先生及责编对我们的信任,也欢迎广大读者对本选本提出宝贵意见。

阎琦、李浩、李芳民注释《唐文选》,北京:人民文学出版社,2011年

东瀛交流琐语

《长安都市文化与朝鲜·日本》序

近三十年来，西北大学与东瀛学界的学术交流不断拓展，成果丰硕。以人文学科的交流而言，我以为与专修大学的交流最有特色，值得总结。我有幸参与其间，略知缘起一二，乐于追忆，一则纪念学术友谊，再则也是向学界宣传推广我们的做法。

据我所知，两校自缔结姊妹关系后，除领导互访、互派留学生外，学者之间的交流并不广泛。土屋昌明教授2003年暑期率五人学术团队与我们共同召开"长安的宗教与文学"第一轮国际学术会议，就会议本身而言还是相当成功的，无论论文发表还是特约评论，可圈可点处极多。但我后来检讨，由于我们承办国际会议的经验不足，在接待与会务方面的疏漏与不尽如人意处极多。紧接着当年秋天又发生了一些意想不到的事件，两校友好关系突然降至冰点。我以为第一次交流中的遗憾将无法弥补，常因此耿耿于怀。

所幸乌云很快过去，两校管理层高瞻远瞩，学术交流并未受到很大影响，人文学科的合作与交流仍在稳步推展。由松原朗、土屋昌明等教授策划，两校学者共同承担的"唐代长安的都市空间与诗人"系列论文在日本名刊《亚洲游学》特集刊出，产生了广泛的影响。2004年8月，由矢野建一教授率领的十多人的大型学术团队莅临西北大学参加"长安都市文化与朝鲜·日本"第二轮国际会议，会议圆满成功，好评如潮，不仅弥补了第一次会议的一些不足，而且给与会的中外学者留下了美好而深刻的印象。紧接着2005年秋，由张弘教授率西大文学院六人学术团队对专修大学进行了回访，在专修大学的会议上发表相关的研究论文，为西大的国际学术交流开了新例，受到学校领导的重视和肯定。前后四轮学术会议，每次具体论题虽有区别，但又都围绕着"长安文化"这一关键词纵横开拓，上下生发，不断积淀，荟萃成果。

2005年初，应专修大学邀请，两校文史及考古学者再次在东京举行新发现的遣唐留学生井真成墓志研讨会，相关成果辑集出版，不仅受到日本汉学界瞩目，而且由于媒体的追踪报道，竟使一般国民也产生浓厚兴趣，络绎不绝地从四面八方聚集会场，观者如堵，前所未有。据说那一年专修大学的新生报考率也直线上升。

对已经取得的成绩，双方执事及学者们并没有自满，除将2004年会议论文编辑成册、互相翻译，用中、日两种语言分别在西安与东京出版外，还拟定了更宏大更长远的合作研究计划，如共同申报国际研究课题，共同翻译出版两校知名学者的学术专著等，各个专案正逐步推展开来。

在此，请允许我诚挚地感谢两校的领导以及负责国际交流的部门，他们对国际学术交流的重视、宽容与实际支持，使我们的学术活动能顺利进行。我同时也要感谢两校人文院系的相关教授学者，尤其是荒木敏夫、矢野建一、松原朗、土屋昌明、严基珠、前川亨、李健超、阎琦、韩理洲、李志慧、张弘、贾三强、刘炜评、李芳民、张文利、方蕴华、姜天喜等先生，没有他们的热心参与，各项活动无法落实。此次论文集的编辑、翻译、出版，土屋昌明与张弘两位先生殚精竭虑，投入最多，能够看到丰饶的果实面世，应该特别感谢他们。

"靡不有初，鲜克有终"。学术交流尤其是国际学术交流，不是搞社会运动，也不是作政治秀，不要寄希望于一两次轰轰烈烈、声势浩大的活动，也不要老想着吸引公众的眼球。学术是一些素心人的商量切磋、质疑问难，需要的是理性与客观，既要执着又要超越，既要平心静气又要能耐得住寂寞。好在两校主事者高瞻远瞩，具有办好一流大学和学术研究的国际眼光，各科主管能不惮其烦，为学术交流定下基调，开了好头，取得了系列成果。我相信在不久的将来，两校人文学科的交流会更深入更持久，取得更卓著的原创性成果，不仅能为两校国际交流谱出新篇章，而且在新世纪的中日学术交流史上也会留下浓墨重彩的一章。如是，我们也就不仅仅是古代中日交流的研究者，同时也成为未来史学的亲历者和创造者。

2006年12月于西北大学桃园校区

李浩、［日］矢野建一主编《长安都市文化与朝鲜·日本》，西安：三秦出版社，2006年

风高土厚与文质彬彬

《榆林诗词》创刊号序

旅食长安已近 30 年，却很少为家乡动笔墨，这次算是个例外。

榆林古属雍州之境，秦为上郡，两汉因之，东晋时匈奴铁弗部据之建大夏国，所都统万城亦在辖区内。隋置朔方郡，唐改称夏州。明成化年间始置榆林卫，为延绥镇治，推为九边重镇之一。清雍正年间设榆林府。20 世纪 80 年代末地改市，辖 11 县 1 区。

因其地处陕、甘、宁、晋、内蒙古五省区交界处，东为黄土高原，北为鄂尔多斯草原，毛乌素沙漠横亘其间。山川险阻，风高土厚，为农耕文化与草原文化过渡带。历史上曾有匈奴、鲜卑、突厥、党项等民族活动于此，现仍为汉、蒙古、回等多民族聚居区，五方杂错，文化多元。百姓高尚气力，质直崇义，歌谣慷慨，豪饮成风，耐苦寒，敢迁徙。与关中道等精耕农业区相较，历史积淀薄，因袭包袱少，故思想开放，敢于闯荡。

此地植物生长具有多样性，但因丘陵起伏不平，不适宜大面积精耕细作，加之降水量偏少，人民靠天吃饭，故农耕时代既无宁夏平原之富饶，又无八百里秦川之精致。百姓辛苦劳作，仅能免于饥馑，如遭逢天灾人祸，则只能走西口、闯宁夏、赴新疆以打工就食。读民谣《揽工调》《走西口》等，不仅可知民生之多艰，亦可以观风俗之厚薄。

由于历代苛捐杂税繁重，百姓生存维艰，受草原民族风习熏染，人民极易揭竿而起，铤而走险，反对暴政，追求平等。古之高迎祥、李自成，今之李子洲、高岗等，皆能为民请命，解民于倒悬，逸闻趣事至今散播于民间。

长期移民屯边以及过度垦殖，使本来脆弱之自然环境更加恶劣，水土流失、扬尘活跃、沙漠南迁、植被荒芜，生态破坏严重，生存条件恶劣，或有目之为不适宜人类居住之地区。

所幸地储百宝，天佑苍生。20世纪末地质工作者初步探明榆林地下资源极为丰富，已开采出石油、天然气、精煤、岩盐等，不仅改变了榆林贫困落后的面貌，而且极大缓解了国家能源之紧张匮乏。尤为值得称道者，西气东输为首都申奥成功提供大助力，则吾榆林不仅于战争年代有大贡献于中国红色革命，而且又于和平时期再次施大功德于现代化建设。

短短十多年中，榆林不仅脱贫，且在致富的康庄大道上迈出大步。辖区内神木、府谷、靖边、榆阳等县区在国家百强县中榜上有名。由于经济不断腾飞，交通更加便捷，文化特色显著，榆林城市化亦跃居全省前列，有论者谓榆林不久将会成为仅次于西安之陕西第二大城市。旧称榆林为塞上"小北京"，洵非虚誉。

造化钟神秀，地灵蕴人杰。榆林风高土厚，磊落奇伟之才往往诞生其间。其中武勇者如大夏之赫连勃勃，北宋之杨家将，南宋之韩世忠，民国之杜聿明，中共早期领导人魏野畴、李子洲、高岗、刘澜涛等，或以其事功，或以其忠勇，或以其英烈影响当时，流徽史册。

榆林人文方面亦有可称道者。如与东罗马并称为世界名城之隋唐长安城，其总设计师即为隋夏州人宇文恺。另如民国时期张季鸾，弃旧图新，与时俱进，东渡留学，启发民智，返国后办报刊写时评，抨击时弊，被誉为报人模范、论坛领袖，僻处西北之榆林走出现代新闻巨子，对20世纪中国传媒业亦有大贡献。另如杜斌丞、李鼎铭、马健翎，对中国文化的发展也做出了成就。至于柳青、路遥等人小说扛鼎之作，家诵户传，风行天下，在中国当代文学史上亦是人所共知的。而李季于三边创作的《王贵与李香香》，佳县李锦旗、李有源据民歌《芝麻油》《白马调》改写出红色颂歌《东方红》，毛泽东于清涧袁家沟赋《沁园春·雪》，红色经典渊源有自，一脉相传，虽曰天纵英才，艺术独创，抑系方土风气，赖江山之助乎？

《管子》中说："仓廪实而知礼节，衣食足而知荣辱。"榆林经济起飞发展，人民丰衣足食，然当地有识之士并未满足于此大好形势，于物质脱贫后又大力倡导富而后教，化民成俗。有关方面重视引进智力资源，修缮中小学校舍，组织策划多种文化艺术活动，举办多种社科经贸论坛，录制当地歌手充满原生态风味的民歌作品，编写宣传介绍旅游文化资源的图册，重文崇文，蔚成新风。

更有儒雅君子李涛、王亦群、李能倪诸位，于公务之余，不废艺文，诗词酬唱，笔墨雅集，塞上常传琴瑟之声，文中多有雄豪之气。诸君子长期从政，激扬道义，故不满足于自娱自乐。自觉曷若觉民？为提升当地百姓素养，培育现代精神贵族，诸君子以弘传诗词雅道、普及经典文化为己任，倡议创办《榆林诗词》，积极筹建榆林诗词学会，响应者云集，习作者争先恐后，彬彬乎一时称盛。

诸位发起人又风尘仆仆，多次往返于西安榆林之间，将创刊物、办学会之设想向中华诗词学会名誉会长霍松林先生汇报，得到霍先生及陕西省诗词学会会长雷树田先生、常务副会长李炳武先生等的赞扬肯定。松林师又谓我出生于榆林，暂掌高校文学院事，于情于理皆应为乡邦文化有所奉献，嘱我撰文宣传介绍。我以资浅学陋，再三婉拒，仍不获许，遂草成此短文，对家乡文化建设的这一盛事表示衷心祝贺。

所当指出者，榆林人从物质贫困到财大气粗，是一大历史进步，但从财大气粗再到文质彬彬，或从膏腴之地再到人文渊薮，榆林仍然任重道远。

学脉：秘响旁通

《古代文献的考证与诠释：海峡两岸古典文献学国际学术会议论文集》序

本届（指2005年——笔者注）古典文献学国际学术研讨会的论文已编辑成册，呈献给海内外同道。文献学之当代价值及意义，吴哲夫先生在大序中有精彩宏论；会议之缘起，哲公亦简要述及。作为此次会议承办方及论文集编辑者，亦有几点感言借此表达。

首先，西北大学文献学科的设立及学术研究的历史，由来日久。粤自20世纪初，新潮涌起，西雍亦与时俱变，陕西大学堂创设，迭经百年，不断壮大，已跻全国名校之列。文献学之教学与研究人才济济，成就辉煌，并形成经部文献与史部集部文献并重、传世文献与出土文献并重、人文文献与科技文献并重的学术传统。堂奥既大，地利又便，历史累积，风气化育，遂使大师挺立，如张西堂先生之群经研究、陈直先生之《汉书》释证、马长寿先生之边疆史地稽考、傅庚生先生之杜集释绎、李继闵先生之

《九章算术》笺证等，久为学界瞩目。新时期以降，在老校长张岂之先生倡导下，成立古籍研究所，承担国家及地方多种重大文献整理研究项目，成果卓著，涌现出李之勤、安旗、马天祥、薛瑞生、韩理洲、阎琦、李云逸、房日晰、周天游、黄留珠、杨绳信、李健超、戴南海、曲安京等一大批优秀学者，名家辈出，俊采星驰，在前辈所开创的学术领域，不断开拓进取，在唐宋文献特别是唐集整理、长安史地文献整理、出土文献整理研究、科学史文献研究等方面又有许多新创获，为本学科的进一步发展壮大，打下了雄厚而扎实的基础。西历新纪元以来，学校事业气象万千，学术研究吐故纳新，文献学科又从全国各地引进了一大批优秀的中青年学者，锐意进取，勤奋治学，形成了学术研究的新高地，重振学科、再铸辉煌当为时不远。

其次，学校不仅重视文献学的学科建设，而且重视文献学的学术交流特别是国际交流。2004年，西北大学历史博物馆贾麦明先生收集到日本遣唐留学生井真成墓碑，学校曾召开新闻发布会，引起国际唐史学界特别是日本汉学界的重视，新闻媒体推波助澜，随后赴日的展览及多场报告会，竟在东瀛轰动一时。此次文献会议亦受到学校领导、211办、科研处、国际交流处等的大力支持，使会议圆满成功，论文集亦如期推出。值此之际，首先要感谢陕西师大霍有明教授殷勤绍介，屡与津梁，促成鄙院与淡江大学语献所的精诚合作；同时要感谢与会各位专家奉献出自己精心结撰的成果。哲公老当益壮，亲率高水平团队参会，又惠赐美序；仕华兄不辞辛苦，承担庶务；三强兄年前忙会务，年后忙编务，任劳任怨。院内各位同仁亦兢兢业业，黾勉从之，使我坐享其成。作为承办方的主持人，尤增惶惭。高谊云天，曷胜感激。

当然，由于承办会议的能力有限，疏漏多多，我难辞其咎。论文成于众手，水平或有不齐，编者仅进行技术处理，不擅改作者的学术观点，以存文责自负之公义。

令人感奋的是，海峡两岸之政治坚冰虽未彻底打破，但文化经贸之交流早如春潮涌动，无法遏止。故继去年哲公率各位名家来西京讲道后，今年我赴淡水论学。前不久，高柏园副校长、吕正惠主任又携数十名青年学子再访古都，与我们联袂举办两岸研究生论坛。交流成果已不限于文献学一科，交流的意义已超越了学术的畛域。

无论是在淡水镇还是在渭水滨，从两岸青年才俊阳光灿烂的脸上，我不仅看到了文献学的美好未来，也看到了华夏学术的美好未来。

李浩、贾三强主编《古代文献的考证与诠释：海峡两岸古典文献学国际学术会议论文集》，上海：上海古籍出版社，2006年

百年回眸，邓林依旧蓊郁

《西北大学中文学科110年论文集萃》序

文学院将编就的《西北大学中文学科110年论文集萃》(以下简称《集萃》)打印稿转来，我得以先睹为快。几年前，我曾委托原院班子一位老同志仿台湾大学中文系，编一部西大中文学科或中文系的系史长编，未就。又曾建议仿北京大学、武汉大学以校庆为契机，编一册学科成果的文集，仍未果。去年新一届院行政班子成立，我旧事重提，校庆在即，诸同仁积极投入，用力颇勤，体现了新班子的新气象。

职是之故，张弘院长嘱我弁言绍介，我本想婉谢，但环顾左右，熟知中文系历史掌故的老先生多已风流云散，近三四十年一直没挪窝仍执老宅祖屋看家护院杂役者，也寥寥可数了，故我愿意借此机会，唏嘘之余，发几句感慨。

《集萃》所收文章起于1905年学科创设伊始，直到新世纪恢复学院旧名以来，教授中凡曾在此弘道述学和仍在岗课艺者，多有遴选，故时间跨度大，专业方向多，语言文学，古今中外，名流云集,俊采星驰。徜徉乎其间,如入山阴道中,见云蒸霞蔚,气象万千。于此可仰我学科殿堂之宏大,柱础之坚实,连廊之曲折,雕刻之精美,亦能想象百余年来岁月之沧桑,祸患之频仍,鲁殿之飘摇,老成之凋零,令人举目苍苍,感极而悲者矣。孟夫子谓故国乃有桑梓乔木之谓也,吾谓中文学科之历史悠久者,有史迹班班可考,有文献累累可征,有前哲典型依然,有今贤龙象腾跃。尤其是以百年为限,改革开放新时期仅三十多年,教授入选者竟达六十多位,占总数之三分之二,成果丰硕,许多在岗者正值春秋鼎盛,步入学术黄金期,预示着学科在未来将会有更大的发展。此情此景,也增加了我的信心和勇气。《集萃》的编辑工作量大,且时间紧、任务重,负责编务者广搜博采,整齐划一,的确可喜可贺。爰将自己的阅读随想敷衍成六点,草录如下。

一曰时代风气,国际视野。陕西本周秦旧壤,长安长期为国际大都会。惟宋元以降,已沦为异族交侵之战区,晚近以来,更降为西北内陆之平常省份,于新一轮国际竞争已无任何优势。有识之士忧心如焚,与时俱变,倡导新学,开发民智,鼓吹革命,打响辛亥革命第二枪,并从刚组建的新学堂中选送留学生赴日,紧追时代新风气。可见陕人于三千年未有之巨变中,兴学、启蒙、革命、组党、留洋,凡事皆不甘落他省之后。《集萃》以樊增祥、崔云松两文置卷首,具有某种象征意义。两篇文章虽都不属严格意义的论文,但崔文中提及西大人的"四苦"一节很值得注意:

> 吾陕之西北大学,苦学校也,经过之历史,苦历史也,

诸君之入校肄业，苦学生也，此次之留学亦苦留学也。人生境遇，处安乐则玩愒，处困苦则奋励，越王之卧薪尝胆，唐王之负弩庙呼，卒底于成而后已。以诸君入此苦校，身为苦人，此次联袂东游，吾知必能仰体都督兴学之苦衷，念及本校筹款之苦况，以越唐古人为师，痛自惕厉，抱定方针，以期学成归来无负三秦父老昆仲之望。

序文就留学的题面引出苦学校、苦历史、苦学生、苦留学，劝勉学子要体谅苦衷，念及苦况，感情真挚，可圈可点。从比较教育学的角度来看，西北早期兴学留学异于东南者，原因有多端，但一"苦"字埋下西大发展历程中艰难困顿的伏笔。

西大不仅在创校伊始就努力选送子弟留学，而且在当时即从海外遴聘优秀师资执教，其中有数学教席足立喜六来自日本，教学之余，访问考察隋唐旧地，开文史研究重田野考察之新风气，种瓜得豆，数学教习在西安撰成的《长安史迹考》，不惟是日本东洋史研究之早期成果，而且也成了中国隋唐史学者的案头书。后来国立西北大学及西北联大期间，文学学科中的郑伯奇在京都帝国大学留学，许寿裳在东京高等师范学院留学，曹靖华在莫斯科东方大学留学，江绍原在芝加哥大学留学，吴世昌在哈佛大学燕京学社留学，于赓虞在英国伦敦大学留学，都是在国外取得学历或学位后来校执教。20世纪六七十年代以来，文学学科又先后有马天祥、杨昌龙、陈学超、杨晓安、苏冰、李浩、祝菊贤、何建军、高兵兵、张亚蓉、杨欣、陈敬玺、周燕芬、姜彩燕、孙尚勇等执教于海外，从事对外汉语教学，国际交流遂由单向的接受转为兼有输出。至于李均洋、赵晓丽、王迪生、袁峰、梅晓云、姜小卫、张青、赵小雷、张文利、时晓丽、张弘、谷鹏飞等先后赴欧陆、北美或东瀛等地做访问研究，交流学术，刘建军、董丁诚、赵俊玠、阎琦等在荣休后经常往返于地球村两端，20世纪初被视为畏途的国际旅行，早已成寻常等闲事。科技时代的迅猛变化，即使人文学者也有切身感受，故无论返国或旅外，耳濡目染，窗外的欧风美雨已内化成为一种精致的文化乡愁。

二曰学术原创，开宗立派。曾在本学科执教的黎锦熙、高元白的现代汉语研究在学术界都是有定评的。罗常培从唐宋俗语看西北方言，见人所未见。张西堂的《诗经六论》等成果迄今被治先秦文学者列为必读参考书。傅庚生和安旗对李杜作品的系统全面解读，充满了文学的灵性。故新时期伊始，西大学人首倡，学界呼应，在止园召开了首届唐代文学学术研讨会，成立了中国唐代文学学会，创办了《唐代文学研究》刊物。我校的唐代文学研究能被学界推为"重镇"，固然与傅庚生先生、安旗先生的开创性研究分不开，而景生泽、王启兴、梁超然、韩理洲、阎琦、李云逸、雷树田、房日晰、傅光、李芳民等亦有大功德焉。唐代方向之外，其他各段如张西堂、刘持生、宋汉濯、赵俊玠、薛瑞生、张怀荣、李志慧、贾三强、张文利、刘炜评等亦学术特色鲜明。

文艺理论与文学批评研究，导源于郝御风、傅庚生先生。20世纪60年代科学院文学研究所与中国人民大学合办过一期文学讲习班，其中西大就有刘建军、何西来、张学仁等老师参加学习。粉碎"四人帮"后不久，教育部文学概论师训班委托西大承办，受教益者非止西大学人，后来在全国高校文艺理论执牛耳者多参训并受益。我能以本科生身份蹭会，一睹徐中玉、钱谷融、蔡仪、蒋孔阳、李泽厚等宗师丰采，亲承謦欬，也缘于这次师训班。单演义先生的"文化名人在西安"研究，特别是"鲁迅在西安"的研究，开鲁迅研究的新领域。其后本学科创办《鲁迅研究年刊》，开设鲁迅杂文、鲁迅小说研究课程，培养鲁迅研究方向的研究生，形成了鲜明的特色。此外，郑定宇、薛迪之、高尔纯、张阿利、曹小晶、高字民、薛凌开创的影视特别是西部电影研究，也起步很早。外国文学研究中的石昭贤、雷成德、曹汾、杨昌龙、李均洋、梅晓云、雷武锋、张青，也颇有影响，特别是石和雷，与陕师大的马家骏并称陕西外国文学研究"三套车"。对于学科建设，这些都是标志性的事件，具有首创或原创的意义。

三曰续灯传薪，统绪依然。通览《集萃》，感觉本学科迄今仍有特色的学科方向与专业，诸如古代文学的唐代方向、文艺理论与批评史、陕西作家作品研究、西北方言研究等，都不是突然冒出来的，而是长期积淀形成的。《集萃》所选论文以古代文学居多，这也是古代文学作为本学科最早获省级重点学科及最早获准设立博士学位授权点的学理依据。本集选收傅庚生先生《中国文学欣赏举隅》中的一章，文质彬焕，誉为精金美玉，未尝不可。傅先生新中国成立后以杜甫研究蜚声中外，这是众所皆知的。但是，傅先生治学为何以杜甫研究为主？过去大家谈及并不多。提起他的老师废名，也多说废名在创作上给予他指导，较少有人关注废名先生的学术研究。检读最新整理出版的《废名集》《废名讲诗》等著作，可知废名先生除小说、诗歌、散文创作外，还有大量学术研究的成果，其中仅涉及杜甫的便有《杜甫论》《杜甫诗论》

《杜甫稿续》，废名先生的这些论述和讲稿与傅庚生先生治杜甫有何关系？几年前，我曾指导一名硕士生撰写《傅庚生与唐诗研究》的学位论文，当时我们也没有关注这一层。阎琦教授在荣休前，声言自己将淡出学界，把自己兼任的中国唐代文学学会和中国李白学会的学术职务压在院里中青年学者身上，又扶上马送一程，情景感人。新史料的披露不仅会使学术研究更加深入，也将使学术思想史、学派史更加丰富，把学术承传的一些细节展露得更清晰。

此外，文艺理论与文学批评专业由郝御风、刘建军、董丁诚、何西来、张学仁、刘秀兰、张孝评、吴予敏、苏冰、袁峰、阎广林、牛宏宝、段建军、赵小雷、谷鹏飞等形成的传统，现当代文学由单演义、孟昭燕、蒋树铭、张华、周健、蒙万夫、赵俊贤、刘建勋、王富仁、任广田、陈学超、刘应争、杨乐生、周燕芬、姜彩燕、高俊林等的传承，都很值得梳理总结。其他专业如仔细追溯，也能看出一些发展的脉络。

语言研究也曾是本学科的一个优势专业，从罗常培、高元白、杨春霖、张志民、马天祥、郗政民、郝万全、边兴昌、吴天惠、刘百顺，到张崇、杨晓安、王军虎、沈文君、周东华，草蛇灰线，隐约可见。我迄今还记得1979年刚刚入学，边兴昌先生上"现代汉语"课，挥汗如雨，特别投入，大讲特讲从洪堡、索绪尔到乔姆斯基的西方语言学，尤其是乔姆斯基的生成转换语法，同堂听课的英语系同学说他们老师没讲过，也没找到边老师提及的相关英文文献。直到几年后，才见乔姆斯基在国内学术界大红大紫，但于我们中文系79级同学来说，对迟迟来到的学术旧闻，已颇有些不屑与闻了。可惜语言学科的黄金时光已逝去，复兴语言学科的重任可能要落在刘百顺、赵小刚、王军虎、沈文君、周东华几位学术中坚的肩上。

本学科还有另外一个方阵，这就是不断引进的各专业英才。稍早的有薛瑞生、雷树田、梅晓云、祝菊贤、张文利、张弘等，近年来则有赵小刚、孙尚勇、高兵兵、谷鹏飞、杨遇青、成明明、郭越、赵阳阳、王松涛、杨新平、郝润华、元鹏飞、邵颖涛等，在《集萃》中也收了他们部分人精心结撰的大作。近年来陆续从全国各地名校引进的博士有几十位，他们的加盟为学科输入了新鲜血液，使学科有了来自五湖四海的学术活力，极大地改变了这一学术共同体因原来成分单一而板结的土壤。今后从海内外遴聘优秀人才成为补充师资的最主要途径，故引进成了基本规则，这一方阵还会不断扩大，并在很大程度上影响着学科的未来走向。

四曰自由交流，学风醇厚。《集萃》收张纯一先生《读梁任公〈老子哲学〉》一文，与梁启超就老子哲学问题进行商讨，颇多发明，但辞义温和，所附梁启超两通复信，也宽容博大，从善如流。姑不论双方的观点，仅就学风而言，足令时下一些学人们汗颜。我读研究生时还听说韩理洲教授当年在硕士论文答辩时，知名学者、答辩委员会主席吴世昌先生对他的观点不赞成，毫不客气地指出，韩教授也耿直地响应。于是学术泰斗与刚出道的青年学者，唇枪舌剑，互不相让，一篇硕士论文答辩了几个小时，双方观点不同，学生没有违心屈服，大师也没有仗势打压学生。此事后来在圈子中传开，一时成了学林佳话。时为79级学生的杨乐生曾在课堂上给郗政民老师提了一个刁钻的问题，郗老师不以为忤，第二次上课时还大夸特夸杨乐生"后生可畏"。

五曰化育人才，述而少作。老中文系的学人多听到过关于刘持生先生"述而不作"的传闻。吾生也晚，虽与刘先生有所请益，但未曾核实过这一掌故。师友中每言及此，都为刘先生才大而著述少遗憾。依我个人的谬见，无论是孔圣原意，还是刘先生的引用，"不作"应作"少作"解。所谓"不作"云云，恐怕是不轻易、不率然、不妄作的意思。从《集萃》录文及注释可以看出，老中文系的学人们相比于近二十年的学者，著述较少。这其中原因很多，也很复杂，不是一两句话能说清。强做解人，可能一是时代风气所致，另一是他们把主要精力用于教书育人，同时他们也不轻率地把个人的见解大批量地生产成所谓的论文、著作。恪守古训，以教书育人为第一要务，以述作为个人余事，这些民国时期教授的遗风，在20世纪五六十年代政治高压时期仍很盛行，在七八十年代虽还有人坚持，但已成孑遗。到八九十年代思想自由宽松了，却风气丕变，古训早已无市场了。时下以科研压倒一切、以论文著作论英雄、以数量代替品质渐成新风气，眼见教授们少了几分从容淡定，多了一些匆忙追逐，让我感慨良多。犹忆我刚到学院工作时，正值师资队伍新老交替之际，议论蜂起，批评之声甚烈，多谓学科衰落，但诟病的原因不是学科独立意志、自由思想的缺失，而是重点学科之多寡，学位点之有无，未能搔到学科建设的痒处，更未能指出学术的向上一路。我近年来到处讲人文学术研究要"少慢费优"，反对"多快好省"的提法，曾经自矜是个人的小发明，其实还是中了老中文系传统的"余毒"。包括中文学科在内的老辈学人们所坚持的所守护的一些东西，可能会矫正我们时下高校的许多流弊。

六曰文学本位，知能并重。《集萃》所收文章的论题虽古今中外，内容丰富，但还是以作家作品为主要研究对象。至于有关文学史研究、文化史研究或所谓的社会文化综合研究，是后来兴起的风气，老辈学者们并不热心。

尤其突出的是，老中文系的学人于教学科研之余，多能进行诗歌、散文、小说、影视戏曲的创作，甚至还有以书法篆刻闻名者。老辈学人黎锦熙、胡小石、夏承焘、高元白能诗自不待说，特别是吴芳吉、于赓虞、郑伯奇都以诗歌或小说驰名禹域，傅庚生、刘持生、郝御风、杨春霖也都有作品行世。从西大师范学院走向学界的霍松林先生，除学术研究外，诗书俱佳。我入校时曾选修过武复兴老师的诗词创作课，此课后由雷树田老师续开，雷老师后来还出任陕西省诗词学会会长，长期主编《陕西诗词》。这一特色课现由刘炜评接任。能诗者还有郗政民、薛瑞生、房日晰、李云逸、阎琦、李志慧等。校友中雷抒雁任中国诗歌学会会长，他的成名作《小草在歌唱》曾感动了一代人，开启了诗歌的新时期。薛天纬曾任新疆诗词学会会长，张君宽（月人）任西安市诗词学会会长，也都是得了老师的真传。2011年西安市承办世园会，城中凡有井水处都播放《送你一个长安》和《袯襫谣》，其歌词作者薛保勤、王军也是中文系77级、78级的校友。我近年来利用业余时间饾饤成篇，写点散碎文字，实受张华老师《星河清梦》、董丁诚老师《紫藤园夜话》、赵俊贤老师《学府流年》、费秉勋老师《杂家独白》的启发。同事中杨乐生、周燕芬、刘炜评、张阿利、姜彩燕也时有美文刊出。

我在当学生时还认真听过郑定宇老师的"短篇小说创作"课，他反复引用帕乌斯托夫斯基的《金蔷薇》和福斯特的《小说面面观》，区别"圆形人物"和"扁平人物"，我至今记忆犹新。在此前后蒙万夫、刘建军、费秉勋、刘建勋等老师也辅导学生进行创作。中文系后来走出贾平凹、迟子建、杨少衡、吴克敬、白阿莹、黄建新、杨闻宇、张晓春、王宏甲、穆涛、潘飞、方英文、马玉琛、张艳茜、李傻傻等一大批作家、编剧、导演，获"作家摇篮"美誉，应该说与老师们长期研究创作、实践创作的风气分不开。安旗教授不光在李白研究中立新说开新派，她的《书法奇观》问世后不断再版，恐与长期同戈壁舟先生砚海探骊分不开。费秉勋教授虽是古代文学的专家，但在当代文学评论、舞蹈研究、周易研究各个领域都有建树，荣休后浸淫在古乐中，抚琴之余习字，长安市上一时纸贵。李志慧教授的书法也结体俊美，走上丰华一路。这样看来，校友中倪文东、梁星亮、柏一林走上书法创作道路，卓然名家，亦当与中文系风气的熏习有关。79级的梁文源毕业后从戎新疆，但却没有舍得"弃笔"，而是把学校里学的笔磨得更加锋利，以笔当剑，又以剑乱舞，在人眼花缭乱中，秀出他的诗、书、画。梁文源的抱负很大，别人能有单项优胜就不错，他则想包揽诗、书、画三项全能。

藐余小子，根本无能力也无资格评价前哲时贤的成果，只能管窥蠡测，把自己的阅读随想匆忙记下来。《集萃》的收集编排，体例限制过多，故学术大师的精品也仅能暂尝一脔，很不过瘾；而因"教授"名分所格，不少优秀学人的成果竟未能收录，确有遗珠之恨。我在此借题发挥，无非是托兴寄寓。所谓述往事，思来者也。说"兰亭已矣，梓泽丘墟"，是感伤主义的旧套。但夸父追日，杖化邓林则是一则具有中国文化意味的启示录，也是一则积极乐观的寓言。温故知新，继往开来，学科的枝繁叶茂而又参天挺立有赖于中青年学人们志存高远，发扬蹈厉，艰苦拼搏，永创一流，在新的百年取得无愧于中文学科的新成就。是所愿矣。

谨为序。

张弘主编《西北大学中文学科110年论文集萃》，西安：西北大学出版社，2012年

相遇缘，相聚情

《八一集》序

卫平在电话上说中文系八一级同学今年入校三十周年，最近要搞一次聚会，邀我参加，我顺口应承了。卫平又慢条斯理地说他们拟编一册《八一集》，收入每个同学追忆大学生活的文字，我又顺口说好事好事。卫平开始下套了，说既是好事，就请我为他们的集子写点文字，而且说时间很紧。

按理说，我有充足的理由拒绝：我既不是他们的授课老师，也不是班主任辅导员；既没有在当时任系主任，也不是当前的院系领导；我当时也没追过更没娶过八一级的女生，不欠八一级一毛钱的人情。怎么也轮不到我写序呀？

我之所以自投罗网，上他们的套，纯属虚荣心作怪。卫平说这是他们班上的决定，由他代为通知。还说他们班要为班级聚首带个好头，由《八一集》开始，此后各级还可续编《五九集》《七七集》《七九集》……如此可以构成一个新的"文苑英华"系列。卫平的嘴很甜，给我戴了几顶高帽子，他在"自我介绍"中已经给我设局了，说我是他很佩服的学兄。我虽能过美人关，但过不了"美言"关，听了几句好话就晕晕乎乎，不知天高地厚了，不忍拂学弟学妹的雅意。虽已五十嘟当了，但也想给低年级小同学们留个好印象。

当然，我答应为他们的活动站台，也不是完全没有理由的。他们集中的这类文字，我早在十年前就写过《七九级》一文（收入《怅望古今》），也曾在前后同学中被传议。后来因工作的关系，一直关注并多次撰写叙述学校生活的小文。我还曾提出过"新三届"的说法（收入《课比天大》），而卫平他们则炒"五级同读"的概念，与我的看法相呼应。说我和八一级是在校的前后同学也是实情，他们请班主任张老师写一篇序，也请我这个在校学长的代表写一点文字，说明学弟学妹们有情有义。

铁打的校园，流水的学生。七九级也罢，八一级也罢，我们方唱罢，他们又登场，最后又都纷纷谢了幕。学校之于我们也不过是一个舞台、一节车厢、一个驿站。精彩也罢，平庸也罢，四年（大学本科）最多十年（博士）都要下车，都要换乘，去奔另外一个精彩的场子，去登上另外一节华丽的车厢。

命运捉弄人。男女主角都谢幕了，群众演员也都赶奔另外一个场子去了，我却成了这个剧场拉大幕的，成了这节车厢的乘务员，成了这个驿站的勤杂工。我从1979年入校到1986年留校工作至今，一晃也三十多年了。母校不仅是我生命的旅舍，而且成了我永远离不开的家。我之于母校也就不仅仅是匆匆过客，还成了这个大宅子的看门人（也兼过一段管家婆的工作）。

每一届的学弟学妹们（也包括学兄学姐们）兴之所至，都会匆匆回来看一眼老宅祖屋，我们这些看门人就得全程陪同，带他们参访凭吊。学长们在一块儿总要絮叨老家的陈芝麻烂谷子,老宅子几度风雨,历尽沧桑,也会引得他们一惊一乍。嫁入豪门的回家时不仅珠光宝气,而且盛气凌人;不如意者回家就像朝圣,见什么神都要下拜;愤激者回家则嘟嘟囔囔,指指戳戳,嫌墙皮脱落了,嫌屋顶漏水了,说教授没有当年知名了,说饭菜没有当年可口了,说学校滑坡了,说人才培养质量下降了。看门人要笑容可掬,要点头称是,要表示迅速改正。

更重要的是,中文八一级先后有十人留校,与我类似也干起这个老宅的看护工作。我与他们过从颇多,相处也颇融洽。透过他们,我对八一级同学的逸闻趣事有了更多的了解,突击阅读《八一集》,则产生了更丰富的感受,对这个团队也有了更深入的认识,我把我的阅读感受归拢了一下,主要有如下三端:

首先是让我重温旧梦。品读《八一集》,也把我带回了学生时代。卫平的文字让我想起了听石昭贤、曹汾、马天祥、张华、郗政民、董丁诚、刘建军、张学仁、刘秀兰、赵俊贤、费秉勋、房日晰、雷树田、刘百顺等老师讲课的情景。薛瑞生、杨昌龙、周健、张孝评等老师是我后来蹭课听讲座认识的。当然也有给八一级上过课,但我并不认识的,如李文瑞老师。也有仅给我们上过课,他们并未提及的,如毛黎村、薛迪之、同向荣、王忠全、任广田、王静波诸位老师。

张艳茜的文章让我知道了八一级有"七仙女"。我当年读书时两耳不闻窗外事,沉浸在故纸堆中,但并没有读出颜如玉,故真不知道八一级男生自炫的七个美女。只记得在我班宿舍中,有几个后来颇知名的男生一边抠脚丫,一边编派某女生,只可惜我当时对不上号。等对上号时，则都已成了"使君有妇，罗敷有夫"的中年男女了，不光天下无贼，连心中都无贼了。通过丁科民的文章，知道几个坏小子在山中失踪了一周，竟还敢对时任班主任的聂益男老师耍赖撒娇。相比起来，我们七九级的某男生违纪后挨批评还算是老实的。我更不知道周燕芬酒量过人，球技也十分了得。

八一级人数虽少，但留校的又最多，都很有建树。分散在各个领域的也都广有作为，好像飞播的种子在天南海北生根发芽开花结果了，把母校的声誉也传播到了天涯海角。

其次是自得其乐。张孝评老师的序中，提及八一级同学的幸福感，姚逸仙短文的题目就叫《幸福的日子》，确实有点晒幸福的嫌疑。刘丰虽然羞羞答答用了"貌似幸福"，当他看到熟睡中的贤妻娇女，还是按捺不住，幸福感溢于言表："上天安排的最大嘛，还有什么可臭屁的！"自己半夜独乐还不够，还要拉起至尊宝和紫霞仙子见证他的幸福。"幸福"本是个褒义词，但我眼睁睁看着这个好词这些年来被无端糟蹋了。我怕八一级同学又说我让他们"被幸福"，故极力避开这个词。

包括我和八一级的学弟学妹们，都是红旗下的蛋，都被认为泡在蜜罐里，但我们也亲历了"大跃进"、"人民公社"、中苏交恶、三年经济困难、十年"文革"、粉碎"四人帮"、恢复高考、自由化与清污、经济改革、脑体倒挂、"六四"风波、加入世贸、金融危机、两岸"三通"，等等。社会政治的变化犹如高速动车般风驰电掣，快得让人心惊肉跳。再朝远处说，我们目睹了民族三千年未有之巨变，我们经历了西方国家几百年才发生的事，每个人在巨变中都有许多复杂的感受，"幸福的家庭是相似的，不幸的家庭各有各的不幸"（托尔斯泰语），"婚姻如同穿鞋，幸福与否，只有脚指头知道"（黄永玉语）。八一级同学经过了三十年的苦难，悲欣交集，仍能有定力自得其乐，编出这样的集子，说出这些让人感动、感伤、感慨的话，说明生活并没有让他们麻木，他们不一定每人都幸福，但他们能化悲为喜，以苦为乐，坚强地走过人生的艰难，又再次集结起来。

第三是团队意识。我这些年来耳闻目睹，最近阅读《八一集》更强烈的感受是他们班同学的团队意识或集体意识。张艳茜用"亲同学"来指称，诚哉斯言。王怀成表面上讽刺挖苦、骂骂咧咧，但是对他们这个班级的感情也是浓得化不开，不过是外冷内热、正话反说而已，有他的文字为证：

但愿人长久，千里共婵娟。我们不期有钱有势，我们不望荣华富贵，我们不冀山珍海味，我们不求高官厚禄。我们只想39颗心永远相通、相连、相思、相念。两情若是久长时，又岂在朝朝暮暮。虽然我们不能天天见面，但是我们的心里都有39个人中的你、我、他。让我们手拉手、心连心、同心同德，团结一致，共渡难关，永远走下去。

啧啧，怀成还好意思调侃人家教授们的文字风骚，你瞧你自己的文字既引用又排比，多花哨多唯美多肉麻。

就以编这个集子而言，8月份一个号召，一呼三十九应，9月份就编齐了，真让我对八一级的学弟学妹们刮目相看。回想我们七九级，八年前搞活动，也想编个类似的集子，周建国同学还为此慷慨解囊，赞助了上万元钱，但最后是文章没有凑齐，现金也不知辗转到何处了。

八一级每逢同学家中有大事，呼啦一拨人就都赶去了，好像要打群架，争着出头要把事摆平。记得他们入校二十五周年聚会，呼啦一竿子就把大家吆喝到了陕北横山县。谁家小孩高考，一拨人策划于密室，又是出主意想办法，又是托门子找关系，好像每人都是娃他干大干妈。同学这种感情本来随着年龄的增长会越来越淡，随着中国市场化的深入也会越来越稀薄，但他们八一级的团抱得特别紧。我在学校和院系主持的会议上，印象中有好几次八一级的请假说他们班级有活动，不能参加我主持的会，让我羡慕嫉妒恨，也让我感慨无穷。

行文到此，差不多凑够了千字文，该打住了。本来想模仿张阿利《羊肉泡馍麻辣烫》和美国大片《源代码》，给这篇短文拟几个结尾，列成菜单供他们选择。看了韩星博士的文章，才发现八一级人才济济，大家都已年过不惑，也有部分迈入知命之寿，故我没必要拉下脸做学长状，说那些酸腐的期许希望。

韩星能认识到理想与大道不是一回事，成功与得道更不是一回事：“以道心看人生，以道行行人生，生命便合于大道，死亡将归于大道。”这不就是文人追捧的陶渊明的"纵浪大化中，不喜亦不惧"吗？韩星得道了，卫平贯通了，学辞章的中文八一级有了宇宙意识，文人而具终极关怀，我读着读着也似乎悟出了一点什么。

辛卯年仲秋夜草成

《八一集：西北大学中文系八一级入校30周年纪念文集》(稿本)

他山的长安学

《长安文化国际研究译丛》序

  由高兵兵教授主编并由其与王维坤、翁建文等教授分别担任译笔的《长安文化国际研究译丛》第一辑三册即将付梓，兵兵教授邀我写几句话。我对日语翻译及该领域在日本的研究现状都不懂，本应婉谢，之所以要说几句捧场的话，是因为以下三端：

  首先是对高兵兵教授事业的支持。兵兵六年前从日本大阪大学获博士学位，学成归来，给她开出诱人待遇与条件的学术机构很多，兵兵选择了西北大学文学院，对我校刚刚起步的对外汉语专业是一个很有力的支持。她在紧张的教学之余，很快调整工作状态，以适应国内的教学科研环境，先后推出一系列有关日本汉诗及汉文学研究的成果，而且主办了多次国际学术会议。由于她的成果突出，当时成了西大文科第一批通过特别评审晋升教授的归国人员，一时很引人关注。兵兵并没有满足已经取得的成绩，几年前就吐露出要进行日本长安学研究译事，并积极申报课题，一转眼已经有第一批成果问世，确实是值得祝贺的。

其次是给我提供先睹为快的机会。日本学界对该领域的研究状况我无法准确评判，但第一辑的几部著作《长安的都市规划》（妹尾达彦著，高兵兵译）、《汉武大帝》（吉川幸次郎著，王维坤译）、《唐代长安镇墓石研究》（加地有定著，翁建文、徐璐译），仅从题目上我就特别喜欢。三位原著者在日本都是该领域的翘楚，很多年前我就拜读过妹尾教授研究唐代文人生活状况的大作，还多次引用过他关于白居易等文人在长安、洛阳等地居住的成果。印象中，妹尾先生与陕西学界联系较多，听说他曾师从著名史学家史念海先生。20世纪80年代中后期，我也在师大随霍松林先生读书，校园中曾多次见过他进行学术交流的海报，可惜当时忙忙碌碌，没有聆听并拜见，这次通过兵兵教授的翻译，比较系统地了解了妹尾先生关于长安都市规划的学术见解。过去仅知吉川先生在中国古代文学研究方面成果丰硕，这次始知他的这部汉代历史人物传记也颇厚重。几位日本学人的成果，所讨论的问题既深入又细致，既可以帮助我们了解该专题的学术前沿，又可以让我们略窥日本汉学学风之一斑。

再次是提供了长安学研究的"他者"视角。据我的不完全了解，国内关于长安研究也正方兴未艾。仅以陕西学界而言，李炳武先生曾主持编辑皇皇十多巨册的"长安学丛书"，王军、陈学超先生曾以长安学申报西安市社科重大课题，并在陕师大设立长安学的学位点。张新科先生主编《长安学术》杂志，已经推出多期成果。陕西师大和西安文理学院都以长安学作为重点研究方向，特别是陕西师大将以长安研究作为申报协同创新研究平台的重要项目。可见长安研究已由原来荒寒冷僻的专家之学，变成今日各方关注的显学。但海外的研究，特别是与中国文化关系密切的日本的研究，也应是一个重要的他山之石，国内特别是陕西学界不能忽视这个视角，以避免做低水平重复性的简单工作。高兵兵、王维坤、翁建文、徐璐等学者的努力，无疑是在为这个领域做最基础的铺路垫石工作。由于目前的科研体制所限，重著述轻翻译，助推了浮躁的学风，故高兵兵和她的团队正在做的这项扎实工作，更值得学术界的肯定。

当然，翻译本身也有它的学术标准，董桥先生讲优秀的译作应该是原作者与译者的"门当户对"。故如何在遵守专业规范的同时使译笔更流畅准确，既符合原文的行文风格，又是清通畅达的汉语，确实有难度。我本人没有过翻译实践，只是随意说说而已，说得多了就要出乖露丑了，就此打住。

高兵兵主编《长安文化国际研究译丛》，西安：三秦出版社，2013年

从扶桑看长安
"日本学人唐代文史研究八人集"丛书序

记得三年前,老友松原朗教授将其新著《晚唐诗之摇篮:张籍·姚合·贾岛论》的书稿转我,嘱我推荐给西北大学出版社,希望唐诗故乡的中国学人能及时读到这部新著,并能给予全面的学术批评。我充分理解松原兄的诚挚愿望,彼时恰好我还在校内外的学术管理部门兼一点服务性的工作,也想给学校出版社多介绍一些好作品,于是怂恿松原兄把原来的计划稍微扩大,从翻译出版一位日本学者的一部作品,到集中推出一批日本学者的最新研究成果。开始时,松原兄和日方学者并没有迅速回应,这其中既有对西北大学出版社和西大唐代文史研究团队的估量,也有对翻译力量、经费筹措等问题的担心。我很能理解朋友们的忧虑,毕竟,从我们与专修大学等日方学术机构和友朋合作以来,这是最大的一个项目。

出乎意料,等项目确定后,松原及其相关作者表现出很高的学术热情和工作效率,他们自己和原书的日本出版方联系,主动

放弃版权贸易中的版税,简化相关谈判手续,使得许多复杂的问题简单化了。最后商定第一批推出的是以下八册著作:

《隋唐长安与东亚的比较都城史》(妹尾达彦著,郭雪妮、高兵兵、黄海静译)

《中国古代皇帝祭祀研究》(金子修一著,徐璐、张子如译)

《唐代军事财政与礼制》(丸桥充拓著,张桦译)

《唐代的民族、外交与墓志》(石见清裕著,王博译)

《杜甫农业诗研究:八世纪中国农事与生活之歌》(古川末喜著,董璐译)

《白居易研究:闲适的诗想》(埋田重夫著,王旭东译)

《晚唐诗之摇篮:张籍·姚合·贾岛论》(松原朗著,张渭涛译)

《唐代小说〈板桥三娘子〉考:东西方变驴、变马系列故事》(冈田充博著,张桦、独孤婵觉译)

用中国学人的分类标准来看,前四册是属于史学类的,后四册是属于文学类的,第二册严格意义上说又不完全属于断代类的研究。故我们最初将丛书的名称模糊地称作"唐代文史研究八人集",也暗含对文史兼容实际的承认。最后确定为现在的名称,是因为在申报陕西出版资金资助项目时使用了这个名称,故顺势以此命名。

依照松原先生的理解,他所选择并推荐给中国学界的是最能体现并代表当代日本学界富有日本特色的中国学研究成果。松原先生在与我的几次邮件沟通中反复强调这一点，体现了他和他的日本同行的执着与认真，这一层意思松原兄在序中表达得更准确。当然，符合他这一标准的绝不止这八部著作，应该还有一大批，我熟悉的日本学界的许多朋友的著作也没有列入。按照我的初始计划，我们会与松原兄持续合作，推荐并翻译更多的日本中国学研究成果。

我们学界现在也开始高喊中国话语、中国风格和中国流派的口号，看到日本同行已经捧出一系列能代表自己风格学派的成果，我们除了向他们表达学术敬意外，是否也应该省思自己的学术哲学和研究取向。毕竟，用自己的成果说话才是硬道理。

当下关于学术走出去的口号喊得很响，各方面的热情更高，而对境外学人相关研究成果的移译与介绍则稍显冷落。按照顾彬的解释，文学走出去相当于到别人家做客，主动权在他不在我；文学请进来，让友人宾至如归，则主动权在我不在他。我们能做的事，能做好的事，应尽量做充分、做扎实、做精深，才对得起头上三尺神明，对得起国家民族。方以学术史，法显求法译经，玄奘团队述译，严复不仅有译著《群己权界论》传世，更奠定信、达、雅的译事三原则。近代以来，中国重新走向开放，走向世界，实与大规模翻译、引进、介绍海外新思想、新理论、新学说密不可分。说"十月革命一声炮响，给我们送来了马克思列宁主义"，是一种谦逊客气的说法，其实是我们主动拥抱马克思主义，主动引进现代科学、翻译马克思主义原著和其他世界学术名著。这一文明交往的基本史实在当下不该被有意遗忘，无意误读。身处其间，以温故知新、继往开来为己任的当代学人，不知该说些什么？又该做些什么？

"海外中国研究书系·日本学人唐代文史研究八人集"丛书的翻译团队由两部分组成,一部分是由原书作者推荐的,另一部分是由出版社和高兵兵教授约请的。由于时间紧任务重,著者与译者分处境内外,天各一方,联系和对接未必都畅通,理解和翻译的错误在所难免,出版后恳请各方贤达不吝赐教,以便我们逐步完善。其中高兵兵教授此前曾组织翻译过两辑日本长安学研究丛书,有组织能力,也有较丰富的翻译实践。张渭涛博士既是译者,又身兼日方著者和中方出版者的信使,青鸟殷勤,旅途劳动,多次利用返乡的机会,做了大量的沟通工作。

按照葛兆光等的解释,长期以来,我们习惯于由朝贡体制形塑的认知模式,而忽略甚至漠视从周边看中华的视角,好在现在大家已经认识到通观与圆照方可认识事物,包括认识我们文化的重要性。这样,翻译并介绍周边受到汉文化深刻影响的国家地区的汉学研究成果,就有了三重意义:一是有助于我们深入了解周边地区的汉文化观,二是从传播和接受的角度勾画原典文化散布播迁的轨迹,三是丰富了相关专题研究的学术史。

当前,"一带一路"建设正如火如荼,其中最富启示性的思想,我以为是"文明互鉴"理论,即各种文化宜互学互鉴。学术成果的翻译介绍,就是在两种文化之间架设桥梁,充当使者。自古以来,我们的民族认为,架桥铺路于承担者是一种救赎的苦行,但于接受者则是一件无量的功德。对于中外文化的互译也应作如是观。

李浩、[日]松原朗主编"日本学人唐代文史研究八人集"丛书,西安:西北大学出版社,2019年

山川异域,风月同天
"日本学者唐代文化研究译丛"序

近几十年来,海外汉文文献的整理与海外唐研究成果的译介还是很可观的。仅以日本见在的汉籍调查及介绍的成果而言,如金程宇《和刻本中国古逸书丛刊》(凤凰出版社2012年),囊括了大量稀见和刻本唐代文学文献,金程宇为书中每部汉籍撰写的提要(解题收入金程宇《东亚汉文学论考》,凤凰出版社2013年)。沈津、卞东波编著《日本汉籍图录》,也收录了大量日藏汉籍,并有影印图片配以解题说明。目录学研究方面,如孙猛《日本国见在书目录详考》(上海古籍出版社2015年)。以我比较熟悉的师友而言,大陆学人张伯伟、郑杰文、尚永亮、蒋寅、程章灿、杜晓勤、查屏球、查清华、金程宇、卞东波等都有持续的新成果问世。

四百年前,明末"西学"翻译运动先驱徐光启说:"欲求超胜,必须会通;会通之前,先须翻译。"科学与学术的"超胜"其实包含对学术新知和科学新突破的及时了解和共享,以便不同地域、不同民族的学术共同体在共享知识的同时，能以开源系统和平台的模式，修正和升级已有的知识版本。幸运的是，20世纪前半叶"五四运动"前后、20世纪后半叶改革开放以来，先后出现了两次翻译的高峰，与现代学术文化的两次狂飙突进恰好同步。

本书系也是对这样的学术新潮的一种"预流"。通过文化互鉴以深化中日两国人民的友谊，通过成果刊布以促进国内学术研究的上台阶。本书系第一辑刚刚启动时，正赶上中日关系出现一些问题，但是原书作者、译者、出版者及相关经费管理部门都毫不犹豫地给予支持，最终迎来了中日关系的春天，也为出版社带来了荣誉。

改革开放以来特别是进入21世纪以来，国内高校的人文学科发展很快，尤其是研究生教育突飞猛进，很多学校的硕博士点从无到有，从小到大，这当然是一件好事。但我也发现，很多学校的硕博士研究生撰写学位论文，不懂得参考相关领域的海外研究成果，这一方面是因为缺少学术伦理训练，另外一方面，也是海外研究成果获得不易，所以我相信本书系的持续推出，一定会泽慧学林，特别是会引起学界年轻朋友关注追踪国外同行学术新动态的兴趣，从而整体上提升学术研究水平。

但我们的工作也不是一种简单的重复和复制。我所谓的"重复和复制"是指翻译内容的重复和编译理念的复制。前者比较好理解，就是说，收入本书的作品基本上都是初译和初编。后者则是松原朗先生提出的一个理念，他希望能够将最有日本汉学特点，或者说是具有日本学派的著作介绍给中国的同行。我们此前主编的"日本学人唐代文史研究八人集"丛书恪守此理念，本书系仍坚守此理念。唯前一套书侧重一线学者，本套书系则侧重已经有定评的资深学者的成果。当然，也有朋友提出，可以把日本学界最新锐的、最新潮的有潜力的中生代甚至年青学者的成果集中译介一批，这个工作可以做，但只能放在下一步了。

本书系选择与久负盛名的陕西人民出版社合作，主要是感念与陕西人民出版社的学术友谊，感激集团几代出版人为唐代文学研究的贡献。这次与出版社合作，拟隆重推出我与日本学者松原朗先生合作主编的这套大书，近因是去年与宋总、刘总、关宁、韩琳等合作做的一个小项目，通过这个小项目，我看到了出版社管理与编辑团队的敬畏学术、精益求精的奉献精神。远因则要追溯到几十年前，我自己还是学生和青年教师时，人民社先后出版了安旗先生的《李白纵横探》，高海夫先生的《柳宗元散论》，阎琦先生的《韩诗论稿》，郁贤皓先生的《李白丛考》，罗宗强先生的《唐诗小史》，傅璇琮先生的《唐代科举与文学》，当然还有唐代文学学会的会刊《唐代文学论丛》《唐代文学年鉴》，其中刘善继先生、郭文镐先生、惠西平先生、宋亚萍女士在这几十年中做了大量的工作。日月穿梭，斗转星移，我作为唐代文学研究的后来者，铭记着过往的这些成果，也愿意与更年轻的一代出版人携手并进，开创唐代文学研究的新时代。

学术翻译实际上是一桩"铺路搭桥"的功德活，由于时代的局限和我自己的知识缺陷，我的日语英语水平都无法胜任学术翻译，之所以还敢觍颜人前，忝列主编，实际上是因为具体工作的需要。各位译家给两国的学术界"铺路搭桥"，而我则是为两边的出版界、学术界和翻译界的交流铺路搭桥。为了保证翻译质量，我们邀请王军哲先生加盟我们的编委会，由他敦聘相关专家审读译稿，提升质量。本书初版后，还希望翻译界、唐史界、唐代文学研究界的同行继续批评，我们也愿意虚心接受，反复打磨，将本书系打造成精品图书。

本序借用"山川异域，风月同天"一语作为题目，典出《唐大和尚东征传》，是鉴真和尚在决定前往日本传戒律时，与众弟子谈话中的内容，原文如下：

> 时大和尚(原文作"上"，下同——引者注)在扬州大明寺为众僧讲律，荣叡、普照至大明寺，顶礼大和尚足下，具述本意曰："佛法东流至日本国，虽有其法，而无传法人。日本国昔有圣德太子曰：'二百年后，圣教兴于日本。'今钟此运，愿大和尚东游兴化。"大和尚答曰："昔闻南岳慧思禅师迁化之后托生倭国王子，兴隆佛法，济度众生。又闻，日本国长屋王崇敬佛法，造千袈裟，来施此国大德众僧，其袈裟缘上绣着四句曰：'山川异域，风月同天，寄诸佛子，共结来缘。'以此思量，诚是佛法兴隆，有缘之国也。今我同法众中，谁有应此远请，向日本国传法者乎？"

这句沉潜在历史典籍中的词语，因为2020年的大疫情再次被激活，让人们又联想起了一千多年前两国前贤的交流交往。清末民初诗人巨赞有赠日本僧人的一首诗："风月同天法运长，圆融真谷境生光。天台立本情无隔，一树花开两地芳。"原诗也是讲佛教文化交流的。"一树花开两地芳"的寓意更形象也更恰切，我希望我们书系中的译稿能像原著一样，甚至比原著吸引更多的读者和中文学术界的同行。

2021 年 11 月 26 日初稿

李浩、[日]松原朗主编"日本学者唐代文化研究译丛"，西安：陕西人民出版社，2024 年

深耕通识教育的新努力

《大学语文》(第三版)序

由吴宝玲、李雪两位教授主编的《大学语文》教材，推出第三版，嘱我撰序推荐。我自称是大学语文战线的一名老兵，他们编写团队的各位也都是我的战友，看到他们对一部教材孜孜不倦，不断打磨，不断修订，我在阅读后写一点读后感，既属义不容辞，也在情理之中。

编者说本教材的编写本着"知识性、工具性、创造性、审美性、人文性"的原则，以体现语文学科综合性为目标，确定编写内容。这固然是没错的，但对我印象最深的，却是以下四个方面：

一是选文经典性的追求。关于经典、阅读经典，大家已经谈得不少了，我这里再引用两段世界名人的名言，以便筑牢大家对经典的坚定信念。一段是维特根斯坦《文化与价值》中的话：

我曾说过的这句话或许恰如其分：先前的文化将变成一

堆废墟，最后变成一堆灰烬，但精神将在灰烬的上空迂回盘旋。

阅读多年后，仍能够在我们心头"迂回盘旋"的那些精魂，便是经典。另一段是卡尔维诺在《为什么读经典》一文中，谈阅读经典的 14 个好处，分别是：

  1. 经典能让我们一读再读；2. 无论何时阅读它，都会是对自己的一种宝贵经验；3. 总是无意识地隐藏在深层记忆里，给我们潜移默化的影响；4. 每次重读都好像初读那样带来新的发现；5. 即使初读也好像是在重温；6. 从不会耗尽它要向读者诉说的一切东西；7. 可以带我们了解过去时代和文化的特殊气氛和宝贵足迹；8. 使我们惊奇，不再受导言和评论的遮蔽；9. 我们越是道听途说，读到它就越是觉得新颖、独特；10. 表现着整个宇宙，令人仰止；11. 在阅读的过程中确立自己；12. 是一部早于其他经典作品的作品，那些大师早就一眼把它们认出；13. 把现在的噪音调校成一种背景轻音；14. 哪怕与占统治地位的现代格格不入，它也坚持成为一种背景噪音。①

读者朋友，特别是理工科背景的同学，等到毕业离校时，按照信息技术进步的"摩尔定律"，你们的一些专业课教材可能已经

---

① ［意］伊塔洛·卡尔维诺《为什么读经典》，南京：译林出版社，2006 年。

要更新升级了。但语文读本中所选的这些经典名篇却亘古不变、常读常新，是可以随身携带，陪伴你浪迹天涯、烟雨平生的。

　　二是教学方式启发性的努力。本教材每一篇文选作品都设有"题解"和"思考与练习"，提供有利于学术探讨、人文思考、审美鉴赏和增强写作能力的启发性、实践性内容。题解、注释与思考提问，文字简约，要言不烦，既给任课教师的课堂发挥留下较大的空间，也给同学的阅读和自学留下动脑思考和动手查找的广大空间，使得大学语文与中学语文产生明显的区别，形成层级和阶梯的明晰标志。

　　三是对学生实践能力的强调。在知识性的总体要求之外，新版教材特别增补了演讲稿写作、文学评论写作两部分，我认为非常必要。除此之外，我建议在课堂教学中还要特别强调学生口头表达能力提升的训练，如在博雅与通识的素养提升的同时，还能不断提升学生口头发表与书面发表的能力，他们会永远记住这门课和这部教材的。

　　四是教材设计时代感的凸显。本书编写者清醒地意识到，教材是教学的辅助文本，随着教学改革不断深入，教学内容不断丰富和深化，教材的形态也在发生着深刻的变化。本教材除了传统的纸本形态外，还配有电子资源，读者扫描相应页面的二维码即可获得。此外，与教材配套的还有PPT和教案设计、MOOC视频等资源，这对于教师的教学和学生的拓展学习、研究性学习，都有特别的助益。在大数据与人工智能深刻影响我们生活的当下，如何与时俱变，共享技术进步，编写出具有时代感的新颖教材、开展卓有成效的教学，对我们每位教学一线的教师都是严峻考验。两位主编和编写组成员从通识课教材编写角度做了有益的探索，值得肯定。

《礼记·学记》中说："虽有嘉肴，弗食，不知其旨也；虽有至道，弗学，不知其善也。是故学然后知不足，教然后知困。知不足，然后能自反也；知困，然后能自强也。故曰：教学相长也。"这是就教与学两个方面说的，应该被看作古典教育学中的"第一性原理"。对于一部教材来说，只要在不断使用中，编写者自己和其他的任课老师、同学都会发现问题，提出修改建议，编写组也会虚怀若谷，择善而从。我也期待这部教材能够不断提升，不断完善。

2022 年 5 月 9 日

吴宝玲、李雪主编《大学语文》(第三版)，北京：高等教育出版社，2022 年

"西北大学语言文学研究丛刊"总序

　　学术的发展端赖于学者的专门精深研究，没有学者长期沉潜、训练有素的研究，没有含英咀华、厚积薄发的成果，则学术的繁荣要么流于一句空话，要么就成了印刷垃圾的堆砌。在日益资讯化和全球化的今天，仿效古人将相关成果藏之名山以冀传之后世，不仅是不可取的，也是不可能的，故学术成果的刊布与交流就显得至关重要了。学术共同体与学术机构的职责就在于不断提供这样的平台，促成学术交流在共同体内外彼此互动，良性循环，以维持学术之树生生不息，常青常新。

　　近十年来，本院秉持为人文学术研究繁荣发展搭平台、设津梁的素朴理念，曾先后与日本的东北大学、专修大学，韩国的庆尚大学、放送大学，中国港台地区的淡江大学、佛光大学、香港城市大学，中国大陆的北京大学、复旦大学、中国社会科学院、西安交通大学、陕西师范大学等机构进行合作，主办或合办了十多次重大学术活动，为学术交流尽了自己的微薄之力。

　　本院还常设"名师讲坛"与"新视角讲座"两个论坛，有计划地礼聘海内外大家名师来院内讲学，举行专题讲座与报告近百场（详见文学院网站所列，恕不逐一列举专家的名讳）。讲坛上鸿儒硕学络绎，名流大腕云集，成为校园内一道亮丽的风景。演讲者的智慧机锋，每次与听众互动的思想火花，不时爆出佳话。

本院在繁荣学术上的第三个举措就是编辑专门学术论文集与学术刊物，出版"西北大学语言文学研究丛刊"，其中三部论文集分别是三次重大学术活动的结集。主编《唐代文学研究》《鲁迅研究年鉴》两个刊物，在学术圈中人所皆知。其中《鲁迅研究年鉴》因故中辍，不久我们仍拟复刊。《唐代文学研究》刊行三十多年，影响几代学人，在海内外颇有口碑。最近我们拟改变长期以书代刊的做法，按固定学术期刊来运行。另外将已出全部内容数字化，编为可检索的电子版，作为学科建设的新成果奉献给学界。"西北大学语言文学研究丛刊"的编辑肇始于2003年，其中第一辑共四册，由商务印书馆2004年推出，第二辑四册由中国社会科学出版社2007年推出，第三辑五册由人民出版社2008年推出，第四辑五册由三秦出版社2011年推出。这四辑著作都由我院学者精心结撰，凝聚着他们多年的心血，又经过严格的推荐审查。其中有几册是近年来加盟我院的学术新秀在自己博士论文基础上加工修改的，是他们走向学术舞台的得意之作。学者的新老交错，学科的古今兼容，论域的义理考据并重，彰显出薪火相传、英才辈出的欣欣向荣景气。

此三端虽然是本院学者长期学术共识的自觉推展，但要坚持下来，积少成多，渐成规模，蔚为大观，也要仰仗各方贤达的鼎力支持。我们这一代学人，适逢民族百年振兴、千年未有之大变局，故往往能以中人之才成就前贤豪杰未竟之业，这自然是时代的机运，而非个人的能力，但大背景中的小气候也至关重要。忆及自己当学生时，经常听说校内外一些知名学者病体缠绵，感到黄泉有日而一生撰著出版无期，悲情无限。我们能有计划将在岗教师的学术成果刊布，则不能不感谢学校在政策与经费上的鼎力支持，否则美好的理想很难变成现实。

在"西北大学语言文学研究丛刊"编辑出版过程中，学界和出版界的有识之士也给予了热诚帮助。其中有中国社科院外文所党委书记党圣元先生，中华书局资深编辑刘尚荣先生，上海古籍出版社李鸣先生，中国社会科学出版社罗莉女士，商务印书馆著作室常绍民主任、发行部王齐主任，人民出版社柯尊全处长、李椒元编审，三秦出版社赵建黎总编、高峰主任等。没有他们学术上的高远目标，编务上的精益求精，也不会有本丛刊今天的枝叶繁茂，果实累累。

随着本院中国语言文学一级学科整体被纳入"211工程"建设项目，学校及社会对包括语言文学学科在内的人文社会科学更加重视，有学者预言文学研究即将走出艰难，触底反弹。我们深信学术的交流、成果的刊布将呈常态，而不必这样再三致意、赘言其事了。我自己在这些项目的提出和执行过程中，忝任管理琐务，有幸经历其事，"西北大学语言文学研究丛刊"第一、第二辑推出时仓促，没有任何说明文字，略显突兀，故受编委会之托，在这里追述由来，补充交代始末，对一段历史做一个亲历者的简单说明。

2010 年 12 月 23 日修改于西大长安校区

李浩主编"西北大学语言文学研究丛刊"(第四辑),西安:三秦出版社,2011 年

"中国文化研究书系"总序

　　作为学术机构的西北大学中国文化研究中心于2016年7月揭牌成立，属于学校无行政级别的实体研究机构。转眼间，中心已经成立五个年头了，科研、教学、人才培养、服务社会、学术交流，各个方面的工作次第展开，引起了上级主管部门和国内外学界的热切关注。

　　当然，作为一所有着一百多年历史的综合大学，西北大学自创建伊始，即以弘传中国文化为使命，并形成了"发扬民族精神，融合世界思想，肩负建设西北之重任"的办学理念。学校英才云集，郁乎文盛，薪火相传，几代从事中国文化研究的名家大师先后在此设帐授徒，弘道述学。除了精深的研究外，学校滋兰树蕙，培养了一大批优秀人才，有的在全国各地高校和研究机构从事专门研究；有的乘桴海外，在世界各地播扬故国文化；也有不少人仍坚守在母校，如切如磋，如琢如磨，三尺讲台，教书育人。

　　中心设立的缘起，是为更好地商量旧学、涵养新知，为中国文化在新时代返本归元、开拓创新搭建国际性开放学术平台，培养拔尖创新人才，奉献专精学术成果，发出西部声音，提供学理方案。

截至目前，中心已经申报并获批设立多个省级科研平台，创办了中心网站、学术公众号、研究通讯、学术辑刊等，也承担了国家重大课题、重点课题、地方政府和企业委托课题等一大批科研和智库课题，各项工作都走在新成立的实体机构的前列。

记得傅斯年先生于1928年撰写了《历史语言研究所工作之旨趣》，谈及设立史语所的宗旨：

> 在中国的语言学和历史学当年之有光荣的历史，正因为能开拓的用材料，后来之衰歇，正因为题目固定了，材料不大扩充了，工具不添新的了。不过在中国境内语言学和历史学的材料是最多的，欧洲人求之尚难得，我们却坐看它毁坏亡失。我们着实不满这个状态，着实不服气就是物质的原料以外，即便学问的原料，也被欧洲人搬了去乃至偷了去。我们很想借几个不陈的工具，处治些新获见的材料，所以才有这历史语言研究所之设置。
>
> 我们宗旨第一条是保持亭林、百诗的遗训。这不是因为我们震慑于大权威，也不是因为我们发什么"怀古之幽情"，正因为我们觉得亭林、百诗在很早的时代已经使用最近代的手段，他们的历史学和语言学都是照着材料的分量出货物的。他们搜寻金石刻文以考证史事，亲看地势以察古地名。亭林以语言按照时和地变迁的这一个观念看得颇清楚，百诗

于文籍考订上成那末一个伟大的模范著作，都是能利用旧的新的材料，客观地处理实在问题，因解决之问题更生新问题，因问题之解决更要求多项的材料。这种精神在语言学和历史学里是必要的，是充足的。本这精神，因行功扩充材料，因时代扩充工具，便是唯一的正当路径。

由傅先生执笔撰写的《国立中央研究院十七年度总报告》里，进一步阐释道：

此虽旧域，其命维新。材料与时增加，工具与时扩充，观点与时推进，近代在欧洲之历史语言学，其受自然科学之刺激与补助，昭然若揭。以我国此项材料之富，欧洲人为之羡慕无似者，果能改从新路，将来发展，正未有艾。故当确定旨趣，以为祈向，以为工作之径，以吸引同好之人。此项旨趣，约而言之，即扩充材料，扩充工具，以工具之施用，成材料之整理，乃得问题之解决；并因问题之解决，引出新问题，更要求材料与工具之扩充；如是伸张，乃向科学成就之路。

近几十年以来，海峡两岸暨香港特别是大陆新设立的类似有关中国文化的研究机构不知凡几，学术宗旨更加高大上了，发展目标也以追赶欧美学术共同体为榜样。本研究中心成立较晚，积淀较少，声音的分贝调得再高也超不过同侪。梳理现代学术史，我们更愿意向傅斯年先生遥致敬意，也愿意追随前贤，虽不能至，心向往之。

本文库的设立，与我们已经做的其他项目宗旨类似，彼此配合，又各有侧重。收入本辑的著作主要是本中心的专职研究人员和兼职学者的最新成果，以中青年学者的成果为主。我们不求统一时间一次性推出，但要求学人能奉献自己原创的最新成果。

本文库初创，希望能得到各个方面的鼎力支持，也希望读者朋友提出宝贵意见，以便使其更臻完善，真正承担起刊布优秀中国文化研究成果的使命来。

2021年5月11日草于故都西安怀德坊寓所

"中国文化研究书系"，北京：商务印书馆，2021年

培土辑

《中国古代文学研究经典精读》代前言

  20世纪的绿皮火车已风驰电掣般驶过去了,时而硝烟弥漫,时而轰轰烈烈,时而暴风骤雨,时而阳光灿烂。列车在咣当咣当声中抛洒下的遗留物既不全是一地鸡毛,也不全是金屑银渣,需要清道夫打扫清理,盘点归类。这件工作很劳累很辛苦,也很琐屑很平凡,但这是下一班车出发前所必须做的一些基础工作。

  我们通常喜欢将前一个时代留下的东西一律视作遗产,如果这个比喻能成立的话,那么想象一下,任何一个继承者都是一个富翁,既在物质上富裕起来了,也在精神上富有起来了,只要躺在祖先留下的这些遗产上不断地啃老、不断地挥霍就行了,何必还要创业创新呢?实际情形可能没有那么简单和直接。或许,前代留下的仅仅是个账单,但究竟是正资产还是负资产,是赤字书写的还是墨字书写的,需要科学的资产审计后才能公布结果。

  20世纪同时留给我们的一则遗训是,对于这笔数量巨大的遗产,既不能照单全收,也不能一把火全烧掉,而是要批判地继承,剔出其糟粕,吸收其精华。只是"批判"一语在20世纪频繁使用，词义复杂，且含有强势霸凌的意味，很容易产生误解。鲁迅在《拿来主义》一文中对此现象有过一段形象生动且经典的论述：

> 他占有，挑选。看见鱼翅，并不就抛在路上以显其"平民化"，只要有养料，也和朋友们像萝卜白菜一样的吃掉，只不用它来宴大宾；看见鸦片，也不当众摔在茅厕里，以见其彻底革命，只送到药房里去，以供治病之用，却不弄"出售存膏，售完即止"的玄虚。只有烟枪和烟灯，虽然形式和印度，波斯，阿剌伯的烟具都不同，确可以算是一种国粹，倘使背着周游世界，一定会有人看，但我想，除了送一点进博物馆之外，其余是大可以毁掉的了。还有一群姨太太，也大以请她们各自走散为是，要不然，"拿来主义"怕未免有些危机。总之，我们要拿来。我们要或使用，或存放，或毁灭。那么，主人是新主人，宅子也就会成为新宅子。然而首先要这人沉着，勇猛，有辨别，不自私。没有拿来的，人不能自成为新人，没有拿来的，文艺不能自成为新文艺。①

换一个稍微学理性、缜密性，也稍微中性一点的说法，应该是学理性的论衡，创造性的转化。这也曾是宋儒对他们那个时代所要面对的精神世界与知识谱系的基本态度：旧学商量，新知

---

① 本文最初发表于1934年6月7日《中华时报》副刊《动向》，后由作者编入《且介亭杂文》。

涵养。

"青山依旧在，几度夕阳红。白发渔樵江渚上，惯看秋月春风。一壶浊酒喜相逢。古今多少事，都付笑谈中。"（杨慎《临江仙》）曾经亲历过20世纪的匆匆过客，在新世纪的开端，又面临着另一个首先要自己回答的问题：我们将给更年轻的朋友如何述说20世纪的学术？

一

了解历史并不是一件很容易的事，美国历史学家威尔·杜兰特就曾经提醒人们："历史嘲笑一切试图强迫将其纳入理论范式和逻辑规范的举动；历史是对我们概括化的大反动，它打破了全部的规则；历史是个怪胎。"[①]这种感叹可能同样适用于20世纪的中国史，包括20世纪古代文学研究史。

回顾并记录20世纪学术演生的成果并不算少，一类是学界中人的个人记述，如何炳棣《读史阅世六十年》、萧公权《问学谏往录》等；另一类是后学对前贤的记述，如汪荣祖《史家陈寅恪传》、陆键东《陈寅恪的最后二十年》、施议对《文学与神明：饶宗颐访谈录》、陈徒手《人有病天知否：一九四九年后中国文坛纪实》等。还有文学类的记述，如钱锺书《围城》，鹿桥《未央歌》，杨沫《青春之歌》，齐邦媛《巨流河》，宗璞《野葫芦引》（包括《南

---

① ［美］威尔·杜兰特、［美］阿里尔·杜兰特《历史的教训》，倪玉平、张闶译，成都：四川人民出版社，2014年，第6页。

渡记》《东藏记》《西征记》《北归记》四部小说），易社强《战争与革命中的西南联大》，岳南《李庄往事：抗战时期中国文化中心纪实》《南渡北归》等。其中前几种是文学类的叙述，带有一些虚构；后面的几种是纪实类的，特别是易社强、岳南的纪实作品，时间跨度长、涉及领域多、场面宏大、过程复杂，读后让人五味杂陈，无法简单言说。李怀宇《家国万里：访问旅美十二学人》，记述留美学人的踪影。陈平原《抗战烽火中的中国大学》、梅新林《战时学术地图中的古典文学研究高峰》等重在再现抗战时期古代文学研究的亮色。戴燕《文学史的权力》将文学史的编撰与话语权力联系起来。王锺陵《文学史新方法论》探讨文学史叙述的多种可能性。傅璇琮、蒋寅《中国古代文学通论》尝试汇通并归纳古代文学研究已有成果。董乃斌等的《中国文学史学史》《文学史学原理研究》则将文学史的叙述上升为一门独立的科学来规划和研究。张燕瑾、吕薇芬主编《20世纪中国文学研究》共10卷12分册，另配有《20世纪中国文学研究论文选》10卷，统一策划，卷帙浩繁，是较早梳理归纳20世纪古代文学研究的有分量的成果。

检视20世纪的古代文学研究，过程虽然复杂曲折，但细节也逐渐清晰起来。总体看来，出现了许多新的面相和新的趋向，若按我个人的粗浅归拢，大致有四个趋势：从对旧传统的全盘否定到对文学遗产的区别对待；从文学经典的树立到学术经典的出现；从旧范式的突破到新范式的形成；从一元方法的依赖到多元方法的尝试。下面做简单的说明和解释：

先说第一点，从对旧传统的全盘否定到对文学遗产的区别对待。"五四"新文化运动为了收到立竿见影的功效，开始时对传统文学的态度比较简单化，我们看陈独秀、李大钊、刘半农、傅斯年、胡适包括鲁迅等"五四"学人当时的论述，可以看出他们对旧传统的激烈态度。从当时的实际情况来看，对他们的言说环境、立论主旨以及文化斗争的叙述策略，应该给予"理解之同情"；但从今天的语境来看，能够很明显地看出他们言论的激烈和偏颇。整个知识界再次回归平和理性，对前现代的文学遗产能恢复常识认知，为了这一进步，我们几乎蹒跚地走了100年。

再说第二点，从文学经典的树立到学术经典的出现。前一个"经典"是指传统的文献文本，经过现代文艺理论的甄别选择后，被确定为新经典，并被纳入从小学、中学到大学的国民教育体系中，被学习、传承和弘扬。新经典的范畴与传统经典的范畴，有交叉性，有承继性，但也有很大的差别。有的作品在旧经典的范畴中，是作为经学的经籍，而在新经典的范畴中，则是一般的文学作品。如《诗经》中的歌谣，《论语》《孟子》等中的语录体文章，《左传》中的叙事段落，过去都属于经和传，在旧的分类学上是属于经部的作品。在旧的体系中，词是诗余，曲是词余，与主流的诗文是不能等量齐观的。还有曾被看作是引车卖浆者之流的小说、戏曲，被看作与昆曲相对的"花部"作品等，旧时也绝不会登大雅之堂。而这些，20世纪以来，才被列入新经典的范畴中。这样看来，新经典要比旧经典的范围大得多，而且是开放的，"唐诗过后是宋词"[1]，开放的经典大门不断纳入当时被认为是通俗的流行的东西。

---

[1] 葛兆光《唐诗过后是宋词》，《读书》1994年第12期。

后一个"经典"则是指，对传统文本进行解读研究的文章、著作、讲义、教材，竟然在传播过程中也成了经典。引用、点击、评论、翻译、再版，对于文学研究爱好者，特别是在学校里专门从事文学研究的更年轻的入门者，这些文本也有模仿借鉴的意义。"现代学术经典精读"丛书定名为"现代学术经典"，指的就是后一类经典，其所潜涵的价值和意义，从这一名称上也可以略窥一斑。易言之，20世纪以来，不光以现代文艺学的眼光确立了文学创作经典，也开始以现代学术的眼光遴选文学学术经典。从中国本土学术演化史来说，对此拈出来加以特别强调，并不过分。

再说第三点，从旧范式的突破到新范式的形成。传统的文学批评方式主要是诗话、词话和文话，再加上各种注释、评笺，文章体的评论作品较少，著作类的评论作品更少。但随着现代学术机构特别是高等教育机构的建立，以及现代科研院所的设立，催生出了许多新体的著述形式，比如刊登于报纸和学术刊物上的论文，学术会议上的演讲词与学术报告，大、中、小学等教育机构中的讲义和教材，研究类大学的学士、硕士、博士学位论文和博士后出站报告。不光形式上与传统文类不一样，在学术理念、学术目的、学术要求、学术作用、学术规范上，也与前现代畛域不同。

海宁王国维倡"一代有一代之文学"，这句话既包含一代有一代的文学创作，也暗含一代有一代的文学观念和文学研究。但20世纪的文学研究，其比较对象的设定，不是19世纪或18世纪，也不是清代或明代，而是整个前现代或古代。要建立的是古与今、新与旧的比较模板和框架。由于20世纪的政治制度、教育制度、学术制度整个是横向移植得多，纵向继承得少，这也就决定了20世纪的学术研究理念与方法横向移植多于纵向继承，换言之，20世纪文学研究的范式与古代有很大的差别。虽然研究对象可能仍然是唐宋诗词，仍可能采用诗话、词话的形式，甚至仍用文言写成，但是王国维的《人间词话》与宋元以来的旧诗话是有差别的。而钱锺书的《谈艺录》与明人徐祯卿的同名作品有很大差别，他的《管锥编》也与顾炎武的《日知录》迥然不同。这个差别并不全在具体结论上，首先应该是研究理念和研究范式上的。

再说第四点，从一元方法的依赖到多元方法的尝试。这里所说的"方法"，既指古人所用的诗文研究法，也指现代学者处理古代文学现象和材料所使用的观念与技术。前现代时期，文学的样式与文体分类很复杂，文学创作的方法也很丰富，但作为文学批评和文学研究的方法谈不上很多。20世纪以降，欧风美雨飘来，作为现代学术谱系重要组成部分的古代文学研究，方法也日渐丰富。如梅新林《战时学术地图中的古典文学研究高峰》一文引用同行的成果，并特别提及抗战时期古代文学研究学术价值与启示意义集中体现在知识结构、学术取向、研究方法与创新追求四个方面，这对我们认识此一时期研究方法的多样性和丰富性很有帮助。

三是研究方法。与本时期古典文学学者群体的多重身份相契合，他们在研究方法上也是致力于跨学科的多向交融。薛其林在《民国时期学术研究方法论》（湖南人民出版社2002年版）一书中归纳为四大方法，即融合中西的科学实证方法、融合中西的义理阐释方法、融合中西的马克思主义唯物辩证方法、融合中西的直觉体悟方法。其实还有一种重要的研究方法不能忽略，即融合中西的文化人类学研究方法，以顾颉刚、郑振铎、钱南扬、闻一多等为代表。以此参照抗战时期的古代文学研究方法，很少有学者单独运用某一方法，更多的是以上多种方法的交融与创新。值得重点关注的是，由于战时现实灾难的不断刺激，引自西方的社会学方法受到部分学者的重视，从刘大杰《中国文学史》引入法国丹纳的文学社会学批评理论与方法，到郭沫若、闻一多对屈原爱国精神的充分肯定和高度评价，以及对《楚辞》丰富的历史文化内容和巨大的思想价值的发掘，甚至如闻一多称誉屈原为"人民的诗人"，都集中体现了由考据学到社会学批评的学术走向，而在方法论上更接近于融合中西的马克思主义唯物辩证法。①

尝试概括归纳古代文学研究方法的成果，在20世纪80年代后逐渐多了起来，如杜松柏《国学治学方法》、周勋初《当代学术研究思辨》、王锺陵《文学史新方法论》、张伯伟《中国古代文学批评方法研究》、赵敏俐《文学研究方法论讲义》、赵益《古典研究方法导论》等。笔者为了教学需要，也曾主编《中国古代文学研究方法导论》，并在其中专列一章，讨论各种具体的研究方法，感到无论如何枚举，都有挂一漏万之憾，所以我们也只能以基于逻辑学、基于历史学、基于现代科技、基于哲学与美学、基于比较文化学、基于人类学与社会学、基于现代语言学、基于文艺学、基

---

① 梅新林《战时学术地图中的古典文学研究高峰》，《文学遗产》2015年第5期。

于传播学、基于音乐学等等来简单提及。① 新的方法越来越多，从一元走向了多元。

二

对于这 100 多年来的古代文学研究，也可以从以下三端梳理：

一是时间的视角。如大致可以分为鸦片战争后近代时期的古代文学研究、民国时期的古代文学研究、1949 年以后的古代文学研究。民国时期又可细分为"五四"前后的古代文学研究、1927 年至 1937 年十年时期的古代文学研究、抗战时期的古代文学研究。1949 年以后也可细分为五六十年代的古代文学研究、"文革"十年的古代文学研究、新时期的古代文学研究、新世纪的古代文学研究等。

二是空间的视角。从大的空间上区分，有南方、北方之分。仅就抗战时期的研究而言，又有国统区、根据地和沦陷区的区分。中华人民共和国成立后的研究也可分为中国大陆、港澳地区、台湾地区和海外的研究。

梅新林曾指出抗战时期的古典文学研究学术地图的一些特点，全面抗战爆发之前，全国学术地图的重心落在环东南沿海的东部区域，并以北平、上海、南京为三大中心而形成了东部学术

---

① 参见李浩主编《中国古代文学研究方法导论》（第二版）第八讲，北京：高等教育出版社，2013 年。

"纵轴线"。全面抗战期间,东部大批教育科研机构陆续内迁,形成以重庆、昆明与汉中为三大中心的西部学术"纵轴线"。就时空变局的趋势与节点而论,大致可以划分为整体内迁、逐步恢复、走向复兴、胜利回归四个阶段。东西学术"纵轴线"的重心转移,直接影响了国统区与沦陷区学者群体的空间流布与人生抉择。[①]

梅新林的文章高屋建瓴,抗战时期的学术空间,确有内迁的主潮,形成所谓"文化三坝"(成都华西坝、重庆沙坪坝、汉中古路坝)的说法,但是在沦陷区的上海,包括在租界中,仍有学人坚持抗战,坚守学术。另外,抗战时期的香港也发挥了地理区位上的独特优势,学人弦歌不辍,教学科研仍在推进。1949年以后,台港澳还有古代文学研究的重镇,有特色的成果仍不断出现。这是我们进行学术空间叙述时,不应该忽略掉的一些闪光点。

三是逻辑的视角。如郭绍虞《中国文学批评史上之"神""气"说》、傅庚生《中国文学欣赏举隅》、刘大杰《中国古典文学中的现实主义问题》、董乃斌《中国文学史的演进:范式的视角》等。

与前面相呼应,相关的研究成果也可以归纳为如下几类:

一是有关文学史的研究成果。这又可细分为通论文学史与断代文学史。前者如林传甲《中国文学史》、刘师培《中国中古文学史讲义》、吉川幸次郎《中国诗史》《中国文学史》、刘大杰《中国文学发展史》、周贻白《中国戏剧史》等。讨论断代文学的,如唐圭璋《宋词纪事》、吉川幸次郎《宋诗概说》、赵景深《元明南戏考略》等。无论是通论通史类,还是断代研究的,数量都较大,成

[①] 梅新林《战时学术地图中的古典文学研究高峰》,《文学遗产》2015年第5期。

绩也较突出。这与前述现代高校教育体制与人才培养方案有关，无论公立、私立大学，大多有国文系、中文系、文学院，其中的中国语言文学学科(汉语言文学专业)，最基本的课程就是中国文学史，为了深化课程内容，研究性的著作或教学性的教材的编写如雨后春笋，应时而生。因了内地的影响，台港澳及海外也有了编写并出版文学通史的热情，如近年台大出版中心将台静农《中国文学史》讲义编辑出版，上海古籍出版社很快引进推出内地版。台大新生代学者欧丽娟教授主讲的网络公开课"中国文学史"，由喜马拉雅推出音频与视频，红遍大江南北。在三联书店组织翻译出版由孙康宜、宇文所安主编的《剑桥中国文学史》(可简称"北美本")的同时，华东师范大学也陆续推出由顾彬主编的多卷分体本《中国文学史》(可简称"欧洲本")。

二是有关作品文本的研究成果。如胡适《〈红楼梦〉考证》、郑振铎《〈西游记〉的演化》、游国恩《屈赋考源》、唐圭璋《两宋词人时代先后考》等。这类成果在古代文学研究中数量很大，兹不赘述。

三是有关文学关系的研究成果。如从中外文学的关系、古今文学的关系、汉族与少数民族文学的关系、文学与社会文化其他部类的关系、文学与其他学科的关系思考等等。如鲁迅《魏晋风度及文章与药及酒之关系》、王瑶《文人与酒》、钱锺书《论中国诗与中国画》、程千帆《唐代进士行卷与文学》、傅璇琮《唐代科举与文学》、王勋成《唐代铨选与文学》等。

四是有关古代文学批评理论的。有关古代文学批评理论的研究，主要体现在诗话、词话、曲话、文话的点校整理，如郭绍虞

《宋诗话辑佚》《沧浪诗话校释》《诗品集解·续诗品注》《杜甫戏为六绝句集解·元好问论诗三十首小笺》《宋诗话考》等，曹旭《诗品笺注》《诗品集注》《诗品研究》等。近年来大型的辑录集成也陆续出现，如王水照主编的《历代文话》。另一类就是文论范畴概念的梳理与义理分析，文论著作的理论研究，如对比兴、风骨、滋味、神韵、境界等语词概念的持续研究。如黄侃《〈文心雕龙〉札记》、郭绍虞《文学观念与其含义之变迁》、程千帆《古典诗歌描写与结构中的一与多》、王运熙《文心雕龙探索》等。还出现了十数部批评史、文论史著作，这种体式也是20世纪出现的。

三

中国现代文学学术史已经掀过色彩凝重的一页，系统全面地总结20世纪古典文学研究的经验教训，虽然有极其重要的学理价值，但这不是本文的重心所在。了解并认知20世纪古代文学研究在理念、范式、方法、风格、学派等方面的一些基本特点，才是编选这个选本的初衷之一。这样做的好处既是对学术思想史的初步梳理，同时也能为更年轻的一代学人在新时期探索新的研究理路、摸索新的研究范式提供一些启示。在我看来，至少可以说，20世纪的前贤们在如下几个方面给我们树立了标杆：

一是从材料出发，熟精原典。比起乾嘉诸老，20世纪前半叶出生的学人基本上接受的是新式学校教育，但他们与50、60年代以降"生在新中国，长在红旗下"的一代相比，启蒙教育或家庭教育阶段，对传统文献和经典名篇都非常熟稔。虽然军阀混战、全面抗战、国共内战使得学校不能安置平静的书桌，但人文学科学人较少依赖实验室等物质条件，凭借着年轻时对原典熟悉的"童子功"，在艰难时期通过有限的资料照样可以做学问，在没有很多大楼的情况下，仍产生了一大批学术大师。在国际上为刚刚建立的中国现代大学争得了体面，也为当代学术建立了典范，令迄今的后行者肃然起敬。

二是世界眼光，家国情怀。中国现代学术制度的建立，与19世纪末20世纪初的"留学"运动有关。研究所的研究人员与大学的教授们，绝大多数有海外留学、访学的背景，对外国语言的纯熟运用，对学术前沿与风向的深入了解，使得他们能与国际学术同步。但因为20世纪中国国运的忧患深重，外敌的强权蹂躏，又使得学人们的民族主义意识特别强烈，家国情怀特别深厚，这一特色不仅表现在他们的诗文创作中，也投射在他们的古代文学研究中。这一点仍深刻地影响着21世纪的古代文学研究。

三是疑古求实，科学考证。中国古代本来就有稽古考证的传统，清代乾嘉时期汉学复兴，校点、辑录、考证、整理古代文献和古史疑案的风气又炽烈起来。近代以来，受西方实证主义的影响，此类研究非但没有减少，反而因新证据、新材料、新方法、新工具的鼓荡，新的成果也层出不穷。因其从材料出发，用事实说话，价值中立，故研究结论能超越当时具体的时政纷争，在长时段中为学界所关注。

四是拿来主义，六经注我。由于20世纪前半叶是现代学术的起步阶段，资料建设也刚刚同步开始，加之家国情怀深厚，所以这一时期的学术研究以抢救性、应急性、重点突破性居多，系统的、全面的、综合的工具型的数据库式研究还有待来日，如傅斯年写作《东北史纲》明确表示是从史学上阻击日本侵占东北的意图，是一种学术抗战和学术救国的表现。抗战时期，无论是教学还是研究，对于文学史上屈原、杜甫、陆游、辛弃疾等作家的作品致意颇多，对于唐代的边塞诗、宋代的抵抗诗词予以很高的评价，也都是基于学术救国的理念。无论是闻一多、宗白华的成果，还是陈寅恪、钱穆的著述，都包含着浓厚的人文性特色。

五是个人撰著，精工细作。20世纪前半叶的人文科学研究，主要还是一种书斋式的研究，也可以说是一种小作坊式的学术生产，还不是一种学术计划体制下的大兵团作战。这种学术生产的特点是貌似散漫，计划性不强，论文和著作中保存着鲜明的个性色彩，能触摸到学者个人的体温，每篇论文和著作都打着学者个人和流派的烙印。我们今天读闻一多、陈寅恪、钱锺书、宗白华、朱光潜、林庚等的古代文学论著，仍能看出鲜明的个性色彩。

目前对20世纪学术的回顾盘点刚刚开始，虽然产生了不少成果，但感觉到处理个案的、断代的、单一文体的成果较多，而综合的、全面的、系统的、前瞻性的总结还比较少，能客观地、学理性地指出20世纪学术研究不足的成果更少。有些大家关注少甚至一些有争议的问题，在这里稍做提点，以便能引起深入讨论和研究的注意力。

比如，因19世纪末20世纪初救亡急于启蒙的时代主题的影响，使得我们古代文学研究中也透射出这个主题的影子，过多关注历史时期有关救亡主题的作品，而忽略了我们民族文化中对启蒙的强调。

又比如，受社会达尔文主义及人本主义的影响，对弱肉强食、落后挨打以及人定胜天等理念的片面强调，遮蔽了古代文化中阐发天人合一、天人交胜、参赞化育的作品，特别是忽视了我们的文化和文学中其实有比较丰富的自然主义和生态主义的作品，本可以作为回应现代西方学术界某些思想理论的本土资源。

又比如，大家都承认中华民族是由多民族凝聚而成的，中华传统文学是多民族共同创作的，但目前的中国文学史研究和教学，大多局限于讨论汉民族的文学，而忽略了对少数民族文学成就的研究，也忽略了对少数民族文学与汉民族文学交互影响的探讨。

此外，20世纪新文化运动与推广白话文运动互为表里，这样一来，从在古代找白话文作品的例证到要在古代文学中建立白话文的主体地位，这样就把文言边缘化，有些文言文体研究极少，能以旧体的诗词曲赋骈文写作的更少，而以旧体所写作品也无法进入现代文学研究的视野。又比如八股制艺文章，学术界批判的多，但它在文体学上有什么意义，究竟如何写作，数量究竟有多大，很多人不甚了了。长此以往，传统文学样式真的就变成了遗产，又会由遗产变成化石。

还有，海外汉文学研究是中国现代学术的一种延伸和辐射，但是我们的文学史教学和研究，长期忽略这方面的成果，有许多研究生论文综述学术进展、开列参考书对这方面也付之阙如，甚至一些国内的同行专家，对海外同行的研究也知之甚少。《中国古代文学研究经典精读》在选文时对海外汉学家吉川幸次郎、葛兰言、宫崎市定、青木正儿、小川环树、宇文所安、普实克，以及洪业、余英时、王德威等成果的提及，意在提醒年轻一代，古代文学研究也要大其视野，广其胸怀。

作为20世纪学术经典的开端，《中国古代文学研究经典精读》特意选了王国维先生的《唐宋大曲考》，同时在扩展阅读中又向读者推荐了《人间词话》《太史公行年考》等。作为编选者我们除了重视他的学术开拓外，也关注他学术之外的情思与见解。我比较喜欢引用他的《人间词》中的《浣溪沙》组词：

> 月底栖鸦当叶看，推窗跕跕堕枝间。霜高风定独凭栏。觅句心肝终复在，掩书涕泪苦无端。可怜衣带为谁宽。

> 山寺微茫背夕曛，鸟飞不到半山昏。上方孤磬定行云。试上高峰窥皓月，偶开天眼觑红尘。可怜身是眼中人。

单独欣赏，也是非常唯美和感伤的艺术精品，与他的《人间词话》中的相关论述对读："诗人对宇宙人生，须入乎其内，又须出乎其外。入乎其内，故能写之。出乎其外，故能观之。入乎其内，故有生气；出乎其外，故有高致。""诗人必有轻视外物之意，故能以奴仆命风月。又必有重视外物之意，故能与花鸟共忧乐。"如果说前一首主要是"入乎其内"的重视与深情的话，那么后一首则主要表现"出乎其外"的超越与高致。跳出20世纪的纷扰与纠葛，今天我们似乎能一定程度上出乎其外，上高峰，窥皓月。这是一种超越的姿态，但王国维的深刻处在于，他戳破了我们的孤芳自赏，他也揭示了我们与传统的不可分离处："可怜身是眼中人"。

我们与我们的昨天是分不开的。新文化运动的主将胡适描述他创作新诗《尝试集》的心路历程时说："我现在回头看我这五年来的诗，很像一个缠过脚后来放大了的妇人回头看他一年一年的放脚鞋样，虽然一年放大一年，年年的鞋样上总还带着缠脚时代的血腥气。"①讲这话的胡适还算诚实，其实后来的文学与前一代文学永远剪不断理还乱。如另一位新诗主将、民主斗士闻一多1925年在纽约写的《废旧诗六年矣。复理铅椠，纪以绝句》：

  六载观摩傍九夷，吟成鹍鹋总猜疑（一作"吟成鴂舌总猜疑"）。唐贤读破三千纸，勒马回缰作旧诗。

闻一多在此时期还有《释疑》一诗，传达的也是类似的感受：

  艺国前途正杳茫，新陈代谢费扶将。城中戴髻高一尺，殿上垂裳有二王。求福岂堪争弃马，补牢端可救亡羊。神州不乏他山石，李杜光芒万丈长。

时光荏苒，我们又处在21世纪的前半叶，我们与20世纪"缠脚时代的血腥气"能脱开干系吗？

李浩主编《中国古代文学研究经典精读》（杨新平、王伟、邱晓、邵颖涛参编），北京：高等教育出版社，2016年

---

① 胡适《尝试集·四版自序》，上海：亚东图书馆，1922年，第2页。

《尊师重教》前言

尊师重教是中华民族的一个优秀传统，也是古典教育思想中念兹在兹的一个突出特色。

历代关于尊师的论述很多。《礼记·学记》云："凡学之道，严师为难。师严然后道尊，道尊然后民知敬学。是故君之所不臣于其臣者二：当其为尸，则弗臣也；当其为师，则弗臣也。大学之礼，虽诏于天子，无北面，所以尊师也。"韩愈《师说》："师者，所以传道授业解惑也。"其是由秦汉以来的思想演生而来的。

现在湖南长沙的岳麓书院崇道祠仍保留一块匾额，上写"斯文正脉"四字，意思是说这是尊师之道的主流。在岳麓书院讲堂的门上，山长旷敏本还撰写了一副对联，上联是："是非审之于己，毁誉听之于人，得失安之于数，陟岳麓峰头，朗月清风，太极悠然可会。"下联是："君亲恩何以酬，民物命何以立，圣贤道何以传，登赫曦台上，衡云湘水，斯文定有攸归。"教坛如祭坛，将师者的使命、责任、义务庄严地传达出来。

古代儒家以天、地、君、亲、师为人伦的五种基本关系，长期以来，民间专门设置牌位祭祀。钱穆曾考证说："天地君亲师五字，始见于荀子书中，此下两千年，五字深入人心，常挂口头，其在中国文化、中国人生中之意义价值之重大，自可想象。"①在古人看来，一旦做了教师，成了受教育者的"教父"（或教傅、保傅），便与学生缔结了自然血统之外的另外一种文化关系："学统"（道统），人们常说"师徒如父子"，师生关系可以比附血缘关系，足见师者在文化传统中地位之重大，也使得人们对教师的遴选、师资的建设有着几近苛刻的要求。

关于重教的论述就更多了。《礼记·中庸》第三十一："故君子尊德性而道问学，致广大而尽精微，极高明而道中庸。温故而知新，敦厚以崇礼。"《礼记·大学》第四十二开宗明义："大学之道，在明明德，在亲民，在止于至善。"教与学又有密切关系，古人对通过学习提升自我、拓展自我、成就自我，有非常明晰深邃的认识，《孟子·离娄下》中说："君子深造之以道，欲其自得之也。自得之，则居之安；居之安，则资之深；资之深，则取之左右逢其源，故君子欲其自得之也。"《荀子·劝学篇》云："古之学者为己，今之学者为人。君子之学也，以美其身；小人之学也，以为禽犊。"这也引出中国古代教育史上一个非常著名的观点：学以为己或为己之学②。古代文献中重教敬学的材料汗牛充栋，现代的研究也林林总总，我自己也曾先后撰写过《我之大学教育观》

---

① 钱穆《晚学盲言》，桂林：广西师范大学出版社，2004年，第242页。有关"天地君亲师"的观念最早出现于何时、源于何典籍说法较多，较新的研究可参见徐梓《"天地君亲师"源流考》，《北京师范大学学报》2006年第2期。
② 较详细的阐释可参见李弘祺《学以为己：传统中国的教育》，香港：香港中文大学出版社，2012年。

《大雅：传统文化视域中的高等教育资源》等文章①。文章的题目虽叫作"我之教育观"，但实际上主要是体会、汲取、提炼或援引传统教育思想宝库中仍有生命活力的一些命题和金句，有兴趣的读者可以参读以求通观。

尊师与重教是互为因果、互为体用的关系。从某种意义上，师与教的关系类似于鸡与蛋的关系，互相依存，互相作用，剪不断，理还乱。

古代有关尊师重教的内容既见于《礼记·大学》《礼记·学记》《荀子·劝学》等专题文章之中，但更多的散见于浩如烟海的文史文献中，包括家训、家规、家约、家书中，著名的如《颜氏家训》《朱子家训》《郑板桥家书》《曾文正公家书》等。现代学者傅雷所著《傅雷家书》，也包含很多启人心智的教子训子内容。也有没有用这样的名称的，如《了凡四训》，但内容上也属于这一类。

本书将有关尊师重教的内容分为师礼学则、诏令奏疏、庙记学记、师论学论等几类，分类虽有些勉强，也有些交叉，主要是希望纳入更多内容，采撷更多资料。按照本套丛书的总体要求，将相关资料分门别类，每篇都有一个解题，并对入选文字简注，标注出处，以便于读者了解阅读。

当然，这还仅仅是一个很粗浅的选本，对尊师重教的话题如欲进行更深入专业的了解，可以参读和研修中国古代教育史方面的专门成果。有些专题可能过去学界涉猎较少，希望有心者以此

---

① 前文收入拙著《课比天大》，北京：生活·读书·新知三联书店，2013年；后文刊于《文学与文化》2016年第3期。

为出发点再进行更深入、更专门的研究。譬如积薪，后来居上。

2015年春节期间，万德敬君过黄河来西安看望我，我非常高兴，就把人民文学出版社准备出版"中华传统价值观"丛书的事宜告诉了他，希望他与高淑君、和谈几位能够参与《尊师重教》的编写工作。万君慨然应允，迅速组建了工作群。三位编写者在搜集资料、选定篇目、制订体例的过程之中，反复辩难，集思广益，遇到不能商定的问题，能够及时地向我提出来，充分表现了认真负责的态度。由于和谈远在边疆，高淑君有一年多在境外工作，遇到出版社催问，我更多地把压力推在万德敬身上。万君也当仁不让，任劳任怨，在版本的校订、注释的深浅、文字的打磨以及体例的统一等方面做了大量的工作。万、高、和三位都在高校教学科研一线，年富力强，在各自的专业领域多有创获，已开始崭露头角，但都能尊师重教，弘扬河汾事业。因他们过去曾与我有师生之谊，本书的撰写我也有推荐之责，故略写几句以为弁言。

"中华传统价值观丛书"中之万德敬、高淑君、和谈编著《尊师重教》，北京：人民文学出版社，2018年

《李因笃文学研究》序

高春艳博士的《李因笃文学研究》被收入"中国社会科学博士论文文库"即将付梓，她嘱我写几句话以为绍介。作为她博士论文的指导老师，看到学生在学术土壤上辛勤耕耘，收获果实，我向她表示祝贺，也乐于说几句话。

春艳是我校古代文学专业招收的首届博士生，入学前已有多年的高校教学科研实践。但她是在职攻读学位，学术背景又是从文艺学转到古代文学。基于此，我与她商定拓宽视野，夯实基础，特别要多补一下古代文史的课。另外，我嘱她不要急于提前毕业，而要以保证论文的质量和水平为第一要义。所以，她入学时是第一届，毕业则拖在第三届之后，前后五年多时间。论文选题方向亦稍有调整，我建议以明清易代或清末民初的关陕文学现象为考察对象。最后，晓喆博士以《清代陕西书院与文学》为题，春艳则以《李因笃文学研究》为题。记忆中从论文开题、双盲评审到答辩，校内外专家对这两个选题都给予了充分的肯定。

但因我个人的学术兴趣和研究重点主要是中古时期的文学与

文化，对明清关陇文学较少措意，故我能给春燕论文开拓与深入的具体贡献很少，而教研室相关老师、西大和师大的相关专家反倒给了她许多切实的指导。她自己也能充分利用地利之便，多次赴富平考察因笃故里，凭吊先贤，不仅获得了许多第一手资料，而且增强了对研究对象的现场感和历史感。这是其他研究者可能忽略的一些方面。

本项研究的学术特点及创新之处，有明教授在序中言之凿凿，评价极高。通讯评议中的专家意见也讲得很好，我不想多重复。借此机会，我想就本研究所涉及的几个相关问题，谈点自己的浅见，希望能引起春燕博士及同道讨论的兴趣。

首先，包括李因笃在内的"关中三李"及其他理学家，除了其理学、实学、史学等成就外，在文学方面也多有建树，但往往因其学术成就遮蔽了其文学的创作。当代学人在对这些前贤的哲学理学成就进行全面深入研究时，也有必要对其文学贡献进行梳理。余英时、莫砺锋等对朱熹的研究，曾枣庄、张文利等对魏了翁的研究，艾尔曼对常州学派的研究，已导夫先路，都具有示范作用。惜乎对关中诸先生的研究，还没有深入到对其文学成就的开掘。从这个意义上说，春燕的研究先着一鞭，会引起大家对"关中三李"及其他明清思想家、理学家和关学家文学成就的关注。

另一方面，学术的分科分途既是研究专门化、精细化的标志，又是一种迫不得已而为之的权宜之策。学界有大成就者，专攻而能有通识的眼光，断代而用非断代的方法。仅以陕西学界来说，已故的张西堂、傅庚生、刘持生、史念海、黄永年、卫俊秀、单演义、朱宝昌等先生均能学究天人，兼通古今，很难以某一个学科来拘限。仍健在的霍松林、张岂之、彭树智、安旗、周伟洲、赵馥洁等先生也均文史兼长、知能并重，在多个领域有杰出贡献。从这个意义上说，春燕所做的工作距离我的期许仍有差距。而作为她的老师，我自己也感到要真正做到会通古今，出入文史，深明中西，统一知行，可能是毕生追求可望难及的一个伟大的目标。这是我自己也包括春燕在内的年轻一代都应该奉为圭臬、毕生践行的一个方向。

明清易代时之山陕，风云际会，也有一大批才士，其中只有傅山、李因笃与外界联络较多，而如李颙终生不仕，晚年自筑土室，闭关明志。很长时间，受流行的史学观的影响，我也将此视为不知变通、不能与时俱进的极端例子。近年来，随着思考的深入，我反倒觉得在那样的时代大潮中顺应、迎应趋势固然是俊杰，是弄潮儿，但敢于逆潮流而动，或者以不变应万变，其实更加难能可贵，特别是在思想文化领域，能保持并坚守传统的价值，沧海横流，我自岿然不动，更是需要极大的勇气。进而言之，从知行二元并重的角度来看，能从辞章之美、义理之真、思辨之通对知进行发明固然重要，但对行的固守、践履其实更是戛戛乎其难哉。按顾炎武的观点，明清易代不过是一家一姓的更替，但清末民初一直延续至今的这次变迁，则是李鸿章所谓的"三千年未有之大变局"。在这暴风骤雨的大变革时期，与时俱谐，随俗雅化，其实还较容易。但若要固守坚持，有自家面目，有本地风光，不迷失自我，则是很痛苦的，甚至是很悲怆的。宋儒陆象山说：吾虽"不识一字，亦还我堂堂地做个人"（《陆象山全集》卷三十四语录上)。说明行的坚守与践履,其实不一定要依赖概念化的知识。在科学主义与知识主义甚嚣尘上的当下,我拈出宋儒的话头作为挡箭牌,不是要以自己的领新标异为难春艳,更不敢为难中国知识界,只是提醒自己,也提醒学界,对知识的无尽追逐是一次无涯之旅,保持自性的澄明,觉人者先自觉,也许更迫切。在学术生产越来越技术化的当代,如何掘发包括关学在内的中国学术的精义,用以温渥并沾溉当代人荒寒的心田,也许更关键。我将这一层意思提出主要是用以自勉,也想与春艳等更年轻的朋友共勉。

是为序。

2011年2月7日农历辛卯年正月初五于爆竹声中

高春艳著《李因笃文学研究》,北京:中国社会科学出版社,2011年

《牛弘研究：隋唐士族文学个案研究》序

留校执教课艺学生二十五年，好像一睁眼一闭眼之间的事。从事研究生培养则更短，只有十多年时间。我自忖指导学生，既无深厚的学殖，方法上也乏善可陈。但有一点反复致意，一以贯之，就是希望学生能博采百家，转益多师，不要囿于师说，老死一地。故许多优秀的本科生、硕士生毕业辞行时，凡征求我的建议者，我总是鼓励他们不要辜负大好年华，趁着年轻，周游列国，遍访名师。从本科、硕士、博士一路上来随我读书，留在我身边工作的学生极少。我能狠下心来把儿子推到域外读书，同样也能横下心让学生们在外面世界打拼。

当然也有个别例外，焦海民君便是其中一位。海民是西大中文系1989级本科生，与雷武锋、高淑君、姜彩燕等同届毕业，我记得给他们班上过一学期的课。海民君毕业后在省电视台工作了很多年，取得了不俗的成绩，忽然又要回校读古代文学的研究生，还真让我有些意外。他是以在职身份读研，工作繁忙，听课、准备论文使他忙碌的生活更紧张。他还经常约我见面，见面又经常让他昔日的同窗雷武锋博士陪同,他们两人都言语俭啬,我的话也不是特别多,故每次相遇,印象中作为陪聊的霍士富教授最活跃,话题也最多,每次都能成为主角,而海民则是很好的倾听者、最配合的观众。

通过海民君平实简单的叙述,知道他对传统文化特别是戏剧、民间美术倾力颇多,他曾与雷武锋博士一起,在学校成立过一个民间戏剧文化的研究机构,看来他似乎有意于此。据我所知,对后来名噪一时的华阴老腔的发掘与保护,他也耗费了许多心血,从中可以看出他执着的一面。

他对牛弘的研究是由赴长武相公村踏勘牛弘墓引起的。大约五年前他曾在自己负责的一个电视专题节目中就陇西安定牛氏与牛弘问题采访过我,我记得我曾浮泛粗略地说过一些看法。后来在确定论文选题时,他坚持要以中古牛氏家族与文学作为研究对象。我与他曾就此反复商讨,最后决定先以点突破,通过牛弘这个个案来管窥陇西牛氏的演进变迁。有关牛氏的资料较少,课题还是有相当难度的。我一直为他捏着一把汗。孰料他的论文初稿出来很快,他虽长期从事媒体采编工作,其文字却似乎有意追摹近代史学大师"宁朴毋华"的笔法,很有特色。答辩时受到委员会诸位专家的肯定和称誉。在目前硕士论文特别是专业学位论文水平普遍下降的大背景下,海民君的这篇论文从选题、结构、材料、方法诸方面均可圈可点。

论文对牛氏家族的演变进行了勾勒,其中指出牛氏在隋唐以来的"偃武修文",证实了我对中古士族演变的一些判断。他对"开皇乐议"事件做了重点论述,对由皇帝任命主持乐制改革的牛弘最后成为失败一方的原因，也做了详细阐释。论文还对牛弘的诗文进行了细致阅读，提出了自己的一些新观点。

尤为重要的是，海民君多次赴长武等地实地考察，不仅有新闻工作者的职业敏感，而且恪守了学术研究的基本规范。在田野考察中，他还对"牛不离槽""牛头不对马嘴"等习语的语源进行了考察，提出了许多饶有趣味的看法。当然，这是海民写的第一部专著，与他熟悉的新闻类著述写法不一样，在资料引用、例证搜集、文献解读与结构编排上，均还有进一步提升的空间。

论文答辩后，海民君投入极大精力对论文进行了充实修改，又耗时一年多时间。去年暑期他告诉我要将论文梓行，嘱我写几句话。因我忙于俗务，一拖再拖，大半年时间又过去了，海民君仍在坚持，并且提出了一些变通的建议。我为其诚挚所感，将他的求学经历及论文撰写过程简明记述，也算是对几十年师生情谊的一种纪念。

是为序。

2010年4月24日草于桃园居危斋

焦海民著《牛弘研究：隋唐士族文学个案研究》，西安：三秦出版社，2010年

《唐代公主的婚姻生活》序

李娜的新书即将付梓，问序于我，我因琐事缠身，拖了很久。李娜毕竟是旧日的学生，不敢直接向老师催稿，只是在短信问安时侧面询问了几次。在校时常常是我催学生交拖欠的作业，斗转星移，孰料几年后，角色变化，老师竟也要赖拖欠不交稿。上天一报还一报，丝毫不爽。

我忝任硕士研究生导师较晚，但也有十个年头了。这期间，共招了六届学生，与一批又一批好学上进的青年才俊砥砺道义，激扬学术，教学相长，其乐也融融。在帮助学生成长过程中，自己也获益匪浅。记得首届入学的几位，何建军已赴美深造，获俄勒冈大学博士学位后被聘在美国一所大学任教，还负责该校一项国际交流项目，工作颇投入。张炳蔚年龄最小，又是跨学科考入，后从党圣元先生读博士，又入北师大做博士后研究并留校任教。邵之茜、窦春蕾两位在职学习，可能是同届中最早被聘为正高职称的。

李娜与田苗、卢燕新、亓娟莉、张筠、杨维琬、赵红等七位算是我的第二届硕士生。他们这一级也颇努力，卢燕新、田苗硕士毕业后分别转从知名学者傅璇琮先生、王水照先生，后又分别应聘到南开大学和西北大学工作，在学术上已露头角，卢燕新的论文后来还获"百篇优秀博士论文"奖。亓娟莉在职攻读博士学位，学成回原单位咸阳师院。张筠也是很有天分和才气的，在一所军队院校工作。赵红回新疆石河子大学执教，支援边疆建设。李娜毕业后回到原单位渭南师院，在紧张的教学之余，倾力于科研工作，申报了多项科研课题，又在原来硕士论文的基础上，广事搜寻，排比资料，重新架构，反复修改，七年磨一剑，形成了十多万字的《唐代公主的婚姻生活》一书。记得她当时提交答辩时，著名学者胡戟、阎琦两位教授就曾对她的选题和开拓颇多肯定，胡戟先生还特别提及她文中举出了几位一般统计中忽略的唐高宗与武则天之女安定公主、唐中宗宣安公主、唐肃宗永穆公主、唐代宗乐安公主，使公主的数量统计更加全面。

李娜对原论文的论题进行了适当调整，将原来论述唐代公主的生活与文学诸方面，集中在婚姻生活方面，论题更加合理。全书分别从公主的择偶标准、公主的婚礼、公主的婚后生活、公主与文学、文学中的公主诸端，在学术界已有的研究基础上，又有不少推进，书末所附公主谱也对前人的成果有所补益，这是应该肯定的。李娜为文谨守规范，书末将参考文献逐一列出，文中凡所引用也能详细标注，表现出学术研究应有的诚实态度。

当然，该书是李娜学术历程中迈出的第一步，不免有稚拙处。本选题要求文史兼长，对她也是一个考验，诚如她所言，多有力不从心处。我希望她能咬住这个题目，不要轻易丢手，在此后的研究中有更多的发现，在学术生涯中有更大的成就。

"冀枝叶之峻茂兮，愿俟时乎吾将刈"，得天下英才而教育之，是孟夫子所谓"人生三乐"之一。我从教二十多年，看到学生一批一批成长，一点一点取得成绩，作为曾授业的教师，喜悦快乐溢于言表也是常情，至于稽之事实，评价是否允当，还要留待读者诸君及同行专家在阅读该书后再进行评议。

12月23日修改于西大长安校区

李娜著《唐代公主的婚姻生活》，西安：三秦出版社，2008年

《唐五代佛寺壁画的文献考察》序

马新广君在原来博士论文的基础上,广事修订,六年磨一剑,撰成新著,问序于我。看到旧日的学生不断成长,在学术上崭露头角,作为他当年的论文指导教师,我乐于说几句话。

2005年秋,新广负笈来陕,从兰州西北师大考入西大古代文学专业攻读博士学位。西北师大与西北大学均源自西北联大,后分立为国立五校,我谓之"一花开五叶"者也。两校分立于秦陇两地,不仅地域相近,学风亦有共同处。记得确立选题时,新广拟就文论或画论中的一些问题进行开掘,我建议他再朝前迈半步,可就画史文献中的一些现象进行深入研讨。我与新广反复商讨,最后确定以《寺塔记》为重点,对文献所见唐代佛教壁画进行研究。新广颇勤勉,刻苦三年,如期完成论文,答辩时同行专家对论文选题的开拓高度评价,对从文献角度搜寻画史资料,从地域角度考察各地佛教壁画的分布特点,给予充分肯定,同时也提出了不少好的建议。

新广毕业后应聘到山西师大，在紧张的教学工作之余，不废著述，不断有成果问世。他在毕业第二年即以该课题申报教育部社科基金项目，顺利获得资助。新广当时告知我，我也为他取得的成绩而高兴。

新广从图像学文献的视角步入唐代佛教壁画研究领域，跨度大，难度也大，唯其如此，创新的意义也容易凸显出来。后来万德敬选择图像学视野中的唐诗传播研究，以明清为重点，也是受此启发。万君开始也有畏难情绪，我即以新广的例子鼓励他要勇于开拓。他由入门的艰难渐入佳境，发现这是一个富矿，可供长期开采，故整天寻奇搜异，乐而忘返。新广圈定的这一研究范围，也可供有才气有毅力的学人进行长期的可持续的开发。

新广对本课题已有初步成果，但可值得深耕细作的空间仍很大，希望他有一个长期的计划，在此领域做出更大成绩。特别是他执教之临汾，介山陕之间，杂秦晋之风，古来为灵秀之地，古迹遗存颇多，新广若能据地利之便，结合当地实际，进行深入研究，会有更大的成就。

西大文学学科，除成长起一大批以创作著称的人才外，在古代文学研究特别是唐代研究方面也广有影响，前贤时彦成就很大，标杆也很高。对包括新广在内的青年才俊们来说，这既是一份荣耀，也是一种压力。其实在人文学术研究中，真正能扶树雅道、传承薪火已不易，要超越前人、光大事业那就更难了。但对于奇伟磊落之才来说，这样的代际挑战是自然的，也是必然的。

我希望新广能不断开拓创新，走向自己学术的辉煌，也为中国学术的繁荣贡献自己的力量。

马新广著《唐五代佛寺壁画的文献考察》，北京：中国社会科学出版社，2012 年

《唐代礼制文化与文学》序

近年来，因工作的缘故，我经常参加各地硕博士论文的评议和答辩，也不止一次参加过文史学科的博士后项目评审。每年的五六月份，是内地高校老师的"农忙"季节，整天疲于应付参加各类答辩，圈子里啧有烦言，但只要看到好的论文，还是让人心情振奋，疲惫与委屈也一扫而去。通过这个环节，对各地学术后备人才培养的整体情况有了一些了解，同时也有机会接触到更多的青年才俊。

于俊利博士就是在这一过程中认识的。记得2010年我应邀在师大启夏苑参加答辩，对她的论文选题印象很深。我素来"未解藏人善"，尤其是对年轻人，便在会上不加掩饰地多所肯定。她的指导老师傅绍良兄乘机向我推荐，俊利毕业刚回到体院，席不暇暖，便又行色匆匆，负笈西大，开始在西大中文博士后流动站的科研工作。作为她的联系导师，我当时建议她沿着唐代礼官与文学这一思路再朝前推进，于是她选择了"唐代礼制文化与文学"这样一个更开放的题目，与前期研究既有关联性又有很大拓展，并用此题目申报了国家博士后科学基金和国家社科项目的基金资助。这两个基金尤其是后者，竞争激烈，获得较难，俊利在学术上刚出道，就能连续斩获，证明在选题上还是有先进性的。

经过四年多的艰苦努力，俊利终于提交出一份厚重的答卷。全书除绪论和结语外，分为上、下两编共九章。上编综论唐代礼仪制度的内涵及背景、礼制与唐代社会风尚及士人心态、礼制文化视野下的唐代文学形态等。下编为分论和专题研究，分别涉及吉礼、凶礼、朝贺礼、巡守礼与文学，还从礼制文化的角度对杜甫"三大礼赋"、敦煌本《甘棠集》进行了新的诠释。我特别看重她在下编中所做的一系列特色性的展开和深化。

如果说上编的内容主要还是综述唐史学界、制度史学界已有的研究成果的话，那么下编所展开的更多的是文学史学人的独特推进。因为有她前期所做的礼官研究成果做积淀，也因为唐代文学研究界有关"历史—文化综合研究"，经过岑仲勉、严耕望、程千帆、罗联添、傅璇琮、郁贤皓、王勋成、胡可先、戴伟华、尚永亮、陈飞、傅绍良等几代学者的不断努力，典范性的成果层出不穷，这些都能给俊利很好的示范，使她能在自己圈定的一亩三分"责任田"中风里来雨里去，辛勤耕耘，没有让土地荒芜，也没有出现水土流失。看着漫山遍野的葱茏与青翠，我知道她付出了自己的艰辛努力，我感到很欣慰。古人所谓"功不唐捐"，洵非虚语。

总括起来说，本书在考察唐代礼制体系和礼制建立的文化环境基础上，对唐代礼制下文人的职事及文学活动做了更多更细的勾勒，较清晰地呈现了礼制—文人—文学在历史脉络中交互影响的复杂互动。作者还从文化与文学的结合点上，考察在吉、凶、宾、嘉、军五礼制度下，唐代文人所特有的从政方式、生活状态及其创作趋向，对唐代与郊祀、封禅、挽歌、朝贺、巡狩诸礼相关的文学现象也做出独到的阐释，尤其是关注到礼制文化背景下文学发展的内在理路与多维价值。全书既有对唐代礼制与文学关系的总体考察，又有从五礼角度进行的系列专题研究，为唐代政治制度与文学研究、唐代文化与文学研究做出了可贵的新尝试，使唐代制度与文学研究这一领域又增添了新的例证，也使人们对唐代礼制、礼俗与文学关联性的认识，从学理性和知识性两方面均达致更深的程度。

俊利虽然在这一课题中做了不少开拓，但这仅仅是她在唐代文学研究领域迈出的第一步。"雄关漫道真如铁，而今迈步从头越"，唐代研究的天地很广大，可值得开拓的领域也很多，即就以礼官、礼制文化与文学这一课题来说，可精耕细作、深入开掘处也还不少，如唐代礼制对文学革新之影响，礼仪制度对唐代文人仕途的影响等，均还可找寻更多的材料以丰富论题。至于朝廷礼制与地方礼俗间，如何借由礼制、礼学进行政治社会秩序的建构与维持，在文学作品中又体现出怎样的线索和现象，这当然更值得进一步思考与梳理。还有礼学、礼制与礼俗之间错综复杂的关系及其在文学作品中的隐约投影，唐代礼制文化与其所处前后时代的比较研究，潜藏在文学作品中的古礼化石在现当代还有哪些孑遗，等等，则有更大的探索空间，也应是俊利今后努力之方向。希望俊利能再接再厉，锐意进取，不断推出有价值的新成果。

于俊利著《唐代礼制文化与文学》,北京:中国社会科学出版社,2014年

《朱熹〈楚辞集注〉研究》序

永明2008年毕业后，回到原来工作的学校，一边上班，一边打磨修订论文，孜孜矻矻，刮垢磨光。又过了六年，始把修订后的书稿呈上，问序于我。这个题目从提出到付梓出版，他差不多花了十个年头。在学术生产只争朝夕的时代，他能坦然示人以慢，咬定一个题目不放松，做到自己较少遗憾，也真不容易。

永明来西大攻读博士学位前，曾师从著名楚辞学家黄灵庚先生，故在确定选题时，我建议他尽量朝楚辞学靠近。楚辞的传播接受长达两千多年，文献汗牛充栋，问题与疑难处如恒河沙数，对于永明确实是一个考验。我们最后确定以一部文献为重点考察对象，或者说从相对独立的一个点来切入。开始写作后，永明很快就进入状态，完成初稿、送外审及答辩各个环节也均比较顺利，永明的辛苦努力得到了大家的认可。

关于本书的学术特色，黄灵庚先生序中有深入的阐发，较一致的看法我就不多重复了，我仅对本书在文献研究上的一些特色稍做强调。

一是对《楚辞集注》版本源流的全面梳理。作者从宋代的晁志、陈录、《中兴馆阁书目》等公私书目,以及《景定建康志》《玉海》等方志类书开始,直到近现代历代书目著作及文献资料中爬梳有关《楚辞集注》的材料,呈现了《楚辞集注》版本流传及存佚的整体情况,对域外刊刻及收藏情况也有揭示。

二是以《楚辞集注》全书为语料,分析朱熹《楚辞集注》的训诂方法、理念及特色。朱熹虽身为宋学的翘楚,却非常重视汉学训诂的成就,他说:"祖宗以来,学者但守注疏,其后便论道,如二苏直是要论道,但注疏如何弃得?"(《朱子语类》卷一百二十九)"某寻常解经,只要依训诂说字。"(《朱子语类》卷七十二)"先儒训诂,直是不草草"(朱熹《答李晦》,《朱文公文集》卷五十九),这一理念在宋儒尤其是理学家中较少见。《楚辞集注》就是在继承汉唐训诂成果的基础上,阐发他的理学思想,既重汉唐训诂,又重宋学义理。

本书的学术创新,首先表现在选题具有开拓性。《楚辞集注》是楚辞学史上的最重要注本,但学术界对其综合研究较为薄弱。本书就《楚辞集注》的成书、版本、训诂、诗学观做了全面的研究,对楚辞学接受史的深入有助益。其次,关于《楚辞集注》成书时间和原因,前贤与今人多强调赵汝愚事件对成书的影响,本书作者指出朱熹本人的经历与屈原有极大的相似性,就是无赵汝愚事件,朱熹仍然会有充足的情感和学术理由来整理研究这部典籍。再次,在诗学观上,作者指出朱熹的"《楚词》不甚怨君"是朱熹对《楚辞》思想内容的一种体认;"《楚词》平易"是朱熹独特的楚辞艺术风格论,这些都是过去被有意无意忽略掉的。

本书是永明君楚辞学研究的处女作。他能坐十年冷板凳，从原典文献出发，通过文献的内证来抉发朱子的微意，这是应该肯定的。当然，在我看来本书也有不足之处，比如说没有能从宋代楚辞学的视野来观照朱熹《楚辞集注》，特别是没有能将洪兴祖的《补注》与朱熹的《集注》进行深入细致的比较研究。又比如，未能联系朱熹在宋学上的整体成就来定位《楚辞集注》的学术意义与学术方法。还有，文献学的研究如何与学术思想史相结合，如何在对文献的梳理中凸显出思想衍生的脉络，如何使文字表述更加直观简明，等等。我认为，这些都是永明君在今后的学术道路上应该不断努力的。

李永明著《朱熹〈楚辞集注〉研究》，上海：上海古籍出版社，2015年

《唐代京兆韦氏家族与文学研究》序

王伟博士的《唐代京兆韦氏家族与文学研究》一书即将梓行，问序于我。因为本书是他博士论文的修改稿，我曾忝列他论文的指导老师，与作者和论文都有些"连带"关系，故乐于做些绍介。

20世纪90年代，我随霍松林先生读书，当时苦于学位论文选题无新意，于是避熟就生，从"地域—家族"的视角入手，选取"唐代关中士族与文学"为题，后来又南下沪上随王水照先生做博士后研究，提交了《唐代三大地域文学士族研究》的报告，一眨眼十多年的时间就过去了。我当时剑走偏锋，有关"地域—家族"的研究也未成风气，更没有后来这样持续的热闹，没料到歪打正着，竟然撞上了这一20世纪学术的大潮流，回想起来，感慨良多。故后来自己指导学生时，也有意识引导更年轻的学人朝这个领域走。其中随我读书且受到我"忽悠"者，王伟选京兆韦氏，邰三亲选河东裴氏，高淑君选江南陆氏，和谈选辽金时期的耶律氏，还有一位硕士选了东平吕氏。他们分别就相关家族个案进行了较细致的爬梳，也有自己的新开拓。

我一直以为，进行中国古代家族或士族研究，选择隋唐时期有很多先天不足，衡之以标准，隋唐士族没有魏晋南北朝士族典型，又缺乏明清及近代家族丰富的谱录资料。前人之所以措笔较少是有具体原因的。至于家族与文学的因缘关系，更让人有"巧妇难为无米之炊"之慨。文学史研究毕竟首先是一种史学研究，胡适先生讲："有几分证据，说几分话。有一分证据，只可说一分话。有七分证据，只可说七分话，不可说八分话，更不可说十分话。"应该成为我们学术共同体的基本守则。在学术研究上，后学者亦如拓荒者，肥美膏腴之地已被先一轮圈地者圈走，他们只能在贫瘠不毛的边疆垦荒。好在他们踏实肯干，又富春秋，假以时日，经之营之，也一定能将学术的南泥湾变成塞上好江南的。

王伟此书共十一章，还有三个附录，近三十万字。全篇以唐代京兆韦氏为中心，梳理其家族文学发展的脉络，探讨社会、历史、地域、学术思潮对家族文学创作的影响，而后在家族文学本位的基础上，用"自下而上"的方式重新审视唐代文学史。作者还提出"层累式"的家族文化建构说，强调具有整合色彩的家族文化观。通过韦氏家族文学个案的具体解剖，来助推中古文学文化研究的不断深入，对古代地域文学研究也具有场景复原和文化再现的作用。

另有一事也很有意思，时下媒体热议家教与家风，跟进者甚多，殊不知这是家族研究的基本套路。古人的高见就不必说了，我在《唐代关中士族与文学》一书中已立专章讨论关中士族教育，还特意用一节篇幅谈家教，引用钱穆先生的名文和陈寅恪先生的名言，并进行引申发挥。王伟书中也辟出一章研究韦氏的家学与家风。而当代社会在先后强调阶级斗争、造反有理、革命专政之后土豪甚嚣尘上，于此之际始祭出家教家风来挽救世道人心，先破后立，不禁让人感慨系之。

当然本研究也存在一些欠缺，如对韦氏家族个案叙述较详，但如何突破固有的家族文学言说模式，创新家族文学研究的话语体系尚需不断努力。又如研究基本停留在整个家族和个别成员，对家族房支内的文化文学活动仍有待进一步的开掘和梳理。

王伟博士正当学术研究的盛年，在本书之前已刊印了博士后出站报告《唐代关中本土文学群体研究》，模糊的学术面孔逐渐清晰起来。希望他能以此为契机，在学术目标上追求"第一义"，既能"照着讲"，又能"接着讲"；既有国际视野，又能本土创新。

中古以降，文运南迁，故关陕地域日渐沉寂，本土人物稀疏。但宋明以迄民国时期仍有张载、韩世忠、康海、李梦阳、冯从吾、李二曲、李因笃、刘古愚、于右任、吴宓、张季鸾等乡前贤，或以德行，或以义勇，或以忠烈，或以艺文，或以技能，彪炳史册，为这一方水土争了不少体面。"风檐展书读，古道照颜色"，21世纪以来，枢机重启，希望王伟这一代年轻的陕籍学人，不仅与时俱进，更能抗志希古，能在故籍神皋中书写出自己的名山事业，始无愧于河岳英灵。我虽逐渐衰朽，但正如锋焘兄所谓，也愿侧身道旁为年轻的选手们做啦啦队。

王伟著《唐代京兆韦氏家族与文学研究》，北京：北京大学出版社，2015年

《〈乐府杂录〉校注》序

亓娟莉是较早随我攻读硕士学位的学生，记得他们那一届有七位同学，在校期间就并肩围绕课题，展开田野调查，出版过一本小书。毕业后天南地北，各有斩获。亓娟莉到咸阳师院任教，后又考回西大攻读博士学位。有过一段教学阅历和感受的人，对于学术的理解也就比直读生别有一番滋味在心头。

亓娟莉懂乐器，识谱，硕士论文围绕《乐府诗集》一书选题。故在确定博士论文题目时，我建议她选择一种音乐文献或乐史文献，做较为深入的纵向开掘。她很快就进入了学术状态，按时完成论文，顺利毕业。又以此课题为学术基础，申报教育部后期资助项目，也获得立项支持。项目完成后她要出书，我建议暂放一下，鼓励她广泛地向各地专家请益。她利用答辩、会议、访学等机会，向西安、北京和台北等地的音乐史家求教，特别是2015年春，负笈台岛，随台大沈冬教授做为期三个月的访问研究，回来后感到眼界开阔了不少，获益很多。

本课题以北宋《乐书》、明抄《说郛》等对唐段安节所撰《乐府杂录》进行校勘整理。同时注意考索段氏生平事迹，梳理《乐府杂录》的版本，校正了今传文本中的不少讹误。附录部分还收录了诸家评议，《乐书》本《乐府杂录》，《类说》《说郛》二种《琵琶录》，又从北宋及日、韩古籍文献中采录了相关图片，形成集校勘、注释及资料汇编为一体的《乐府杂录》新读本。

音乐文献的校勘整理，资料错综，涉及面广，专门性强，所以难度甚大。就唐代的音乐文献整理而言，任半塘先生《教坊记笺订》是20世纪唐代乐府文献整理的重要成果，举世公认。唯文献价值不在《教坊记》之下的《乐府杂录》，目前尚无集校勘、注释为一体的专著。亓娟莉博士初生牛犊，不畏艰难，继先贤之余绪，博采诸家，广搜精引，又集段氏事迹、诸家评议等勒为一编，实有功德于段安节。

文献整理关涉到版本之鉴别梳理、异文之去取按断等诸多方面。亓娟莉注重稽检考索，查正补缺，如《歌》部载及将军韦青，旧本作"尝有诗：'三代主纶诰，一身能唱歌。'""尝有诗"可以理解为韦青自己所作诗句，亦可理解为他人所作。而校补为"尝自有诗云"，虽仅两字之差，却可以完全断定此二句诗为韦青本人所作。作者还发现，全书记载唐代人事、时间，诸帝均记年号，唯武宗朝不记年号，而代之以"武宗朝"，乃以段安节祖父名段文昌，而武宗年号会昌，避家讳故也。这些细微之处极易被忽略，而亓娟莉却能以女性学者的敏感和直觉，于精研细读中发覆探隐，廓清争议。

本书还能详前人所略，略前人所详，对前贤有争议或生僻之处不避繁难，详加校注。如段录唐乐部部分，相对《雅乐部》《清乐部》等乐部，《熊罴部》要冷僻得多，且仅见于《乐府杂录》记载，而作者对《熊罴部》的注释也较其他详细，征引《通典》《册府元龟》等古籍资料，详解其形制，并附所摄熊罴案乐图。又如乐器部分，相对琵琶、笙等习见乐器，银子管、击瓯、方响等相对生疏，作者一方面搜集相关史料，另一方面插配相应古乐舞图片，图文并茂，使阅者一目了然。

亓娟莉沉潜于乐史研究有年，刮垢磨光，孜孜矻矻，不可谓不努力。唯中古时期音乐文化的全貌已失，后人多管中窥豹，执乐史化石以考古代音乐生态，戛戛乎其难哉。就《乐府杂录》的研究而言，若能对出土文献多加利用，想必还会有更多发现。另外，作为隋唐燕乐活化石的西安鼓乐，敦煌文献中的《望江南》等多首曲牌记录，学界研究者也已取得很多成果，是否对《乐府杂录》的校注研究有帮助，也需要作者关注。还有，对边疆地区和域外地区汉籍音乐文献的搜求与音乐实践的考察，或许也对文献的订正不无裨益。目前学界对《乐府诗集》和乐府学的研究正在不断拓展和深化，如亓娟莉能细大不捐，广搜博采，假以时日，或许会有更多收获。

说来也汗颜，我自己五音不全，从未沾丝弦，仅仅对中古文献有些兴趣。当年亓娟莉博士论文能顺利通过，也是依靠包括西安音乐学院专家在内的许多乐史专家的把关打磨。亓娟莉现在不断进步，奉献出了她的新成果，而我仍是乐盲，只能在看到热闹处为她拍拍手。她的这部书稿即将付梓，会为她争取到更多的请益学习机会,也会使她的成果得到更加广泛的批评指正。

谨为序。

段安节著,亓娟莉校注《〈乐府杂录〉校注》,上海:上海古籍出版社,2015年

《振叶寻根：河东人物丛考》序

万德敬君籍隶燕赵，曾随著名学者詹福瑞先生在河北大学读硕士，毕业后选择了河东，在运城学院任教。2010年秋以专业总分第一的优异成绩考入西北大学，跟着我攻读中国古代文学博士学位。万君要比应届毕业考入者年龄大些，故特别能珍惜时间，入学后焚膏继晷，孜孜不倦，读书得间，盈科而后进。每次与我见面，都密密麻麻准备了许多问题，刨根问底，没有满意的结果绝不罢休。

还记得去年春天刚开学，他风尘仆仆从运城赶来，一见面又是一连串问题。我当时打断他的话反问：是否去汉长安城、唐大明宫、楼观台、曲江等遗址进行过实地考察？他回答说来校忙于读书，一直没有时间去。我调侃他说，你从河东到长安，要首先观上国之光，虽说宫阙万间都作了土，但遗迹班班，实物尚存，登临凭吊，不仅能获得第一手数据，而且能增强现场感，捕捉住历史的精气和真粹。春天不是读书天，还是多跑跑田野，读一读这册存留在天地间的无形大书吧。

我当时那样讲是故意激他，也是想点破他的过分执着。但事实上，万君在运城学院工作期间，已注意到充分利用乡邦文献和出土文物，辅以实地考察所得，形成研究课题。去年底，他将二十多万字的《河东人物丛考》书稿交来，还着实让我吃了一惊。

全书主要针对柳宗元、吕洞宾、关羽、王含光、裴镜民五位河东历史人物进行了详细的考证，并将大诗人李白也纳入河东文化的视域中进行研究，视角独特。此外，还涉及诸多籍隶河东和仕宦河东的人物，仅唐代的就有王绩、宗楚客、裴旻、裴延龄、裴度、裴行立、裴均、裴堪、董晋、马燧、浑瑊、颜真卿、李晟、关播、吕温、吕恭、李程、独孤申叔、阳城、王仲舒、卫次公、马存亮、陈茂等。这些人物与河东文化的渊源都有进一步探讨的必要。

其中柳宗元篇侧重讨论了柳宗元的交游问题。同时就柳宗元戚属、父执、友生等与其关系密切的人物的健康及年寿情况进行钩索，这对解读子厚的文学作品和生命体验是非常重要的。该篇还就柳宗元对李白诗歌的接受与传播进行了独特的梳理，对柳宗元诗歌中的"惊风密雨"发覆探隐，精心解读，这些都把相关论题引向深入。

吕洞宾是中国文化史和道教史上一个妇孺皆知的箭垛式人物，唯其如此，才使得对这个人物的还原、阐释工作变得非常有意义。作者在书中就吕洞宾写了四篇文章。对吕洞宾这个仙化人物进行文化学的阐释，颇能切中肯綮，对道家文献的解读也非常专业。

关羽是中国文化里的一个重要因子，也是谈河东掌故必称道者，但是很少有人注意到唐德宗君臣对于关羽崇拜起到的作用。作者认为在中国古代帝王崇拜关羽的系列中，唐德宗无疑起到了开先河的作用。

李白研究历来是个热点，但将其置于河东文化的视域里来研究则是一个新颖的学术视角。书中收入《李白与河东裴氏交游考述》《河东历史文化对李白的滋养》《李白在晋南的行踪探析》三篇文章，可见作者对河东文化的熟稔和对李白的厚爱。论文先后在中国李白学会的年会上宣读过，曾受到李白研究界资深专家和与会学者的热切关注。

王含光是明末清初名不见经传的一位诗人，作者将其与唐代诗学联系起来研究，抓住王含光宗杜、学杜的良苦用心，通过诗歌作品分析，知人论世，把明末清初的板荡呈现出来，揭示了其诗歌的"诗史"性。

纵观全书，围绕不同历史时期的河东人物进行考证，文史结合，材料丰富，方法多样，新见迭出。当然，有些考证稍嫌琐细，与学界的互动不太密切。但这种扎实的文献训练，是学术上的基本功，从事古典研究的学者要在学术研究上有大成就，这是必由之路。

德敬君在学术研究上积累厚重，思维敏捷，在相关领域已有了稳定的方向和不断深入的课题，相信他会在不久的将来给学术界奉献更大的惊喜。

河东自古为龙兴之地，王者之迹，圣贤遗踪，依稀可见。河岳英灵，氤氲而为浓厚的人文气息。多年前，我因关注中古士族而颇多留意河东风物、裴村地望，惜乎一直未能实地考察过。这是万君反过来可以调侃我的。唯近年来随我游学的几位山右才俊，对河东门第家族、地域文化的研究越来越专门化，也越来越深入，补我之不逮处颇多，学术的薪火就是这样越烧越旺盛，这是做老师的最大的欣慰。

万德敬著《振叶寻根：河东人物丛考》，北京：中央编译出版社，2012年

《明清唐人诗意图文献辑考》序

万德敬君与和谈君丁2010年9月开始在西北大学攻读博士学位，4月中旬入学面试时我因公干出差在外，返校后参加面试的几个教研室同事向我祝贺，夸奖他们两位基础不错，都是读书种子。万德敬的博士论文题目为《明清唐诗诗意画的文献辑考与研究》，现在将"唐诗诗意画"改为"唐人诗意图"这个概念，与当初略有差别，这是他长期积累和思考的新认知，我尊重他的意见。

记得在万德敬毕业之后，我们还曾讨论过如何界定诗画因缘这种艺术现象，以及"唐诗图绘""诗意画""诗意图"等三个概念的细微差别。他在检索明清迄今大量的绘画文献基础上发现，美术领域更多的是使用"诗意图"而非"诗意画"这个概念，故而从之。

原论文分为文献辑考与理论阐释两部分，本书从其中析出文献辑考一部分。仅就这一部分来说，内容在当初博士论文基础上又有很大的增删损益。比如删去了很多似是而非的唐人诗意图。又比如，一些画在陶器、瓷器、铁器、木器上的唐人诗意图书中没有收录，这当然有他自己的考虑，相信万德敬会在以后的岁月里还能进行更为全面的辑考。

全书对200位唐代诗人的890多首作品在明清时期300多个画家那里的诗意图创作进行辑考，辑考出1670余幅画作，当然有很多作品在历史上已经散佚。同时又对740幅作品的创作进行较为确切的编年。工作量非常大，也有相当大的难度。比如画面上的题字有的非常模糊，有的字体是草书，有的是篆书，辨识这些题字是否为唐诗，是一项非常繁琐艰难的工作。这项工作要求研究者既熟悉唐诗，也要具备一些书法常识和绘画题款常识，几个方面缺一不可。明清时期的画家们的文学素养参差不齐，由于诸多的原因，他们的题字与唐诗往往略有出入，这也为甄别工作带来了一些难度。万德敬对画面题诗做了力所能及的校勘，显示了唐诗文献学的基本素养。

明清唐人诗意图文献辑考是研究唐诗传播的一个重要的领域，它的受众是非常广大的，有帝王将相，也有才子佳人，还有田夫野老，当然随着唐人诗意图的漂洋过海，也会有很多域外人士在品鉴图画的同时也在体味唐诗。

在万德敬完成博士论文前后已有一些单篇论文或学位论文对唐人诗意图做过一些文献辑考的工作，但或囿于某一个历史时期（如明末清初），或限于某个诗人（如李白或杜甫），或限于某个博物馆（如杜甫草堂）。我过去也关注过与唐代园林有关的王维辋川诗意图以及卢鸿一的草堂图。美术史上从宋元迄明清持续几百年间对唐代绘画包括诗意画的临摹、复制、改绘，与宋元明清时期的绘画创作互相呼应，但缺少针对整部唐诗在明清两朝500多年的历史时期诗意图创作的文献辑考。从这个意义上说，万德敬所做的工作是具有拓荒性的。

当然，本书也有不足之处，如书中的个别诗意图来历不明，还有一些未能交代馆藏或著录文献。

万德敬在2013年6月完成博士论文后，又开拓出明清艺术家和文人别集董理的学术空间，已经出版《袁凯集编年校注》，《徐渭集笺注》也获评国家社科基金重点项目。表面上看，这是几个分别独立的课题，但在我看来，这几个项目实际上互相关联，密不可分。徐渭既是大文学家，又是大艺术家，万德敬在专项研究告一段落后，很快又转向对专书的校注和编年，由博返约，出对时代风尚的预流转向对旧学根柢的守护。在更年轻一代朋友身上，我看到了华夏学术薪火的弘传，希望他能利用学术盛年，做出无愧于时代的更大成就。

2023年4月20日于长安寓所

万德敬著《明清唐人诗意图文献辑考》，北京：九州出版社，2023年

《耶律楚材家族及其文学研究》序

和谈与万德敬同一年攻读博士研究生，他俩都有一定的教学科研实践，基础较好，入学时都受到老师们的肯定。和谈的毕业论文完成得不错，同行专家的匿名评审给予充分肯定，后来还曾获陕西省优秀博士学位论文奖。毕业十年后，他经过反复充实打磨，始将修订后的论文付梓，并嘱我撰序绍介。

回忆当时确定博士学位论文选题时，我想他在边疆地区工作，有地利之便，故建议他可否从这方面思考一下。他对"地域—家族"研究情有独钟，且当时正承担星汉教授的国家社科基金重大课题"《全西域诗》编纂、整理与研究"子课题任务，对契丹耶律楚材家族有所关注，想从这方面入手进行深入研究。我认为这是一块学术研究的富矿，将来会有大的创新成果，就同意他的设想，鼓励他开创自己的学术领域，并建议他今后在博士学位论文的基础上拓展做整个契丹文学的研究。他在校期间以"《耶律铸集》点校、辑佚与研究"为题申报了全国高校古委会课题，获得立项支持，为他学位论文的撰写提供了学术支撑。

契丹的先祖崛起于草原，是一个以游牧为主的民族，在晚唐五代混乱之际，南征北战，东讨西伐，开疆拓土，雄霸广袤的东北和西北地区，建立与北宋并峙的政权——辽朝。辽为金所灭，又有耶律大石在西域建立的强大西辽政权，统治西域近百年，以至于俄语称中国为"Китай"（音同Kitay，契丹），可见其影响之广。该族群中高尚气力者不知凡几，但文学家族较为少见，能取得很高成就、在文学史上产生较大影响者更少。耶律楚材家族为契丹皇族支脉，累世官居高位，在历史上具有较大影响，其家族成员通契丹语、女真语、蒙古语、汉语等诸种语言，不仅创作汉语文学作品，而且有译作。其家族文学是契丹文学的代表，是中国古代文学的重要组成部分，也是构成中华民族文化共同体的重要支撑。

基于这样的基本认知，本书对耶律楚材家族的世系、多民族婚娶、多语学习与创作、儒学教育、地位与心态等情况进行梳理和考辨，对其家族成员的诗文作品进行全面核查、辨析、辑佚，考察其祖上汉语文学创作的演进，梳理契丹文学发展的线索，对其家族在不同地域的活动及文学创作进行考辨，从一个侧面揭示中华文学多元一体的特征。

本书的学术创新主要体现在以下几个方面：首先，具有跨学科和交叉学科的视野。书稿既立足契丹文学研究，又旁涉契丹民族、历史、教育、语言、文献等方面的研究；既有综合研究，又有个案研究。其次，酌采"地域—家族—文学"的研究方法。将人物、时间、空间联系在一起，考察耶律楚材家族活动地域与文学创作之关系，考辨前人争论而未曾解决的问题，补充史书记载的不足，在诸多方面有所突破和创新。再次，以少数民族文学研究为本体，综合考虑汉文学及汉文化的影响，因而研究结论具有创新性。书稿通过对耶律楚材家族文学的研究，揭示出契丹文学既独立发展又有机统一于中华文学的进程，对中国少数民族文学和古代文学研究具有一定的启发和借鉴。

本书选题先进，且开拓颇多，可圈可点处不少，前面已经列举了一些。和谈在完成学位论文后，并没有满足于已经取得的成绩，而是咬定这一课题，继续向纵深开掘。他在耶律氏家族文学的编年以及别集笺注方面继续深耕，2014年获批国家社科基金一般项目"契丹文学史"，2020年从武汉大学文学院博士后出站，博士后出站报告亦与契丹文学相关。2022年，又获得主持教育部重大课题攻关项目"契丹文学文献整理与研究"，项目已经开题，相信他和他的团队会奉献给学术界新的成果。

当然，和谈是民族文学研究领域的新秀，本书也有一些不足，答辩专家当时提到了一些，和谈自己也意识到论文对文学的研究有待深入，对于耶律楚材家族主要活动地域的文学活动也可以再拓展。

在我看来，这些固然属实，但还是一些技术性的问题，相信他今后都能够解决。我比较关注的是中古时期，辽阔的内亚地区农耕民族与草原民族多元共存，群雄竞争，旋转舞台上不断转换主角，契丹何以能突然崛起？在辽宋军事对峙的背景下，文化与商贸仍能持续进行，耶律氏在军事上虽然不断拓殖，不轻易服输，但在文化上却崇尚、认同、学习以儒家文化为代表的中华文化。换言之，辽宋军事斗争属实，但文化交融、契丹人向慕华风也属实。这一文化策略对金、元等朝也产生了重要影响。这一微妙的文化背景，对耶律家族的文学接受、文学创作有何影响，是否还有进一步探讨的空间？另外，现存的契丹大小字文献，与汉文文献之间对应关系如何？其文化交流转换机制是如何实现的？这些问题，都需要和谈与他的团队成员来回答。

和谈正值学术盛年，学术发展空间很大。他当年选择返回新疆大学，建设新疆，与我的老同学苗普生兄有类似处，但学术上能否赶上甚至超越苗普生，这需要他用自己的学术实绩来回答。和谈除了自己的教学科研本职，还兼学校的一些管理工作，这与我当年所陷困境也类似，如何能够更主动、更从容、更智慧地投身到自己的兴趣所在，取法乎上，追求卓越，达到年轻一代学人应该达到的学术高度，也要看他自己的学术悟性和文化情怀了。我当然希望他能够贞定当下，多几分散淡、智慧和通透。是所望矣。

谨为序。

2023 年 7 月 14 日

和谈著《耶律楚材家族及其文学研究》，北京：中国社会科学出版社，2023 年

《生态文化视野下的唐代长安佛寺植物》序

　　早娟从陕西师范大学博士毕业后，来到西北大学中文博士后科研流动站从事博士后研究，我忝列她的合作导师。在确定博士后研究工作的选题时，考虑她已完成《唐代长安佛教文学》一书的写作，基于这一先行研究背景，我们商定以唐代长安地区佛寺的景观与植物为考察研究对象。她现在呈现给学界的这部《生态文化视野下的唐代长安佛寺植物》，就是在其博士后出站报告基础上几易其稿，反复修订，最后形成的。我前几年忙于学校管理琐务，自己操刀的具体项目较少，所以每看到学界同行与年轻朋友的新成果，辄喜不自禁，胜似自己的收获，对于早娟的新著我也有同样的感受。

　　文学与植物学是一个既古老又年轻的课题。《诗经》与《楚辞》中大量的植物名称与丰富的植物学资源，很早就引起学界的关注。三国时吴地学者陆玑，曾著《毛诗草木鸟兽虫鱼疏》二卷，专释《毛诗》所及动物、植物名称，有学者统计该书共记载草本植物80种、木本植物34种、鸟类23种、兽类9种、鱼类10种、虫类18种，共计动植物174种。对每种动物或植物不仅记其名称（包括各地方的异名），而且描述其形状、生态和使用价值。元代学者徐谦《诗经传名物钞》，清人徐鼎《毛诗名物图说》、陈大章《诗传名物集览》，日人冈元凤《毛诗品物图考》，当代学者扬之水《诗经名物新证》等，都是对这一领域的继续开拓、后出转精的成果。关于《楚辞》的植物学研究，除朱熹《楚辞集注》、洪兴祖《楚辞补注》外，清人吴仁杰已有《离骚草木疏》。当代台湾学者潘富俊以植物学专家的学术背景，进入这一领域，先后奉献了《诗经草木图鉴》《楚辞草木图鉴》和《唐诗草木图鉴》等成果，并在此基础上整合出皇皇巨著《草木缘情：中国古典文学中的植物世界》，提出文学植物学这一新的学科构想。我在这里不厌其烦地罗列这些成果，一则是想说明这一领域已有相当的学术基础。另外，也是想为早娟所做工作正名，说明其工作的学理合法性。

当然，早娟的新创获，并非是以上成果的简单延伸，更不是同样学术模板的依葫芦画瓢，简单复制。早娟将研究对象放在更广大的空间——佛寺，而不是某部纸本文献，研究对象具有了更多的复杂性和不确定性。她念兹在兹的"生态文化视野"不仅关合佛教文化的某些精神层面的东西，而且直指当下，积极为全球化的生态文明建设找寻学术资源。这样，我对本书的评介就除了师生的私谊外，也含有为此大道张目的微义。此外，本书还有如下几个值得肯定的方面。

其一，调整研究视角的新的尝试。研究对象之于研究者而言，确乎是"横看成岭侧成峰"的，变换观察的角度，就会有新的发现。中外有关唐代文学的研究，内容驳杂庞大，切入点亦各不相同。近年来，在各类研究视野下，产生了诸多颇有见地的结论及心得体会。

早娟的这部新著运用生态文化的视角，研究唐代历史上与园林有关的文学作品，这是一个较新的思路及方法。在研究对象与研究方法的结合上，需要的是努力，只有足够的付出，才能有所斩获。早娟博士的研究是建立在对研究对象的整体分析及对学界相关研究进行全面把握的基础上的，这显示出了一位研究人员应该具有的专业素养和学识。

其二，园林研究的不断深化。《生态文化视野下的唐代长安佛寺植物》一书能够做到将佛教生态理论与实证相结合，揭示出了唐代佛寺园林生态反映出的文化内涵和佛教理论对佛寺园林植物栽培的指导意义。

园林植物与山野植物之不同在于，前者表现出更多的人为意志，人的拣择、人的精神、人的期盼更多地投入其中，形成其独具特色的美。宗教园林更是需要通过植物表达其宗教诉求。佛教源于印度，汉代官方正式引入中国，始有佛寺，此期佛寺不重林木设置；魏晋时士大夫舍宅为寺，虽有林木，却少了几分佛教特色；隋唐时期是佛寺园林中国化的重要时期，佛寺园林独具特色，文人与佛寺之间多有互动，佛寺园林为文学的生成提供了重要场地，也成为文学表现的重要对象。这个时期的园林文学是对园林植物构成的忠实全面的记录。解读园林文学中的生态文化内涵，能够推动唐代园林研究走向更加深入的境地。

其三，文化空间叙述的新创获。唐代长安是丝绸之路的起点，丝绸之路上的植物交流与佛教关系密切，多种植物由于佛教的因素经丝绸之路输入长安，它们大多数被栽培在佛寺园林中，因此，研究唐代长安佛寺园林植物的构成具有重要的中外文化交流意义。在新丝路开辟的今天，以丝路起点长安为时空的这类扎实的基础研究，无疑将会为方兴未艾的"一带一路"倡议提供更多的学理参考。

本书的优点很多，特色也很多，我这里不过择其荦荦大者，略做介绍。当然，本书也有不少值得进一步拓展或继续深化之处。比如，作者在论述中仅仅涉及了佛寺园林中的植物，未能将其他生态要素如动物、水域纳入研究视野，从生态学的结构上说是不完整的。另外，关于佛寺植物的比较研究，魏晋南北朝佛寺、宋元明清佛寺植物与唐代佛寺植物的异同，南方佛寺植物与北方洛阳、长安佛寺植物的异同，进而言之，中国佛寺植物与日本及东南亚的泰国佛寺、缅甸佛寺植物的异同，等等，可供开拓处仍很多，希望作者不仅将此作为一个课题，而且作为未来的一个研究方向，继续耕耘，不断奉献新成果，也使这一论题不断深化，不断完善。

以上是我的一些粗浅认识，未必允当。早娟的新著出版在即，除了向她表示祝贺外，也希望她能够继续努力，在佛学生态学领域取得更多的成果。因为旧学新知的不断商量涵养、发现发明，既是自家智慧的展示，也是有益于众生的一桩大功德。

王早娟著《生态文化视野下的唐代长安佛寺植物》，西安：西安电子科技大学出版社，2017年

《唐代教育与文学》序

郭丽副教授的博士论文修订稿即将出版，问序于我。按理说我应该婉拒，因为这篇论文主要是由卢盛江先生指导，我无尺寸之功。之所以还愿意再次拜读并做点绍介，一是郭丽曾随我读过硕士研究生，二是我当时曾担任她博士论文的外审专家，故我乐于写几句话，向学界推荐。

郭丽对学业的踏实认真，我至今记忆犹新。我记得她硕士毕业那一年，既要写论文，又要准备考博，寒暑假都没有回家，住在学校的宿舍备战。西安的冬天寒冷，夏天奇热，她能克服这些困难，很好地完成硕士论文，顺利地考取南开的博士研究生，成了我随后每年教育新入学研究生的典型材料。

盛江兄序中提及的一点，我也非常赞同：学生基础不好的，担心论文做不出来，毕不了业；学生优秀的，担心自己的能力不能够帮他们提升一步，才能不能得到充分展示，特别是担心不能找到能发挥他们才能的好的平台。我自己也忝列导师多年，故很能理解卢兄的这种真诚而复杂的心情。我先后将自己的多位优秀硕士生推荐给境内外的名校名师，也是出于同样的心理。我将学生毕业比作嫁女儿，娘家太寒微，又没有体面的嫁妆给女儿添置，父母的心情也不好。即便女儿嫁入豪门，但小日子如过得不好，做父母的也没有什么值得夸耀。当然，衡之以现代伦理，我和卢兄的想法都太迂腐，太落后。从现代人权观念来看，连儿女都不是父母的私有财产，更遑论仅仅授业的学生？但我想华人的父母和教师都会很纠结，因为我们的传统牌位上，除天地君亲外，还有师道一伦。故无论是成家的儿女，还是早已毕业的学生，仍难免让我们牵挂。

郭丽还有一个优点，就是勇于任事。卢老师序里提及的帮他办唐代文学年会、在首师大帮相洲兄办乐府学会，这些我都是旁观者。但她为唐代文学学会秘书处的工作多年来与教育部、民政部反复联系，上传下达，不厌其烦，花费了许多时间和精力。由于全国性的学会是跨地域跨单位的，秘书处的同人均兼职，没有办法在单位记工作量。他们与部委的对口单位联系，人微言轻，门难开、人难见、脸难看是常事，郭丽任劳任怨，从没有诉过苦。

本文是郭丽十一年前的成果，她没有在毕业后很快推出，除了教学科研工作的紧张繁忙外，按我的理解，也是给自己留出时间，比较从容地打磨修订。我结合自己看初稿时的印象，谈谈自己的阅读感受。

以唐代教育与文学的关联性作为研究课题（包括学位论文的选题）进行深入开拓是一种富有理论意义和实践价值的积极尝试，近年来在海内外偶有所见，各具胜义，如高明士先生将唐时的整个东亚教育视为整体进行考察，刘海峰先生从科举制度史进行梳理。本论文所构建的体系与所进行的开拓，在广泛吸收已有成果的基础上独出机杼，守正创新，大处着眼，小处下笔。从章节设计到具体内容的论述均有新意，主要表现在：

拈出唐代教育资源社会化作为关键词进行立论，并将其与文人群体的扩大化、文学的繁荣发展建立事实与逻辑的联系，在很大程度上巧妙地回应了唐代文学之所以繁荣兴盛的时代问题。教育资源的普及、教育受众的增加、诗赋教育的下行，与文学的盛唐气象秘响旁通，这显示出唐代文学研究的不断深入，在细致化、专门化的道路上又对学术史上的大主题不断回应。

《唐代教育与文学》一书上编就唐代教育思想与文学、唐代经学教育与文学、唐代文学教育的深入发展、教育内容在创作中的印迹等论题，广事搜罗，爬梳整理，有分析，有阐发，史论结合，抓住了本论题的主要内容。下编内容更加精彩，分别就童蒙教育、女性教育、留学生教育、书院教育与文学建立联系，搜集新材料、解决新问题，为唐代文学研究开拓出许多新的领域。

本文对相关材料进行深入处理，从量化的层面进行统计，不光显示出方法论上的特色，而且使其立论建立在坚实的基础上。作者还娴熟地运用比较的方法，文学与教育、官学与私学、中原与敦煌、留学生与本土士人，在在都进入作者比较的视域中，移形换步，光景常新，但又都紧扣全文的论题。

总之，本文选题有新意，对本学科的基本文献和相关领域的成果有较好的综述和引用，资料富赡，涉猎广泛，方法多样，运用娴熟，且能尊重已有成果，引用符合规范，是一部颇多开拓的作品。郭丽毕业那一年，全国优博论文评选已经停止，但学校推荐参加天津市优博论文评审，顺利入围。这也从另外一个侧面说明，大家对其论文开拓的肯定。

当然，其也有一些可进一步深入讨论之处。比如，唐代士庶所受教育有何不同，对其创作又有何不同的影响？从时间上说，唐初到中晚唐教育有变迁；从空间上说，关中、山东、江南三大地域不同，对教育的重视也不同，这些差别是否也投射在文学创作上？另外，文中从正面肯定唐代教育处极多，但按照教育史家的看法，唐代教育也有明显的弊处，对后代也造成持续的影响，作者对这些看法似应该有所回应。还有，原稿篇幅较大，修改稿压缩并不多。近几十年陕西、河南新出土文献极多，作者应该注意搜罗与运用。

郭丽在学术上已有很好的积累，本文也说明她能厚植学养，勇于创新，以她的勤奋踏实，相信在未来的研究中会有更多的新创获。作为曾经给她教过几节课的老师，我希望郭丽和她这一代年轻朋友对学术和人生都能有更通透智慧的理解，也有更全面圆融的践行。

郭丽著《唐代教育与文学》，北京：中国社会科学出版社，2021年

《文心见园：唐宋园林散文研究》序

小奇的新著即将付梓，嘱我撰序绍介。我拖了一段时间，一直拖到出版社所能容忍的最后期限。

本书是在她博士论文的基础上修订定稿的。该论文从酝酿选题、开题、中期考核、预答辩到正式答辩的每个环节我都知晓，对论题及所写内容也不能说不熟悉。但是，我总想把我对园林文化的一些最新思考告诉她，也希望本书的出版不仅是她对过往求学经历的总结，而且也能够成为她步入学术共同体的入场券。无奈目前我的想法也很零散，甚至闪烁不定，故序文无论迟早完成，都可能是一种未定状态。

据我的理解，一般流行的研究生选题，大体分为以下三类：其一，导师的研究范围及研究课题；其二，研究生本人的兴趣及擅长；其三，师生共同感觉到的一些值得研究的重要问题。本文的选题应该属于其一和其三，既是我的研究范围，也是我们感觉到的一个重要的学术问题。我虽然在中古园林文化研究领域起步较早，但进展很慢，成果较少，乏善可陈。不过，我很早就带学生进入此领域，截至目前，已经有十多位硕博士研究生及博士后以古代园林文化和文学作为学位论文和工作报告的选题。

当前的古代园林文化研究有点像我们方兴未艾的城乡接合部的开发，点的突破不少，但缺乏总体规划，热点话题难免重复雷同，一些基础理论问题，却多视为畏区，不愿意接近。这种状况在其他学科中也有，但在园林文化领域更为突出。原因很多，其中最为明显的则是，进入此领域的有建筑理论和历史专业的，有园林园艺专业的，有设计专业的，有艺术理论和艺术史专业的，也有文学史和断代文学专业的，还有历史学和文献学专业的，可谓理工农文史艺，都从自己的专业出发，奔向这块学术热土来淘金。对多个学科交叉地带或边缘地带的关注是一件好事，不同学科的学人集中攻关，把脉会诊一种病灶，也有利于解决问题。但是，仅从自己的学科看问题，"不识庐山真面目"也就不奇怪了，出现雷同撞车以及低水平重复也就在所难免了。我和小奇的专业背景都是古代文学，是从文学史和断代文学的视角切入，故有我们的优长，也有我们认知的盲点。小奇的清醒处就在于，她始终将此课题放置在一个文学背景的学人所能掌控的范围内，而这又是相当部分文学史同行所忽略的问题，所以使选题和讨论的内容新意盎然。具体体现在如下几个方面：

首先，拓展了唐宋散文的研究视野。本书著者抓住园林建构和园林活动催生园林文学作品这一重要学术问题，从唐宋园林散文角度切入，观照唐宋文人园林审美、园林传世意识在文学创作中的反映，揭示园林卜筑、花木栽植、游宴、读书抚琴等园居生活对文人创作的影响，探究园林发展与文人、文学、社会之间的关系，展现出园林与散文两股清流交汇而激起的异彩纷呈的艺术浪花，呈现唐宋园林散文创作的文化景观，大大拓展了古代文学研究的视野和领域，为文学开拓了阐释的新空间。

其次，通过文献整理，辑录园林史料。作者从唐宋文中筛检出园林散文共九百多篇，并以表格呈现，厘清了园林散文的文献底数。这些整理出的大量园林文学文献可为造园理论、园林艺术的深入研究提供可靠的第一手资料，体现出唐宋时期造园艺术在叠山、理水、花木种植、建筑、铺地、园林小品设置等方面的极高成就，有利于澄清以往园林史家的某些陈陈相因的观点，具有重要的园林文献价值。该书将文学作品与史书、笔记中的资料相结合，运用数据分析，将整个唐宋时期的皇家园林、私家园林、公共园林、寺观园林、官署园林的数量、地理分布、建造情况、园主信息等具体而清晰地呈现出来，全面勾勒出唐宋时期园林发展的状貌，弥补了当下园林艺术研究偏重明清时期而忽略唐宋时期的资料不足，拓展了研究的空间。

第三，标举园林散文，凸显文体意义。该书将园林散文的发展演变置于整个园林和散文发展的历史长河中，考察园林散文随着园林而复线发展的过程，梳理总结出随着记体文的发展，园林散文从多元文体选择到以记体为主流的发展规律，从文体学的角度研究"园记"在中唐创体、宋代立体的文体嬗变过程，强调园林散文的园林特性，提出了园林游记和山水游记同为游记中的次文类，不可混同的观点。进行文体研究，既有宏阔的视野，亦有见微知著的微观论证。

第四，展示个人体验，发挥阐释效应。文学史归根到底是生活史、心灵史,作者将园林散文的研究回归到唐宋时期的园林生活空间和心灵空间,作者对园林建造之不易、建园者的人生际遇、园林景观的阴晴晦明之姿态、园居空间中人情世故之冷暖等都有着独特的心灵体验,对生活和生命的体认细腻而深刻。阅读这本书就是跟随作者一起参访唐宋时期的一座座园林,回望那个遥远历史时空中的生活瞬间,倾听园林主人的真实心声。正因为此,该书规避了学术著作的枯燥和乏味,理性分析和感性体悟有机绾合,个性化的语言表达优美流畅,典雅凝练,相得益彰。

本书虽然在园林文化和文学研究方面做了很人的努力,特别是对唐宋散文研究有很大的拓展,但是,也还有一些值得进一步深耕细作之处。除了我在本序开头所说的一些问题外,还比如文化理论和艺术理论问题,以及园林学特别是海外有关环境学、生态学、比较文化学的新知。若能将不同学科对同一问题的关注从学理上打通,进行关联性研究或比较研究,或可有更多的新发现。

我在本文开头已说及,希望小奇以此为开端,将园林文化和文学作为毕生的事业。她在毕业后以此课题为基础,申报并获批国家社科基金立项,另外还在一个园林文献的重大项目中负责一个子课题,已经发表了多篇论文,在园林文化研究中迈出了自己坚实的一步。希望她在参加重大课题过程中,随时向课题组中王毅、曹林娣、曹淑娟等知名专家请益问学。也希望她利用学术考察的机缘,行万里路,读万座园,知己泉石,友于山林,不仅提升人生境界,也能悟出学术作为一种志业的终极意义。我作为老师，在欣慰和喜悦之余，希望她百尺竿头，更进一步，在园林文化和文学领域取得更辉煌的成绩。

2022 年 8 月 10 日

李小奇著《文心见园：唐宋园林散文研究》，北京：九州出版社，2022 年

自照辑

《怅望古今》自序

追忆刚走上大学讲台时,为了在学生面前显老成,故意不剃胡须,一任阶前丛草疯长;而今就是天天洒扫庭除,收拾得再光鲜整洁,脚步再轻盈矫健,眼角眉梢间还是能泄露出衰老的消息。

迈进2000年的门槛后,我从生命深处感到一种怅惘,几股力量迫使我不得不经常下意识地回顾从前:人届中年,如水的韶光已成过去,只能在孩子闪亮的眸子中看到自己的昨夜星辰;短暂的百年却又被截成两段,一截留在20世纪,一截被拖进了新纪元;身为现代人却以研究古代社会的文化艺术讨生活。

在故纸堆中泡久了,浑身上下精神流浪者的积习越来越浓,挥之不去,因为不是涂抹上的戏剧油彩,而是浸淫入骨的文化毒素,没办法洗刷干净,除非洗脑,除非脱胎换骨。

晚近文化人中,我在学识上虽服膺胡适、陈寅恪、钱穆、熊十力诸公,但在辞章上却更偏爱梁实秋、余光中、董桥数子。尤其是董桥,有人说他"凄婉入了骨髓,通了灵异,表面上暗香浮动，内里却一片招魂声"(毛尖《慢慢微笑》)，文字又清秀古艳，令我着迷，所以他引伊秉绶的题扇诗我也跟着喜欢：

> 生性禁寒又占春，
> 小桥流水悟前因。
> 一枝乍放雪初霁，
> 不负月明能几人？

而随园主人袁枚则提前说了他的见解："百物可决舍，唯书最难别。""一日不读书，如作负心事。"(《随园诗话》)在滚滚红尘中，要不负明月不负书，过得自然洒脱谈何容易？要随意随心随愿，已近痴想。至于了悟前因，参透几数，更非寻常人所能。

那么，是否可以在忙碌中喘息片刻，偶尔抬头眺望窗外：远处浮云端的是太白积雪，更远处迢迢不尽侵古道的是白居易的离愁，是柳永的晓风残月，是崔颢的千载白云。大胆光着脚丫，踩在杜甫的庭院中，不光可以接历史地气，还可以打通哲学经络，治疗因文化失忆引发的种种疑难杂症。我们可以与杜甫古今通邮，老杜也可以意逆志，尚友他的偶像："怅望千秋一洒泪，萧条异代不同时。"老杜让我们感动的既有清词丽句，还有悲天悯人。"民胞物与"四个字也不能涵括他，他还有旧时月色，还有古圣前贤，他为他们也流下许多深情的老泪。

那一抹月色，一叠阳关曲，一纸浣花诗，还有古道瘦马，西风残照，汉家陵阙，能唤醒我们的历史记忆吗？我由品读古今艺文所形成的散淡感受，能引来步履匆匆的现代人的回眸一瞥吗？

陈之藩有一年夏天在麻省理工学院中国同学会演讲时引了王国维一首词中的三句：

> 觅句心肝终复在，
> 掩书涕泪苦无端，
> 可怜衣带为谁宽！

陈先生所引是王静安《浣溪沙》的下阕，一般认为作于 1905 年，全词的句子是："月底栖鸦当叶看，推窗跕跕堕枝间，霜高风定独凭栏。觅句心肝终复在，掩书涕泪苦无端，可怜衣带为谁宽！"静安"可怜衣带为谁宽"的句子出自柳永的《凤栖梧》"衣带渐宽终不悔，为伊消得人憔悴"，欧阳修《蝶恋花》也有"肌肤拼为伊销瘦"；而柳耆卿的句子还有所本，源于《古诗十九首》："相去日已远，衣带日已缓。"陈先生演讲时还怕听众不明白，继续解释说："但你得有了可喜之对象，才有不悔的可能。"(《陈之藩散文》卷二《谈风格》)如果说古诗与柳永是在追怀、向慕远人的话，那么王静安与陈之藩显然是在追怀渐行渐远的故国文化，他在为远东版的散文集补写新序时便把这一层心事和盘托出：

> 我们当然对不起锦绣的万里河山，也对不起祖宗的千年魂魄；但我总觉得更对不起的是经千锤，历百炼，有金石声的中国文字。因此，我屡次荒唐的，可笑又可悯地，像堂吉诃德不甘心地提起他的矛，我不甘心地提起我的笔来。
>
> 我想我在国外还在自我流放的惟一理由是这种不甘心。

> 我想用自己的血肉痛苦地与寂寞的砂石相摩，蚌的梦想是一团圆润的回映八荒的珠光。(《陈之藩散文》卷一《叩寂寞以求音》)

静安先生、之藩先生与董桥先生恰好构成几代文化遗民的造像，他们的语境特有所指。但陈之藩以一位念理工的知识人长期身居海外，尚存有这样一种真诚的文化罪感与痛苦感，以及念兹在兹的迷恋，对"有金石声"的汉语文字的痴情，真值得我们这些身处内地而盲目自大的人文学者反省。追慕前贤，我自己也多少次不甘心不量力，放下又拿起笔，写下这些散碎文字，希望能立在纸上而不是卧在纸上，以印证故籍神皋与清风明月在迷茫中曾给予我的那一份萧散与从容。

2006 年底草成，2014 年 3 月改定

《行水看云》自序

20世纪的一位西方哲人克罗齐曾说过一句流传很广的话：一切历史都是当代史。其实这句话也可以头脚倒置过来：一切当代史都是历史。你想想看，并不要你等到白发渔樵，也不要你傻看秋月春风，转瞬即逝的东西像毛毛虫一样沿着你的眼角眉梢蜿蜒不断，不用多久就把你光洁的皮肤雕刻得丘壑纵横。涓涓细泉汇聚成时间的洪流，侵袭着你所谓的当下与现在，有些浪头高如江潮，猛如海啸，顷刻间就会吞噬掉你精心搭建的那些叫作创造、叫作成就的东东。你在惊愕之余，自不免更加黯然，对经过人类夸大的种种成就会产生别样的理解。

这一戏仿的命题也会使我们对生命中的一些庸常和琐屑多几分怜爱与珍惜。抢救史料不仅仅是上古史研究或夏商周断代工程的竞标口号，同时也隐含着对当下生活所有细节的足够珍视。

也许，我们对当下的一些判断可能太匆忙太草率。那些慷慨激昂、气壮山河的表述，那些急匆匆塞进中小学教科书中的文字，那些不和脑子商量、不假思索脱口秀出的华丽演讲和珠玉文章，其实宏论未必是定论，巨大未必是伟大，更未必能藏诸名山，传之后世。将当下的一些散碎琐屑的材料有意识地保存下来，给未来的史学实验室多存一些活标本，留待后人自由评说，则不失为一种理性与明智的做法，也可以说是对历史的另一种"了解之同情"。

按照诠释学的观点，文学与历史其实都是阐释，这可视为文史既是同源的，也是同用的。按照更时尚的互文性理论，则不光文史可以互相解释，就连我们自鸣得意的那些独立创作，也总是与历史上的名著范本，有着剪不断理还乱的复杂关系。有时你越要撇清，越会陷入各种互文的指控中。

收入本集中的这些教书或专业写作之余的边角料，无甚重大价值，弃置也未尝不可。朋友们虽曾不断鼓励，但我尚有自知之明。有些曾在报刊上登载过，有些草成于信纸或电脑文档中，要不是为编这个小集，过不久自己也会将其删掉。还有些文字写完后仅挂在某些专业网站我的那个点击率并不高的博客上。

自打有了网络，出版和发表的门槛被极大地降低，人人是写手，处处可发表。于我而言，把文字粘贴在博客中，就算发表，也懒得再投稿。当然访问者寥寥，链接的朋友也不多，真可谓"闲居少邻并，草径入荒园"了。在销售率、点击率、排行榜、票房决定一切的时代，我不以为羞，坚持不逐队随群，觉得在乱哄哄、闹嚷嚷的虚拟化生存中，能拥有些许真实的寂寞和孤独，能争得一点清爽和自在，委实就是一份几近奢侈和昂贵的享受。

我们个体生命的那些小感触、小情绪、小体会，在时代巨变的大风浪劫掠后，往往被清除，被忽略不计。犹如在东南亚海啸、汶川地震、福岛核辐射中,无论是低声叹息还是高声哀号,都是细微的,也是无助的。在大灾难面前,狂呼人定胜天就像无知无畏的少年吹鼓胀的皮球一样,细小的针刺就能把狂妄的自大彻底戳穿。

在激情燃烧的岁月,我也曾迷信过枪杆子、笔杆子对解放人类、改造社会的作用,及至二毛之年,开始反思"两杆子"的功能是否被过分夸大了。枪杆子姑且不论,单说笔杆子,究竟对世道人心的改良有多大作用?笔杆子是否像核能一样同时还有它的负能量?我越来越陷入困惑。但有一点可以肯定,阅读、思考、写作虽不一定能拯救劳苦大众或解放全人类,至少可以拯救或解放自我,时尚的说法叫自我的救赎。从这个意义上说,古人推崇"读书为己"甚于"读书为人"的理念,其实是蛮深刻的。

晚年的达尔文说:"很久没有读诗和欣赏一首乐曲,这不只是我理智上的损失,甚至也是道德方面的欠缺。"宋代的东坡居士看法更新潮:"宁可食无肉,不可居无竹。"偷闲读点旧书,写点发抒小感触的散碎文字,虽谈不上什么大意义,但至少可以让手脑同时运动,流水不腐,户枢不蠹,保证身体和心灵不至于因封闭凝滞而变得过早衰败腐朽。

我也曾有个梦想,就是在专业的教学科研工作之余,无目的、无功利、无追求,仅为兴趣和感触写点小东西,但绝不会开辟第二战场,也绝不会把业余爱好发展成为第二专业或第二职业。记得很多年前,一位长者很怜悯地对我说,你们这代人很可怜,没有度过真正的童年,没有开心地游戏和玩耍过。"文革"的成人化和后"四人帮"时代的成人化,剥夺了这一代人的游戏和玩耍。我对长者的话深以为然，总想找寻补偿缺憾的方式。

　　大概文字游戏是一种老少皆宜的健身健脑活动，应尽量保持它作为兴趣与癖好的单纯性，不要被其他欲求干扰和影响。故我始终没有让这些散碎文字被立项，被评审，被开评论会，被作为成果计入教学或科研工作量。这种刻意的有些矫情的回避能坚持多久，能有什么意义？我不好说，至少目前我还能坚守，就像一个老男孩不停地捣鼓一个旧钟表一样，就像我在长满芜草的博客上还能守住寂寞一样。

《课比天大》自序

我是一个慵懒散漫的人，除了专业写作上不能随意腾挪跳动外，非专业的涂鸦总喜欢率性而为，不愿把自己捆绑起来。此次以大学教育为话题，积数年时间，反复切磋讨论，披阅增删，辑成一编文字。对我而言，既是一次曲折的跨界旅行，又是一番新的艰辛跋涉。

从纯粹数理的立场来看，两点之间直线最短，也最经济最省力最划算。但我们的生命本身就是个绝大的例外，我们从来就没想在生死的两个端点间取直线，也不想在这方面取巧，而是尽量抵抗直线，尽量模糊目的，尽量死乞白赖，寻求各种可能性和各种叫作机遇的意外，延宕生命大限的到来。甚至目的和结果完全被模糊被消解，完整地经历并体验过程，上升为生命的意义和目的。这可能是对唯理主义的极大嘲讽。

所谓的跨界，是因为这是一次非专业的叙述试验，主要缘于我的学术背景和专攻方向。近三十年来，我主要混迹于古典文化领域，比较有心得体会的也仅仅是中古隋唐的文学文化。对于教育学领域，虽向慕已久，但一直是敬而远之。很多年前，曾就隋唐寡母教孤、柳宗元家族教育等撰写过几篇小文章，为了应付课题进行恶补，急用先学，饥不择食地吞读过一丁点教育理论的著作，想立竿见影，但大多未能派上用场。后来还试图进一步将战线扩大到唐代士族教育与文学的课题，但已深感力有不逮，相关研究迄今未能终结。

当然，我从大学毕业后一直在大学工作，也一直没有脱离教学科研，还曾兼做过十年院系业务管理工作，现在仍兼一点学校管理工作，分管的就是本专科教学和学生事务，整天和老师同学厮混在一块。所以，教育圈以外的朋友看到我这样貌似坦诚的表白，恐不认为这是一种自谦，而视作一种矫情，一种乔装文饰：你教了半辈子书，从没有跨出过校门，写一点关于大学那些事的散碎文字，竟还厚着脸皮说是跨界？你本就是教育圈中人，还扭捏作态，你跨的什么界？

遇到这样的难堪情景，我想辩解真的可能很苍白，也真的说不清楚。自己就仿佛那孙猴子，又是翻筋斗，又是变鬼脸，腾云驾雾，移天缩地，以为到了爪哇国以外的什么快活去处了，正自鸣得意着呢。但抬头一看，前面矗立着五根肉红色的柱子，原来还在如来的手掌中，并没有逃出那个"神马"的界。

本书的言说方式倒是有些跨类。按照我的肤浅理解，文化文学类随笔，应尽量个性化，尽量与已有的类型拉开距离。你漂洋过海，甚至星际漫游，只要有心得，走得越远越好；如欲作教育学的课题，则应尽量用史笔，尽量中性化、数据化、图表化、模型化，尽量超越个人的感受，拿捏好语气，客观平和地叙述。而我则主要采用了以随笔方式叙述教育的话题。这种迹近"混搭"的表达，对肃穆庄严的教育学可能略显不敬，也未必能获得大家的认可。于我而言，包含着几分无奈，也包含着几分执着。想想我们教育史上的经典，《论语》不过是对话语录体，《礼记》中的《学记》《中庸》也都不是什么鸿篇巨制。以传道者自居的韩愈，有关教育的几篇大文章《原道》《原人》《师说》《进学解》，竟长期被辞章派误作经典散文来追摹，让这位在道学上自视颇高的老先生情何以堪？这样看来，言说方式其实并不是一个最要紧的问题。

唯一感到欣慰的是，本册中讨论的话题，都是当下大学，特别是中国大学教育中的一些真问题，有些还应是一些重大问题（也许别人会认为是假问题、伪问题，但在我心头这些都是真问题、大关节）。如大学的理念、大学的功能与任务、大学的文化、大学的传统、办学质量、办学特色、拔尖创新人才培养、学术伦理与学术规范、科研与教学、博雅教育与专业教育等等。由于中国社会转型的提速，也因中国教育发展进入了快车道，于是国际化与本土化、大众化与精英化、专精与博雅、知识与技能、德行与才学、价值理性与技术理性、人才培养的数量与质量、入学难与就业难等问题一股脑儿同时凸显出来，让在计划经济红旗下成长起来的教育管理者们猝不及防。本来是冷僻的教育专业问题，现在竟成了公共领域中烫手的热门话题，除了专门学术刊物上的严肃讨论外，公众也通过各种新媒体广泛地参与，热烈地作答，草根与底层发出了自己低沉而有力的声音。还有为数不少的教育移民，也以用脚投票的方式表达了对本土教育的意见。

今年春节期间，摇滚歌手崔健在东方卫视晚会唱道："我没穿着衣裳我也没穿着鞋/却感觉不到西北风的强和烈/我不知道我是走着还是跑着/因为我的病就是没有感觉/给我点儿刺激大夫老爷/给我点儿爱我的护士姐姐/快让我哭要么快让我笑哇/快让我在这雪地上撒点儿野。"曲词、曲调与曲风都有冲击力,重重地撞着我的耳鼓。我原以为这是崔健的新作,查询后始知,当年歌坛的桀骜不驯,早已成了老歌中的经典。时光流转,让我这个乐盲感慨万端。

我听歌时竟浮想联翩,随意比附,感到自己和教育界的许多同仁亦犹如崔健所痛苦的,迎着凛冽的教育改革的西北风,我们也"志如钢和毅如铁",因为我们的病就是没有感觉。面对这些真问题与大问题,面对各方面的纷纭议论,面对各阶层的不同诉求,我们如仍视而不见,做鸵鸟状,恐有愧于纳税人的供养;如以犬儒主义的态度,装聋作哑,也不是人文学者应有的立场;如不是通过独立思考,而是鹦鹉学舌,急匆匆地重复别人说过的那些似是而非的结论,更有违于学术的良知。

于是我就尝试着自己作答。本书对相关话题的解说,也许不能说服任何人,但它至少能说服我自己。我本来就是将自己的疑虑困惑设为问题,通过写作自我求证,自我解脱,虽然早已没有了振臂而呼、引领风骚的雄心抱负,但至少希望在当下教育大争论的雾霾中自己能够找到北,能够做个学理上的"自了汉"。

从做传统文化研究的角度看,学者珍视自己的成果,希望所做研究能存得住传下来。但对本书所讨论的这些公共领域的常识科学问题而言,我倒真心希望我的认知能很快陈旧,很快落后,"沉舟侧畔千帆过,病树前头万木春"。如公众与专家对一些焦点问题能很快提出解决之途，如中国大学教育能很快走上康庄大道，我愿本书的浅陋之见、陈腐之叶随流水漂去，与腐木共朽，亦幸甚幸甚。

因一时的痴贪念想心生美丽的风景，却要花三四年时间一针一线地来手工编织，五色锦背后的种种辛酸与良苦用心，快餐消费时代的大众不一定会特别在意。同为码字工、文字匠的同好们，若能发现理念上的大问题，设计上的大漏洞，或针头线脚的瑕疵，挑出来批评一番，都是对脑力农民工的最好褒奖。

2013年3月于西大太白校区

《野生涯》自序

这是我的第四部随笔杂感集。

与前面的几册稍有不同,这一册的写作时间拖得更长,主要是由于我个人的工作重点有所转移。我把主要精力用于学校的教学科研,心无旁骛,没有时间写这些软性的文字,更没有想急着把它结集出版。骨子里还是觉得这些文字太脆弱,太感性,一些普及类的文章,专业的同行不看也罢,专业以外的大众看了也不会有什么作用。我不断唠叨的,不过是一些不言自明的常识而已。

但这几年目睹了公共领域中的一些乱象,特别是去年底由新冠肺炎疫情引发的全球公共卫生海啸,世界停摆,更多的人待在家里,互联网生存。我因焦虑疫情而每天坐在电脑桌前,关注互联网上的文字,无论是标题、引言、结构、叙述、修辞、判断、结论,都让我感叹不已,有时甚至惊诧莫名。虽然早就有人预警过,"此为一个常识稀缺的时代"(梁文道《常识》),但是纸上得来终觉浅,一直到最近,我才强烈地感到网络上常识空气的稀薄,这使我感觉到窒息。其实无论是科技史还是思想史,从过往的史实来验证,每个时代最尖端最超前的发明发现,能够进入后代常识的序列,就是最大的成功。处身今日,如我等教书匠,能够做的一是自己力所能及写点符合常识的文字,另一是尽量给自己的学生和年轻的朋友说道说道文章的常识。这主要是作为士人知识分子立身处世的常识,术业专攻的常识,阅读写作的常识,包括文法、文辞、文理、文义的常识,等等。

这种常识,就是古人所谓"天行有常,不为尧存,不为桀亡"(《荀子·天论》)的"有常"。汉语文献中用的更多的是"道":"道之大,原出于天。天不变,道亦不变。"(《汉书·董仲舒传》)反面的说法就是"道不同,不相为谋"(《论语·卫灵公》),用时下的话说:三观不同,干脆拉黑退群。当然"道"这个范畴很复杂,义项很多,涉及的相关领域更专门,这里不能展开。

那么如何获取常识呢?以我个人的浅见,应该特别重视以下几个途径。

首先是多读经典和原典。宋儒朱子云:"半亩方塘一鉴开,天光云影共徘徊。问渠那得清如许?为有源头活水来。"(《观书有感》)说的就是通过涵泳体味经典,来找寻思想的源头活水。清末民初的王式通在《题岛田彦桢皕宋楼藏书源流考》其十中感慨:"未窥旧籍谈新理,不读西书恃译编。亚椠欧铅同一呎,千元百宋更懵然。"并且还自注说:"侯官严几道先生每教人以浏览古书、熟精西文为研究新学之根柢。客冬晤先生于上海,语及近年国文之寝衰,科学之无实,太息不已。"严几道就是翻译《天演论》的严复。在今天人们视野中,王式通算不上当时最挺出的人物,他已经看到当时世风、学风、文风的流弊，世人不读旧籍，看不懂西文原典，对于"千元百宋"等珍稀版本的古籍更少关注，但仍敢于"谈新理"。此风当时渐盛，于今尤烈。环视周遭，群情激愤。吸引人的是高分贝的嗓门，稀缺的是科学和常识。如果全社会都饕餮互联网上的信息快餐，吸食各种选本、节本、缩略本、精华本、语录本上碎片化的警句、金句，置原典经典于不顾，全民族的学术安全会遇到危险，全社会的文化高度也会被大大拉低。

文学圈的朋友会不以为然，他们会说，人类的进步就是不断突破常识。这话也没错，但此"常识"非彼"常识"。人类可以突破认知的常识、专业的常识、艺术的常识，我下面也会述及；但又有伦理的底线、学理的边界和数理的极限。

我们通过多读原典，考镜源流，辨章学术，是可以对常识了然于胸的。自己慢慢明白起来，先做到自度，然后才有可能度人。

其次是通过探索和研究来获取新知，不断升级常识的版本。中国人守常，但对变化和获取新知并不排斥。《礼记·大学》引《盘》铭"苟日新，日日新，又日新"，关学开创者张载用形象的譬喻来表达这种认识和体悟过程："芭蕉心尽展新枝，新卷新心暗已随。愿学新心养新德，旋随新叶起新知。"在横渠先生看来，不光是"闻见之知"，就连"德性之知"也要不断地展新枝、学新心、养新德、起新知。美国学者库恩提出了一个以"范式"理论为中心的科学发展模式：前科学时期—常规科学—反常与危机—科学革命—新的常规科学（《科学革命的结构》）。当然，无论是知识领域的探索，还是精神领域的追问，首先应该具有"独立之精神，自由之思想"，这也是中西的通识，或说常识，没有这样的前提还标举探索研究，一流创新，无论是个体还是团队，或者其他的学术共同体，统统免谈。

再次是恪守数理逻辑，特别是数理实验。柏拉图曾叫人在他创立的世界名校学园的门口立了一块牌子："不懂数学者，不得入内"，数学又作几何，表明他对这门学科的极端重视。几何、算术都是数学的一部分，这句话的引申意思是，要成为有修养的、有文化的人，必须懂得数学。当时雅典的自由民子弟都要学习算术、几何、天文学、和声学等四门功课。这四门功课后来成为欧洲博雅教育中的四艺（quadrivium），与文法、逻辑、修辞组成的文科三艺（trivium）合称自由七艺（seven liberal arts），是中世纪以来大学基础教育的主要科目。无独有偶，中国古代也以礼、乐、射、御、书、数等六科为六艺。我在本书中还引用了日本现代教育家小原国芳以他的新六艺补益西方古典博雅教育思想，倡导全人教育的理念："学问的理想在于真，道德的理想在于善，艺术的理想在于美，宗教的理想在于圣，身体的理想在于健，生活的理想在于富。"他将学问、道德、艺术、宗教、身体、生活的真、善、美、圣、健、富比作大波斯菊花的六个花瓣，每个花瓣代表全人的一个方面，六者和谐发展，缺一不可。他认为"这六个方面的文化价值就像秋天庭院里盛开的大波斯菊花一样，希望和谐地生长"，是一个健全的人必须具备的。

再回到话题中的几何。徐光启与利玛窦合作译出了欧几里得几何的前六卷，保留至今的以"几何"一词对译 geometry，就是由徐光启确定的。他还在《几何原本杂议》中说："此书为益，能令学理者祛其浮气，练其精心；学事者资其定法，发其巧思，故举世无一人不当学。"他还说，"窃意百年之后，必人人习之，即又以为习之晚也"。法国科学院常任秘书丰丹涅尔也说："几何学精神并不只是与几何学结缘，它也可以脱离几何学而转移到别的知识方面去。一部道德的或者政治学的或者批评的著作，别的条件全都一样，如果能按照几何学者的风格来写，就会写得好些。"几何学、数学对于从事理工者是一个专门的工具，对于人文学者和大众，其实就是一种最基本的科学精神和逻辑方法。

可惜我们读到时下不少报刊文章、网络文章，不讲逻辑，不讲事理，更不讲数理，真是不堪卒读。如果是个别现象，还可以讨论、商榷、指瑕；如果比比皆是，那你连一点脾气都没有了。在这种情势下，传说基础教育的教材中还要删掉逻辑的板块，夫复何言？夫复何言？

假如说在前现代社会，因文化专制、教育不普及，常识稀缺尚可以理解，但在今天文化下行、知识唾手可得的大数据时代，再拿常识稀缺说事，大众未必信服。但如果各位看官还记得魏则西的事件，以及当下仍在纷争的转基因食品话题、医患关系话题、制造业的原创与山寨话题，舆情汹涌，歧见纷呈，就会发现呼唤常识并不是杞人忧天，普及常识有必要从当下的一点一滴做起。道阻行且长，我们还是慢慢来吧，弯道是不准超车的，变轨超车的说法也不能成立。交通规则是一种专门的游戏规则，它与拳击规则、贸易规则、学术规则类似，都是一种普适的常识。

按理说，我也马齿渐长，不该激动，更不该情绪化。可能是教师的职业病又犯了，引经据典，絮絮叨叨，无补于事，徒惹人厌。就此打住吧。我将这几年思考文事与文心常识的文字编辑一过，凑成这册小书，希望能引起读者朋友阅读的兴趣和讨论。

2020年4月9日于西安居安路寓所

《怅望古今》后记

　　重新检读集子中自己的文字，犹如翻看影集中的老照片，感慨也像一张张的纸页，岁月在指缝间窸窸窣窣作响。

　　新版除了订正错讹文字外，还将原来诗句考索的三篇，与新补入的十多篇凑成一个新辑。这十多篇是很多年前为一部集体编写的辞典撰稿，收入本集意在留下那个"鉴赏热"年代的一点印痕，当然也合时下原典精读与细读的主潮，算是我对精读细读的一种提前实践。《多少楼台烟雨》一篇原是一部专书的自序，回头看有些清浅，撤换收入本辑，将来再为专论另补一篇稍专精一点的文字。这样拉拉杂杂的增补，遂使新版的体量有了增加。另外，对篇目顺序也略有调整，还删除调出去几篇。

　　宋人张炎《词源》卷下《制曲》节谈填词修改的重要性："词既成，试思前后之意不相应，或有重叠句意，又恐字面粗疏，既为修改；改毕净写一本，展之几案间，或贴之壁，少顷再观，必有未稳处，又须修改；至来日再观，恐又有未尽善者；如此改之又改，方成无瑕之玉。倘急于脱稿，倦事修择，岂能无病？不惟不能全美，抑且未协音声。作诗者且犹旬锻月炼，况于词乎？"古人才高，诗词小道尚且要"旬锻月炼"，以求"成无瑕之玉"，这股不计报酬的认真劲，让萝卜快了不洗泥的今人不免脸红。又据《吕氏家塾记》载，欧阳修"每为文，既成，必自窜易，至有不留本初一字者"（王构《修辞鉴衡》卷下引）。黄宗羲也曾引欧阳修"畏后生"之说以为同调（《南雷文定凡例四则》）。我曾接着南雷先生的话发挥说，曾经授业的先生依然老当益壮，笔耕不辍；而曾经从学和正在课读的后生精力旺盛，前程无限；夹在中间的我辈"压力山大"，临文之际岂敢不敬畏？梓行之后又岂敢不反复订正，以求少些遗憾？

集末絮絮叨叨又做文钞公，不过是为自己无才思少文藻，又喜舞弄文墨做辩护罢了。

2014 年 12 月

《行水看云》后记

当初将一册小书交给三联书店时，感到篇幅小，有些单薄。朋友说那就做成一个系列，我说又不是打群架，一个好汉寡不敌众，再吆喝几个帮手来帮闲？好在帮闲垫背的还是自家兄弟，等于左手帮右手，并没有高低主从之分。于是本来的独唱，现在变成了四重唱，拉来的角色等于自己为自己的场子友情出演。一个笨拙的想法是，四声喊叫声音或许能大些，能传得远些。其实也未必。在发表和出版大众化、多样化的时代，参演、参展的数量其实不是问题，关键还是质量。而随笔杂感的质量又涉及许多更复杂的方面，有些是写作者问题，有些是环境问题。我只能以认真踏实对待，其他都谈不到。

还记得本册结集时，有朋友指出这一集中不少文字烟火气很重，书名有些轻，压不住内容。我斟酌了好久，还是没有改动。一则已报了选题，不好动，若出版后改书名更不好。再则落实到每篇文章写作的具体情境，或许当时很执着，有些烟火气，但到结集时已能拉开距离,像挑剔别人一样对自己吹毛求疵,现在审改清样,更生了几层隔境的感慨。

一般人都会说书名由唐人王摩诘诗化出,自然不错。但要我如实招供还不完全如此。其实在我之前很久,接受者以不同的方式对摩诘诗意进行了很多再创作,其中元代诗僧了庵的阐释最引人注意:

闲来无事可评论,一炷清香自得闻。睡起有茶饥有饭,行看流水坐看云。

了庵清欲禅师从禅修的立场对摩诘诗意进行了展开,也对诗境做了很大的开拓。"闲来无事""自得"云云,谈何容易,仅仅"睡起有茶饥有饭"已很难办到。想想看,一个人的"有茶有饭"还是小事,但要普天下大众都"有茶有饭",免于饥渴,解决温饱,那将是一项很大的米袋子、菜篮子工程!而要米袋子、菜篮子绿色有机无污染、无公害,只有步入生态文明时期才能喝上放心茶,吃上放心饭,真的还道远任重。而在放心的温饱之后,再追求大珠禅师"饥来吃饭困即眠"的修为境界,山重水复,曲曲折折,前路还很远。水的意象也可以引申。中国人讲:少年读书,石板刻字;中年读书,粉笔写字;老年读书,河里划水。这是从接受知识的不同阶段而言,老年人记忆衰退,读书的印象如在河里划水痕。古希腊的赫拉克里特说:"人不能两次行过同一条河。"这是从万物变动不居来讲。英国诗人济慈的墓志铭是:"人生一世,不过是把名字写在水上。"这是对自我极悲观也是极达观的透彻之悟。

刻水、划水、行水的意蕴太丰富、太冷峻了,我是钝根的俗人,这样的认知抵达不到,这样的境界则心向往之,"行看流水坐看云"的好句子我拿得起却再放不下了。于是就偷过来,用它作为书名吧。

2014 年 12 月

《课比天大》后记

又到了为一册小书画句号的时候了。像旧日嫁姑娘一样，千叮咛万嘱咐，但终有一别。嫁出去的姑娘并不是泼出去的水，永远还是自家骨血。写完了的稿子总要流落到人间，行过千山万水，别人待见不待见，理解不理解，你真的插不上手，也管不了许多了。天要下雨，女儿要嫁人，就由着她去吧。

贫女巧梳妆。与前面的几个系列稍有不同，这一册的主要部分是围绕着一个大的意思，尽量要把同一个意思的稿件凑齐，也大体上是我从 2010 年以来非专业类文章的结集。此前关于大学教育也写了几篇，分散在其他几册中，这里将题目列出，意在说明我对大学教育的思考由来已久。

  大雅：传统文化视域中的高等教育资源
  教师的三重境界
  师德四维
  哈佛的两个细节

大学与大楼
　　评估危机的破解
　　嘱咐与希望
　　谈游学

　　在别人看来，于专业之外投入极多的精力干这些不记工分、不打粮食的浑闲事，真是不可思议。我所在的学术机构与其他相当部分内地高校类似，教授撰写这些非专业的文字不列入工作量统计范围。

　　在没有压力和功利目标下所为，又有一点兴趣，应该是一件轻松的活计，但立下专题开始工作后，发现并非如此。姑且不说学理与知识储备的先天不足，就连时间和精力也不能保证。绝大多数文字是利用寒暑假、双休日和每天八小时之外的时间写就的。呈现出的文字有时很粗糙，正是行色匆匆的痕迹。有些成形的文字虽然很简短，也很清浅，但实际写作过程却很苦涩，也很无聊。

　　叹年来踪迹，忙忙碌碌，把生命间隙的水分全挤干了。生活无色彩，文字也不活泛，与我倡导的慢生活适成相反，与我预想的文字模样也有了很大的差距。就像怀中抱着一个孩子，忽然有一天，瞅着瞅着，越看越不像自己。对自己成长中孩子的顽劣模样，我真有点喜欢不起来。

　　最后是致谢。《光明日报》《中国社会科学报》《中国科学报》《陕西日报》《西安晚报》《美文》《随笔》等报刊的朋友们为我的思想和文字提供了展演的平台，感谢他们多年来的鼓励。我在文章之后刻意记下原刊的时间与报刊名称，一是遵循学术规范，再则也是铭记这份厚重的学术友谊。循前几册例，本册特收入王尧、朱鸿、杜爱民几位老友的评介文章，感谢他们的专业批评和热情鼓励。本书在三联书店结集出版，要归功于三联的领导们。编校质量的保证，则要归功于责编。

2013 年 4 月 6 日草成

本册初刊后引起各方面的关注，也给了我很多鼓励，有些鼓励没有直接转化为动力，而是间接变成了一种压力，重印时又补了几篇，大体上反映了近几年非专业文字的概貌。后之视今，或许也能从这些芜杂的草丛中一窥这一时期士人生存状态的几个面相。

2014 年 3 月 11 日

《野生涯》后记

本书的稿子两年前就应该交给永新兄了。当时我们在餐叙中说及，永新说没麻达。我却爽约了，晚了差不多两年。原因我在自序中已提及，这里不再重复了。

有朋友说本集的书名有点陌生，此前的集名都是四个字，这一册却变成了三个字。我解释说，四字两节拍，很容易滑向成语俗语，好处是通俗，缺点是容易陷入套语模板。故这次改成三个字的书名，典出《红楼梦》第四十回。这一回的回目是"史太君两宴大观园，金鸳鸯三宣牙牌令"，小说描述到探春秋爽斋内景时，这样写道：

> 探春素喜阔朗，这三间屋子并不曾隔断。当地放着一张花梨大理石大案，案上堆着各种名人法帖，并数十方宝砚，各色笔筒、笔海内插的笔如树林一般。那一边设着斗大的一个汝窑花囊，插着满满的一囊水晶球儿的白菊。西墙上当中挂着一大幅米襄阳《烟雨图》，左右挂着一副对联，乃是颜鲁

> 公墨迹，其词云：烟霞闲骨格，泉石野生涯。案上设着大鼎，左边紫檀架上放着一个大官窑的大盘，盘内盛着数十个娇黄玲珑大佛手；右边洋漆架上悬着一个白玉比目磬，旁边挂着小锤。……东边便设着卧榻拔步床，上悬着葱绿双绣花卉草虫的纱帐。

按小说的说法，联语"烟霞闲骨格，泉石野生涯"的墨迹是唐代颜真卿书写，那么文辞是否也是颜鲁公的呢？曹雪芹没有说，至少现存颜鲁公文集中没有查到，所以红学家多以为是作者曹雪芹自撰。我不管它是颜鲁公、曹雪芹，还是别的什么人所写，就是喜欢，故引过来作为书名，虽然仍没有摆脱用典，但这个典故稍微形象含蓄一点。

当然，或许因为这几年我在倾力做园林文学的课题，满脑子都是园林的意象，故偏爱这个染了园林色彩的语汇，我也不否认。也有人指出烟霞、泉石典出唐代隐士田游岩的"泉石膏肓，烟霞痼疾"（《新唐书·田游岩传》），从语词上似有某种复调关系。

站在今天的立场上看，无论是"泉石膏肓"，还是"泉石野生涯"，都不过是一种精神企求或白日梦而已。对一个工薪阶层来说，上无片瓦，下无立锥之地，你高价买的那百十平方楼层，只有七十年产权，你不过是暂栖而已。古人讲买山而隐或躬耕自资还是可以实施的，现代文人仍照着这个调调说，基本是吹牛。

即便如此，我们仍要给自己的不沉沦、不放弃找到一个卑微的理由：过率真极简的生活，并把它作为一种权利来捍卫，作为一种境界来追求。

2020 年 4 月 22 日草成

后 记

承蒙出版社和读者朋友的错爱，第一辑三册推出后各方面的反响还不错，这也让我鼓起勇气来，把没有做完的工作继续做完。

本辑三册与第一辑稍有区别，如果说第一辑与即将推出的第三辑定位的读者对象是学术共同体的小众的话，那么我期待本辑三册的读者对象应该是文化爱好者的大众人群。第一辑、第三辑是与小同行交流，尽量中规中矩。这一辑则设定为与文化爱好者这个大同行对话，希望更多的读者喜欢看，有兴趣，希望与读者有持续的往复交流。

本册《慢耕集：纸上的春种秋收》是我近几十年读书心得体会的集中汇报，全书分为四辑。《蠡测辑》是读前哲和今贤的书，有相当部分是我的师友的书。《司幕辑》是我牵头编纂的书稿或参与活动的结集，我经历了其中的一些环节，有义务述说其中的一些过往经历。《培土辑》是随我读书的年轻朋友新书出版，有些还是在我指导过的硕博士论文基础上的加工修订，我也有义务重新阅读。《自照辑》算是读自己过去写过的书，有些文章当时应景而写，时过境迁，我不会考虑再版了，文章可能比我的肉体衰朽得还要快，留下一篇序文或后记，算是在时光的纪念册中，夹进去了几枚植物标本，黄叶的茎干和纹理，会让有心人联想到那些难以言说的岁月。

原来的学生罗曼博士按照本书的体例，校改清样，谨致谢忱。

2023 年 6 月 28 日一校毕